敬愛的心意

경애의 마음

最終等待的，只是心意相通的那個人

金錦姬 김금희 著

簡郁璇 譯

目次

空欄意味著困難——005
E——063
妳與我的安好——081
無心——131
殺人如戀愛，戀愛如殺人——147
冰涼的夏日——187
妳有妹妹嗎？——197
也顧不得自己受傷，還笑個不停——233
雨水不斷滴在我頭上——239
姊姊無罪——319
作家的話——375

空欄意味著困難

只要說明他的車子，就等於說完了他的人生。首先，雖然車子可以乘坐五個人，但後座塞滿了行李，副駕駛座則堆滿了隨時會用上的雜物，所以實際上那輛車單純只為他，也就是孔尚秀一人存在。身為進公司第十年的薪水族，他的車子上放滿了無數型錄，不僅大小相異，色彩、紙張種類、頁數、書況、印刷色調和味道也各自不同。那股味道很明顯是層層堆疊起來的，是經過多年的腐蝕和吸附，紙張原先的本質逐漸消失，順應周遭環境、徹底改變後的味道。說得再具體些，那是尚秀脫下後隨手一放的夾克散發的汗水味、經常用來填飽肚子的超商便當氣味、火腿味、炒泡菜的味道，以及替淒涼的速食世界注入一絲慰藉的沙拉醬氣味。特別的是，其中還有線的味道。

從事縫紉機買賣的他，為了能夠隨時提供顧客想要的商品，總是將縫紉機、踏板和馬達等保管在後車廂。但他打錯了如意算盤，因為他賣的縫紉機種類多到不行，而且工業用機器的體積相當龐大，所以沒辦法給顧客看實品。為了提醒自己縫紉機的存在，他總是隨身帶著線。賣縫紉機的人只說明縫紉機是不可行的，因為這樣無法給人想像的空間。想像空間就等於生活中的換氣孔，尚秀為自己的生活缺乏那種東西而難過得要命。

撇開這件事不談，尚秀身邊的傷心事也已經夠多了。首先，只要想起那些自己深愛卻不得不放手的女人，他總會忍不住落下男兒淚。這些女主角，多半是在小說或電影裡邂逅後又離別的女人，好比昨晚，尚秀就邊想著國中讀過的《簡愛》邊流淚。他抱著棉被斜躺在床上，鼻腔充滿了冬夜冰涼的空氣，不停抽答著。他想像著兒時的簡愛去那所專為處境艱難的孩子設置的寄宿學校時，校舍的空氣不知有多冰冷，因而忍不住哭了出來。他又思忖，簡愛在得知羅徹斯特有個被藏起來的夫人後，一個人傷心地離開，釋放隱忍多時的淚水時，當下又該有多心痛。那副纖細的嬌軀肯定會被情緒全然滲透。儘管起初雪片細碎潔白，看似溫馨，可是一旦結凍，就會帶來萬般灼痛的感覺，那就像是愛情消逝後留下的尖銳傷口。

面對這些為愛無止盡逃亡的主角，尚秀很輕易就能融入情緒。戰勝因愛而難以壓抑的情感；克服離別與見不到心上人的痛苦；為了眼前不知會出現何種風景的無際原野賭上性命，奮不顧身地狂奔，這是尚秀樂於耽溺的想像。這並不是一種單純失戀的狀態，反倒還會莫名讓人聯想到某些英雄事蹟或出人頭地的故事。當然，尚秀並沒有失戀，也不是什麼英雄人物，更沒能飛黃騰達，但至少，他在天馬行空的想像中感受到了那樣的心情。心情，好歹是貨真價實的。

尚秀做生意時，也採取這種情感訴求的策略。他深信「線」與機器有天壤之別，是屬於感性的玩意，因此具有感動人心的力量。這時能打動人的，無關乎要買或不買這類算計，而是攸關觸動各種記憶和鄉愁等的情感領域。

所以，尚秀會展示纏繞在機器上的線，讓這些社長回想工廠開始運作後，最後能握在手中的實體世界——可能是T恤、三角褲、登山服或枕套——藉此達成銷售的目的。機器所象徵的無數程序，包括了簽訂合約、支付合約金、引進機器，當然還有支付餘款、讓機器運轉，所以要聘請工人，也必定要支付薪水，此外每年要替工人加薪，否則他們就會罷工。可是，機器終究是機器，總有一天會故障，那麼就必須負擔維修費用。如果發生嚴重罷工，幾十個玻璃窗和機器就可能會受損，因此也要小心避免。但假設憤怒的工人摔壞了機器，那是為了主張自身權利，所以得把這筆費用也考慮進去。不過，也不能就此放任摔壞機器的人不管，所以要想辦法要求賠償，如此一來就可能跟人結怨、被人蓋布袋。總之，整件事可不是單純守護機器那麼容易。所謂經營事業這回事，誰也不知道下一秒會如何發展，因此也可能無法守護家人。說穿了，這些全是水中月，乾脆別引進什麼機器，去投資房地產算了……尚秀很確定，展示線的舉動有助於避免社長們產生這種想法。

也因為這樣，尚秀沒有像其他同期進公司的同事一樣升上組長，而是帶著代理組長的尷尬頭銜，繼續過他的職場生活。

在這家公司，所謂的代理組長，指的是身為組長，底下卻沒有半名組員的人。

一九五三年休戰後，半島縫紉在與日本技術合作下成立了。它很符合老牌的保守形象，無論是組織制度或管理系統都不會輕易改變，但主管們倒是特別通融，替尚秀量身打造了代理組長這個頭銜。矛盾的是，升遷事由竟是因為尚秀的情緒起伏很嚴重。每當淚水突如其來潰堤，緊張和不滿情緒暴漲時，尚秀那模糊不清又語意不明的自言自語總會造成主管們的不便，所以他們縮減了營業理事的辦公室，特別為尚秀安排了一個房間。而且為了賦予這個獨立房間合理的名分，就必須讓尚秀升遷——根據工作年資，如輸送帶般輪流的升遷。話是這樣說沒錯，但因為尚秀並未達到足以升遷的業績，所以只能在組長的頭銜前面加上「代理」兩個字。

主管們一邊開會，一邊不斷閒聊尚秀還是新人時的事。大家都還記得，在尚秀進公司的二〇〇七年末，整個社會呈現一種「前途光明」的氣氛。當年，有個人從建設公司的小職員爬到社長的位置，後來又成了堂堂一國首領[1]，那宛如推土機般勢不可擋的神話，讓所有領薪水的上班族悸動不已，內心充滿了「凡事都值得一試」的幹勁。

主管們你一言我一句，說起當時尚秀滿懷希望和熱情，車上載著縫紉機的型錄，不分晝夜地四處奔波，如今的模樣真是令人不勝唏噓。尚秀擁有一輛小型古董車，住在自

1 韓國第十六任總統盧武鉉從貧寒人家的子弟自學苦讀到成為律師、法官，最後於二〇〇二年當選總統，素有草根總統之稱。

家名下只有十五坪的公寓。別說結婚了，也不知道有沒有在談戀愛，只知他一直暗戀著同事金宥靜組長。尚秀的單戀，猶如黃色香雪蘭被孤零零地放在淒涼的辦公室，帶有一絲令人心疼的味道。

不過，這些閒談其實更接近自我欺騙。他們之所以必須考量尚秀的情況，並非出自憐憫，而是因為尚秀的父親是曾擔任國會議員的政治家，也是會長在重考補習班的同學。簡單來說，他就是走後門的空降部隊，只不過進公司之後會長對他不聞不問，於是成了斷線後在空中飄浮的空降部隊。每當尚秀在公司惹出事端，主管就會想著要炒他魷魚，但最後誰也沒敢拍板定案。即便如此，也沒有哪個主管笨到跑去和會長商量一名業務部員工的去留，因此尚秀就這麼糊里糊塗地度過了十年。雖然姑且順利著陸了，但他的雙腳沒辦法完全著地，每當公司捲起一陣不尋常的氣流，他就只能反覆打開和收起礙手礙腳的降落傘。

儘管尚秀用自己的方式努力工作，卻無法博得韓國工廠老闆們的歡心，甚至和客戶端的社長起了口角，原因就在於他拒絕去有女人坐檯的酒吧、不肯通融寫假合約、沒有私下塞紅包給中階主管，或是在聊政治話題時跟對方一言不合等等。去年，他還突然闖進了金宥靜組長在客戶端社長的牽線之下在大邱的相親場合。直到現在，只要想起這件事，尚秀的主管南部長都還心有餘悸。對方的社長不過是好心幫忙牽線，結果心情卻被搞得烏煙瘴氣，最後直接告孔尚秀妨害名譽。這也難怪了，畢竟尚秀突然跑到同事的相親場合撒野，還特地去找安排這場相親的社長，朝著對方破口大罵，這不只讓社長顏面掃地，公司名譽也蒙受了極大的損失。再說，尚秀還隨身帶著拿來勒住兩個人的脖子都綽綽有餘、長如蟒蛇般的線團，以至於被懷疑他有意藉此要脅對方。那玩意有什麼重要的？幹麼還寶貝地裝在輔助包裡頭啊？「嘖嘖嘖。」每當想起這件事，南部長就忍不住咂舌三聲。大邱熱得要命，他卻穿著一身西裝，揹著帆布包，帶著線和產品型錄，還有那悲傷的單戀和鬱憤跑去鬧場。

倘若尚秀沒有大力宣傳自己是——雖然已經過氣、但至少擔任過國會議員的——政治家的第二代，搞不好事情就會鬧大。其實，當時是尚秀的繼母出面擋下了這件事。南部長首次與尚秀的家人接觸，卻因此對自己向來藐視的尚秀有了些許不同的評價。繼母的聲音聽起來相當年輕，自己高興時就打電話過來，不高興時就掛掉電話的態度，展現出長久以來習慣使喚他人的姿態。她先說了一句：「我家孩子在哪兒呀？」接著參雜半語，自言自語：「這下真令人頭疼啊，肯定又要不得安寧了。」然後又判斷「應該無法用錢解決吧？畢竟人家是社長」，最後說：「我去打通電話，請您稍等一會吧。」結果只憑一通電話，就讓對方在上午撤回了告訴。

對方的社長也打電話給部長，問那小子是誰家的兒子。是啊，孔尚秀到底是什麼來頭，家世有多顯赫，人脈又有多廣啊？不，這些都不重要，重要的是他和會長的關係究竟有多親近？

事情解決之後，部長讓金宥靜組長去休假，因為她好像受到不小的驚嚇。但宥靜只請了一天假，而且還親自去拜訪那位社長，確認即便發生這種事，交易也不會有所變動——由於客戶要將重心轉移至中國，至少向半島縫紉購買了相當於八千萬元的機器。宥靜向公司報告時表示，「實際上孔尚秀先生什麼也沒做」，但誰也不知道這句話是否屬實，或許她是打算袒護尚秀，平息整件事。

「但還是很難處理吧？孔尚秀先生這麼做，等於是讓金宥靜組長妳左右為難啊。」

「當然了，部長，我自然是騎虎難下。」

說實在的，宥靜並不怎麼覺得為難，只不過為了附和部長，才表現得好像真的很苦惱似的。她之所以不感到困擾，是因為早料到尚秀會這麼做——在尚秀知道她要去相親，前一天打電話她卻沒有接、後來直接把手機關機時，事情也許就註定會演變成這樣了。尚秀知道宥靜是為了維繫和客戶的關係，才不得已去相親，所以他貿然出面，想把她從那種窘境拯救出來。儘管尚秀基本上是個小心謹慎的人，有時卻會衝動地做出荒唐的行徑。

一定是公司裡的某個人把她在大邱相親的事情告訴了尚秀。儘管公司的人並不把尚秀視為會威脅到自己的競爭對手，但仍免不了想暗地折磨他，利用各種卑劣手段引發他的不安和恐懼。每當見識到這些人的低級愛好，宥靜總會忍不住心想，正如同人類有千變萬化的臉孔，惡也有濃淡層次之分。

總之，尚秀花了兩個月的時間熟悉代理組長這個職位，不過，就算職稱前面多了個奇怪的「代理」兩字，組長畢竟是組長，底下沒有半個組員，這怎麼說得過去？因此他向部長要求分配組員給自己。

「組員？」

部長大吃一驚，同時又感到難為情。組長要求指派組員是天經地義的事，自己竟然因此被嚇到了。

「我思考過應該如何帶領這個小組，所以是否該組成小組，透過夥伴關係來凝聚力量、專攻海外業務，尤其是越南。」

「越南？」

部長反問後，不由自主地笑了。因為在幹部會議上，大家確實討論過要讓尚秀專門負責海外業務。反正尚秀的英文不行，所以沒法和買家吵架，訂單也就不會減少。站在部長的立場，聽到只會闖禍的尚秀大言不慚地說什麼夥伴關係、組長角色，雖然覺得很無言，但他仍耐心規勸尚秀。

「雖然只有一個人，不過你過去不是累積了不少客戶？你不是很認真工作，在全國到處跑，奉獻了二十幾歲的大好光陰嗎？像之前颱風鯰魚來襲時也是。」

「是鳴蟬。」

「喔，對啦，颱風鳴蟬來襲時，你不是去了釜山，還差點送命嗎？」

「我人在影島大橋上，真的差點就被吹走了。」

「就是說嘛，那種苦日子你都一個人熬過來了，哪還需要什麼組員？我經常光顧一家叫做圃隱生魚片的店，老闆是朝鮮飯店主廚出身，他在店裡牆面上寫了『一人只能點一瓶燒酒』，還有『凡事不要太勉強自己』，這根本就是人生格言，你說是不是？別太勉強自己，要是組員變多了，想做的事都做不成。你看看我，就是因為肩膀上扛著這麼多組員，所以才無法隨心所欲，必須扼殺野性活下去，真把我給折騰死啦！」

儘管如此，尚秀依然認為這違背了原則。組長底下沒有組員，這個空欄根本就說不過去嘛。過了好幾天，這個念頭依然沒有消失，所以尚秀寫了各種企劃書，跑去向部長說明需要組員的理由。儘管每次部長都會拐彎抹角，不肯直截了當地回答尚秀，但尚秀並沒有因此退縮。他走進部長的辦公室發表自己的意見，午餐時間跟著部長去吃解酒湯或河豚湯，邊吃邊提問成了他這個代理組長最重要的工作。吃完午餐，在回公司的路上，他帶偏愛美式咖啡和卡布奇諾的部長到自己經常光顧的咖啡廳，請店家在集點卡上蓋下兩個章，同時詢問部長這件事是不是公司的陰謀，其實這項人事命令是為了解僱自己所鋪的路。當部長否認，他就會鍥而不捨地追問，若非如此，為何公司不遵守原則。但部長每次都覺得痛苦萬分，內心巴不得把這個毫不知變通又沒有眼力的人炒魷魚。但是，部長不確定會長和尚秀的父親到底熟到什麼程度，所以只能一再忍耐，直到某一刻，他才突然想到要問：「你父親近來好嗎？他和會長是重考補習班的同學對吧？」

「您為何提起我父親的事呢？」

尚秀的臉色突然變得很僵硬。

「我和父親幾乎斷絕了父子關係，所以沒有往來，我也不是靠爸一族。」

「誰說你是靠爸一族了？」

「您不是這麼認為嗎？」

「沒這回事，誰說的？大家都知道你不是靠爸一族，你絕對不是那種人。孔尚秀組長，你看，叫你的時候把『代理』兩個字拿掉也無所謂。業務這份工作，是用靈魂經營出來的，是關於人的意志。唯有理解俗世，我們才能賣出商品。你要努力去了解人心，這樣我們才不會變成怪物，是不是？但我可不是說孔組長你是怪物……話說回來，你父親孔議員過得好嗎？最近還和會長去打高爾夫球嗎？」

尚秀通常不太回答這種問題，但最後仍不情願地答腔，說會長最近傷到了手腕，所以不打高爾夫球了。

「手腕受傷？你怎麼知道？你不是和你父親斷絕往來了嗎？」

「是我母親說的，但這件事重要嗎？」

「我日前也和你母親通過電話呢。她和會長夫人很親近嗎？」

「是啊，畢竟都是互助會成員。所以，我剛才說的……」

「你不就是需要組員嗎？」

「是的，這樣我也才能做出點成績來，不是嗎？」

「這倒也是。」

聽到這句話，尚秀倒是慌了一下，因為這是部長近一個月以來首次爽快地認同自己的話。

「是啊，沒有組員就等於被斷手斷腳，這樣組長要怎麼當呢？我也認為這是個問題。這件事都是其他部門主管為了中飽私囊才造成的，不過孔組長你先等等吧，我會解決的。」

就這樣，主管們不得不修正原本想透過「代理」賦予的臨時性來減輕負擔，同時適當安撫尚秀的計畫，並為此召開了會議。雖然這次會議的重點依舊在於孔尚秀的父親和會長的關係究竟有多親近，但因為總務部正好有一個想資遣的員工，於是大家就此定案——這件差事落到了在公司總務部任職八年的朴敬愛頭上。

一提起朴敬愛這個名字，主管們的腦海中紛紛浮現了幾個不太愉快的畫面，好比一個高個子總是把手插在口袋裡走來走去，遇到主管時只會簡單點個頭就走掉；又好比有車子擋住了其他車子時，只會打電話過來丟下一句「就算那是某某主管的車子，也打個電話請對方移開吧」；再不然就是午餐時間過後，叼根菸一邊散步的模樣。還有幾年前，因公司組織調整，人事上有異動，解僱了一些員工——當時在行銷部的敬愛被調到了總務部——她卻加入靜坐示威的行列，讓主管們深感頭疼。甚至有主管詢問，那個員工現在還留在公司嗎？儘管不知道敬愛為何如此義憤填膺，但諷刺的是，因為她和其他員工一起削髮抗議，在結束靜坐示威上頭扮演了關鍵性的角色，所以大家都知道她這號人物。

會議的結果傳到了尚秀耳中，他自然也聽到了自己苦苦期盼的組員的名字。這個名字同樣也讓尚秀回想起一個畫面——每隔週的星期五下午三點半到四點半，敬愛會在員工餐廳旁邊的簡易倉庫分發員工申請的辦公用品。公司主張，如果是在事後購買，就會購入價格高得離譜的用品，因此六十多年來固守著當初成立時的方式，將單純為了實用而存在的平凡辦公用品大量囤積在倉庫，之後再一併發放給員工。

敬愛會走進那充滿濕氣又陰暗的倉庫，將用品分給大家，再不然就是一邊等待申請用品卻沒來領的員工，一邊蹲在倉庫旁邊抽菸。當幾乎每件事都會遲到的尚秀氣喘吁吁地來到倉庫，就會看到敬愛叼著一根菸，伸手將蓬亂的瀏海梳到額頭上，對他喊一聲「喂」，那低沉沙啞的嗓音就和簡易倉庫一樣潮濕，彷彿足以讓每個人的心情頓時跌入谷底。

「好喔，『喂』先生在這裡。」

當尚秀說出這種無趣的玩笑話時，敬愛的嘴角自然是不為所動，同時再次吸了口菸。

「你被否決了。」

「否決？」

「我是說你申請的用品。我以為沒問題，所以把清單交給了科長，結果被臭罵了一頓。你到底為什麼需要紙鎮和看書架之類的東西？這公司沒有人需要那種東西啊。」

每當聽到這番話，以及否決事由上寫著「不必要的物品」時，尚秀那一天就只能空手而返。當然，他也不是一無所獲，因為敬愛會遞給他一根香菸，對他說：「既然來了，抽一根再走吧。」但即便從敬愛手中接過了那根又細又長、散發薄荷味的香菸，尚秀仍顧忌那裡是禁菸區，不敢貿然點燃它。可是，如果就這麼走掉又不太好意思，因此他只能尷尬地杵在原地。這時敬愛則像是已經忘記尚秀的存在似地繼續吞雲吐霧，兀自將視線投向遠方。她彷彿很專注地看著堆高機裝載物品、駛出工廠，接著開到卡車附近緩緩卸貨的情景；但也像是在看身穿藍色制服、拿著紙杯走出來，正彼此談話的工人；再不然，就是在看餐廳的女員工一邊清洗放進大桶子的蘿蔔，一邊嘰嘰喳喳聊天，彷彿以節奏感構成週五午後時光的風景。

「喂。」

敬愛完全沒確認時間，卻準確知道已經四點半了，於是自動將指尖上的香菸在地上敲兩下，捻熄了。

「我不能再被公司罵了。」

她關上簡易倉庫的門，像是在做體操般，邊將手臂前後甩動邊這麼說。

「哪有可以被公司罵的人呢？我也不行。」

「你不一樣啊。」

「我哪裡不一樣了？」

這時，只見敬愛聳了聳肩膀道：「你如果不抽的話，就把菸給我吧。」雖然尚秀的確很少抽菸，但總覺得給了東西又要回去的行為不太對，所以沒有把菸還給敬愛。

「我真的不能得罪公司，否則一不小心就會被炒魷魚。所以，還請你高抬貴手幫個忙吧？」

但很不幸地，之後尚秀也沒有幫上敬愛的忙，他仍像是在寫毫無希望的情書般，填寫了很顯然會被否決和寫上「不必要的物品」的物品申請單。尚秀的物品申請單有個問題，就是它總比世界上的所有要求都來得精準和誠懇。明明只要勾選「原子筆（黑色）」的欄位或留下空格就夠了，但他非得在上頭寫「施德樓三角原子筆 432」；如果需要「鋼珠筆（藍色）」，也只要在上面打勾就行了，他卻硬要填寫「斑馬 Sarasa Clip 鋼珠筆 0.3mm」。就連這微不足道的辦公用品，尚秀都懷抱著強烈的渴望，希望準確地拿到某個特定型號，也因此即便每次都期待落空，他依然沒有放棄。就在這段時間內，公司內部網站好不容易改版，再也不需要當面通報批准與否，但「否決」的乒乓球依然在敬愛與尚秀之間打來打去，賽末點就這樣不斷累積，但誰也不知道它會為這臨時組成的小組帶來何種活力，也沒人對此懷抱期待。

看到總務科長彷彿宣布什麼天大的好消息般，告知敬愛被調到業務部的消息，敬愛忍不住露出了索然無味的笑容。原本在行銷部的人被調到總務部，接著又跑到業務部，顯然就是因為沒有背景才被丟來丟去，這與讓她發揮所長或資歷而獲得認同畢竟不一樣，但反正無論到哪都必須忍氣吞聲，所以敬愛只是點點頭說：「我知道了。」

那一天晚上，朋友日英聽到了來龍去脈，忍不住說了句：「真是掩耳盜鈴啊，這家公司怎麼一點都沒變？」算是替整件事做了總結。敬愛想起了三年前靜坐示威時，日英靈機一動，說要把這句話當成口號。相較於「嚴懲非法解僱」、「不惜流血鬥爭」，敬愛更喜歡這句口號，因為光憑嚴懲或鬥爭這樣的字眼，似乎無法和公司對抗。該怎麼形容公司的態度呢？它就和毒蛇一樣陰險又可憎，要是表現得很露骨也就罷了，但它的做法卻只會讓人感到無力。公司一起受理了辭呈，後來卻只有四十幾名員工的辭呈沒有退回，其中大部分都是白領族，僅有一部分是物流中心及生產線的員工。這些都是公司為了因應紡織步入夕陽產業，將重心轉移至印表機、汽車零件的噴油嘴和卡拉OK音響設施等產品時所縮減的人力。

雖然辭呈的確是自己親手交出去的，但這些辭呈未被退回的員工也沒有乖乖離開公司，成了宛如在頹圮宅子中徘徊的幽靈。再說了，偶爾公司不知道根據什麼標準，會突然把員工一個個調職，所以有很多人不敢積極加入靜坐示威的行列。

日英是在物流組工作的員工。公司先前說要加薪，之後卻縮減了工時，導致她領到的薪水依舊相同，她向公司抗議，卻始終沒有收到回覆——她的辭呈一直沒有被退回。日英和敬愛一樣個子很高，因此參加集會時兩人總是鶴立雞群。敬愛打從一開始就對日英產生了好感，因為她沒有對自己說：「女孩子怎麼長這麼高啊？」她只說：「欸，妳不覺得有時個子高超不方便的嗎？」靜坐示威的人也分位階，日英和敬愛會在熬夜時一起煮泡麵、做些打掃靜坐示威的帳篷等雜活，在同甘共苦五十天之後，兩人成了朋友。

敬愛與日英的頻率很合，從一開始就不分彼此、無所不談。兩人對話的感覺，就像不經意抓起桌上下酒的爆米花來吃一樣，斷掉後又能接著講下去。敬愛不必詳細說明，日英也會接著說「那個我知道」，而敬愛同樣會說「我當然知道了」，最後日英就會說「這就是這樣，那就是那樣」，將整件事做個簡單的整理，好比風中有殘燭、有備就無患之類的——不管對或不對，日英一定會用主語和謂語改掉四字成語。每當她以很離譜的說法總結整個狀況，敬愛就會覺得發生在自己身上大大小小的不幸變得很滑稽可笑，並因此獲得力量。

日英現在兼了兩份差，一方面替郊區的房子抄水表，同時又在當天配送的購物中心負責物流工作。敬愛之所以喜歡日英，就在於日英從行程滿檔的生活中獲得了面對萬事萬物的態度。雖然已經受夠了討生活這件事，但又帶著總之「我會活下去」的義務感，因此那種態度中帶有一種敦厚和堅強。敬愛很喜歡那種「無論變成什麼樣子，我們都要活下去」的調調，因為只要這樣一說，難以忍受的情緒彷彿就會平靜下來。

敬愛一提起組長孔尚秀的事，日英便說「哦哦」，然後點了點頭，表示她記得這個人。每次他提出商品出貨的要求，就必定會打電話過來催促進度，起初日英還覺得他是個很謹慎仔細的人，後來才知道那似乎只是他的習慣。尚秀那施加壓力的態度讓日英以為他是個體型魁梧的大塊頭，但後來有一次當面拿東西給他時，才發現他瘦得像根竹竿，對日英說「謝謝」的聲音也像蚊子一樣。總之，日英的結論是，那個男人應該是個表裡不一的人。

敬愛與日英一同走出啤酒屋，朝地鐵站的方向前進。即便是在天寒地凍的嚴冬，日英仍會穿著萬年不變的皮夾克，而春寒料峭的那天也一樣。敬愛解開自己的圍巾，纏繞在日英與自己的脖子上。走出巷子後，兩人為了避免圍巾擋去他人去路，必須更貼近彼此。敬愛走到一半停了下來，替自己和日英調整圍巾。

敬愛想起日英曾說過，她必須到一般人無法想像、偏僻到不行的地區抄水表，還說自己從來都不知道大都市的邊緣會有那種草木蓊鬱、人跡稀少的地方。畢竟在那種荒郊野外仍有居民和工廠，鋪設了水管，就有人使用；有人使用，就必須去計算用水量，所以日英只好騎機車到那附近，剩下的山路則靠步行，親自去確認刻度上的數字，但她最害怕的就是狗群。那種地方必然有小狗繁殖場，所以會碰上許多不知道是脫逃或是被遺棄的野狗，自從有一次為了躲狗而不慎扭傷腳踝後，她便隨身攜帶登山杖驅逐狗群。

「趙老師說要找個時間碰面耶。」

兩人在地鐵站告別時，日英說。敬愛只複誦了「趙老師」三個字，就圍著圍巾走進了剪票口。

罷工之所以無法取得顯著的成果、最後不了了之，原因就在於敬愛向工會抗議在罷工期間發生的性騷擾事件。敬愛把部分員工性騷擾他人的紀錄——將參加者對自己說的話錄下來的檔案，以及匿名寫成的「罷工日記」——當成證據帶在身上。這個點子是由外部的社運人士所提出的，就是在某處掛上一本筆記本，再記錄下自己想寫的任何句子。日記本就掛在備品倉庫，那裡同時是罷工者納涼和白天休息的地方。剃掉頭髮之後，敬愛對氣溫的變化要比先前更敏感，因此在倉庫待了很長時間。太陽西沉之後，頭部就會變得很冰涼，在大太陽底下時，又會隨即變得滾燙不已，不消一兩天，削髮的員工全都感冒了。

罷工者占據備品倉庫的那段時間，沒有人能拿到配給的辦公用品，所以前輩們開玩笑說補給線斷了。雖然在那座倉庫裡，罷工員工用得到的東西就只有製作標語的紙張和書寫工具，但等到罷工一結束，公司卻計算出倉庫內所有物品的總額，要求工會賠償，而這個任務，就落到了被調到總務部的敬愛頭上。

敬愛一方面納悶，罷工時真的可能用到七十打原子筆嗎？但依然寫了下來；即便不可能用到幾百箱的A4紙，但如果公司計算出來是這樣，她也只能照做。公司之所以叫敬愛做這件事，自然是別有居心，一方面是要利用親自參與罷工的敬愛，另一方面則想羞辱她。敬愛甚至心想，是否乾脆辭職不幹比較好？假如當時她的母親沒有得乳癌，沒有關掉美容院開始抗癌治療的話，她就能做出那樣的選擇。不，搞不好她依舊不會辭職。雖然敬愛在搞砸一切的罪惡感，以及那絕不單單只是她的責任的自我防禦中感到不知所措，但她仍下定決心不逃避問題。人絕對不能那樣做，只要逃避一次，就只能再次蜷縮在房間角落，絕望地度過一天又一天。敬愛絕對不能再回到那時候。她還記得清清楚楚，徹底關上心扉、選擇乾脆帶著鐵石心腸活下去的自己是何等悲慘。

透過日英，敬愛得知趙老師在被公司裁員之後，至今仍生活困頓的消息。究竟變得多悲慘呢？那樣的人究竟又有多少？敬愛越想就越心寒。

在參與罷工的員工之間，趙老師也隱約是被孤立落單的人物，即便來到罷工現場，他仍穿著一套正式西裝，使用繡有「慶祝創立三十週年」藍色字樣的手帕，而運動服也是某一年公司郊遊時全體員工穿的那一套。他說自己不穿沒有口袋與無領的衣服，不肯穿大家說好要統一的T恤，被主委當面斥責：「現在不是計較服裝的時候。」日英卻替趙老師說話，說他和自己的父親很像。日英的父親在故鄉德積島擔任多年校工，至今已與病魔對抗超過十年，他也像趙老師一樣，總是穿著有領子和顏色的衣服，無論面對任何事都會認真仔細地處理。每當村裡需要字體工整的人幫忙寫公文時，就會跑來找日英的父親。「我爸和我是天壤之別。」日英硬是補充了一句。

「我就是因為不像我爸，才會淪落到這個地步。」

聽到日英這麼說，原本只是靜靜聆聽的敬愛忍不住叮嚀她別那樣想。

「沒必要為了認同某人而貶低自己。人生不是什麼翹翹板，而是像鞦韆一樣，各自蹬腳盪到最高，再隨時間緩緩滑落。大家都只是在彼此身旁盪著自己的鞦韆罷了。」

趙老師無意開口向其他員工解釋，只不過他似乎意識到了別人的視線，因而在那天的「罷工日記」中寫下了「沒辦法攜帶原子筆的衣服很不方便，所以沒有穿」，來總結自己的立場。

一定要隨身攜帶原子筆的人生。敬愛仔細咀嚼著這句話，同時認為即便趙老師被解僱後淪落到了停車場，他仍然有穿上西裝的資格。趙老師對於在眾人面前發表一席感人的演說、比腕力或者占領機房沒什麼天分，他只不過是忠實地在記錄「罷工日記」而已。他拿著原子筆，把泡麵紙箱當成桌子寫日記的模樣看起來很自在，也讓人感到熟悉。他所寫下的內容大概像這樣：

今天的集會地點是在勞動部前面，我們排成兩列，第一排有朴敬愛、金多靜、李民善、柳日英、金善漢、張明亮等罷工青年。集會時間為兩小時，結束之後，我們搭乘計程車回到公司。

勞動部前面除了我們，還有韓電、金屬、物流、銀行工會的人出來舉牌示威。

三點左右，我們在外國連鎖咖啡品牌星巴克前面排隊，因為星巴克舉辦冰美式咖啡免費的週年慶活動。朴敬愛表示想和柳日英一起喝冰美式咖啡。金多靜點了抹茶奶霜星冰樂，那是把牛奶和抹茶打成冰沙的飲料。

今日備品倉庫進貨狀況：未挑選的蘋果五十～六十顆入一箱、永鎮精肉餐廳老闆贈送的三十罐營業用一九〇毫升泉淵汽水、購入一卷八公尺橫幅布條用白布、YT產業安全棉手套三十五克十打（一束）、OKONG 紅色與藍色噴漆二十罐……

讀過如此誠心誠意寫出的紀錄後，敬愛覺得趙老師沒有穿T恤是很理所當然的事，而且就算一直不穿也無所謂。過了一個月左右，「罷工日記」上寫了這樣的內容：

工會主委今天摸了我的臉頰，還握住了我的手腕，讓人心情很不爽。今天酒醉的權先生對我說：「妳要不要跟我去約會啊？」還把我推到牆邊，試圖抱我。

敬愛向工會幹部報告這件事情之後，對方卻把她帶到離罷工布條很遠的地方，安撫她說：「眼下我們的處境不是很那個嗎？所以妳就先等等吧，我會叫那個人注意一點的。」

「我們的處境很哪個？」

「我們必須贏啊。敬愛，我們不是喊著要贏，還把頭髮給剃了嗎？」

敬愛無法接受這種理由，她參考匿名寫下的「罷工日記」，向員工確認了性騷擾的事實。偏偏在這時候，當地報紙刊登了罷工過程中性騷擾事件不斷的新聞，造成女性員工脫離罷工行列，甚至有父母跑來質問是否有必要做到這種地步，並把自家孩子給載走。罷工隊伍潰不成軍，在人心動盪的期間，敬愛遭到了誤會，有人質問她是不是公司派來的間諜，提供情報能拿到多少錢，還有人嘲諷她先前不惜削髮都只是在作秀，「公司向敬愛保證，只要她能擺平罷工，就能保住自己的飯碗」之類的閒言閒語到處流竄。

只有趙老師對敬愛說沒關係，但敬愛知道，事實上最有關係的人就是趙老師。畢竟他為公司奉獻了一輩子，要找其他工作，年紀已經太大了。在參與罷工的人之中，只有幾個人重新回到公司，而敬愛就是其中之一。直到最後一刻，趙老師仍再三叮囑敬愛，絕對不要自己丟辭呈走人。

「人是不能沒有工作的。朴敬愛小姐，日本有句話說，『生疏的漁夫畏懼碰上暴風雨，老練的漁夫卻害怕起霧』。往後只要好好生活，避免起霧就行了。不要去害怕眼前發生的壞事，而我也同樣會這麼做。」

趙老師在離開公司的同時，將自己保管的「罷工日記」交給了敬愛。雖然敬愛一開始收藏著這本筆記，在隱忍公然排擠與仇視的那個冬季，卻將它扔進了焚化廠。她心想，如果不拋下初衷，就無法捱過這些日子。無論哪一頁上頭的哪一段真實紀錄，都令她感到痛苦萬分。敬愛很想問個明白，那些衝著她指責「都是因為妳，大家才會失敗」的人是否至今仍這麼認為。罷工雖然鎩羽而歸，但剛開始大家對置身痛苦中的彼此惺惺相惜的事實，難道就一點都不重要嗎？不過敬愛卻沒機會這麼問了，因為他們對她的尖銳指責宛如暴風雪般突然平息，轉眼間消失得無影無蹤。

尚秀向人事部拿了敬愛的履歷副本和去年的績效表之後就直接下班了。回到家後，他一邊吃著事先做好的飯糰，一邊研究起敬愛這個人。敬愛寫了很長的自我介紹，但提到家庭環境時，只簡單扼要地寫了一句「世代家境清寒，希望自己能盡孝道」。描述完大學生活的部分後，她寫道自己尊敬的人是全世界第一位女性太空人范倫蒂娜・泰勒斯可娃和作家瑪麗・雪萊，在自我介紹的最後，也引用了這位太空人說過的話——「踏上宇宙後，才真切感受到地球有多渺小脆弱」，只不過，這些都不太能表現出新進人員該有的企圖心。敬愛的電子郵件帳號「frankensteinfree-zing」很長，因此顯得很特殊，尚秀卻覺得這個任何人都很難記住且似乎別有深意的帳號組合看起來很眼熟，於是稍微想了一下。對尚秀而言，逛社群網站或網路，就和活力充沛的貓咪「悄聲地到處跑來跑去」一樣，是頻繁享受特定空間的過程，所以搞不好他真的在哪裡看過。只不過，假如他是人事部長，大概不會錄用在履歷上有這種電子郵件地址的員工。冗長意味著不實際，也就代表她對於即將在公司從事的「勞動」毫無概念。

敬愛從來不曾遲到，績效卻被評為C。經過模擬後的改組案顯示，敬愛的職位應該往上調整，但她並沒有升遷，而且改組案上標示了「人事積滯」[2]。「積滯」這個字眼讓人不由得聯想到不斷堆積在簡易倉庫的影印紙、文具用品、帳簿、多用途膠帶，和已經不知道放在那裡幾年、滿坑滿谷的紙箱。

就在尚秀思索著敬愛的事情時，房間內變得越來越冷了。雖然有開暖氣的必要，但每三天就會檢查一次量表、確認瓦斯使用量的尚秀卻無法這麼做，因為依他這個月的計算，開銷已經超過了四萬八千元。即使是在冬天，尚秀也不會在瓦斯費上頭花超過五萬元，這是他的生活原則。

不過，尚秀倒是打開了能讓屁股變暖的小型電暖坐墊，蓋上了一件毛毯，同時覺得忍受寒冷、坐在書桌前研究敬愛的自己很了不起。他在敬愛的履歷大頭照旁邊寫上了「積滯」兩個字。敬愛的模樣與現在有天壤之別，照片中的她臉上還有嬰兒肥，留著長髮，而且是捲髮。彷彿被洗衣機脫水過，又像下垂的彈簧般彎彎曲曲的捲髮，讓人不禁尋思敬愛在求職時期所懷有的期待。她應該是在美容院上班吧？當時應該也會化妝吧？

像是上睫毛膏、畫眼線或眼影之類的。頭部稍微往右傾的敬愛，就像懷著一抹促狹的疑問。這時，尚秀突然對自己寫上積滯兩字感到愧疚起來。

但同時，卻又沒有比它更適合用來形容敬愛的詞了。當敬愛等待其他員工、在大太陽底下坐著發呆時，那段午後時光沒有如水流般走遠，反倒給人一種撞到某處後卡住又凹陷下去的感覺。該怎麼形容給了尚秀一根菸之後，卻讓他覺得無法輕易轉身走掉的敬愛呢？她就像是在那午後景象所帶來的情緒中苦撐般。所謂的時間，理當慢慢流逝，逐漸走遠，但真正被消耗掉的卻只有香菸，其餘的一切，彷彿全沉重地壓在敬愛的背部和肩膀上。

尚秀對這種女人再了解不過了，在他所經營的「姊姊無罪」臉書專頁上，多得是這種女人。尚秀經營這個戀愛諮商專頁已經八年，粉絲達到了兩萬人。當然，在現實生活中，他並不是一位姊姊，而是大哥或歐爸——雖然就連被這樣叫的機會都少之又少，不過至少那個臉書帳號被大家稱為「姊姊」，尚秀也以這樣的身分過了很長一段時日。做

---

2 指組織內要升遷的人數眾多，職缺卻相對少，在僧多粥少的情況下，導致有人無法升遷的情況。

愛的女人、被迫的女人、必須分手的女人、吵架的女人、打算離開家人的女人、意志消沉的女人、被欺騙的女人、變胖的女人、消費的女人、必須保守祕密的女人、委屈的女人、死去或打算尋死的女人、憤怒的女人、年幼或年紀過大的女人，當一個姊姊，就代表很了這方面的事。

為了安慰那些女人，尚秀會在收到大家寄來的故事後，在臉書專頁上發文回覆。儘管他花了很多的心思，但他畢竟不是一位真的「姊姊」，因此有時難免得說謊。不過，幸虧都只是一些無傷大雅的謊言，像是把「當然愛過她了」改成「當然愛過他了」，「大一結束後，朋友都去當兵了」改成「大一結束後，朋友都去留學了」，還有「早上起床之後刮了鬍子」改成「除去臉部的細毛」。即便不得已必須說謊，但至少尚秀是出自真心，真的把自己當成了所有女人的姊姊，將自己寄託於使內心猶如狂風席捲的記憶或情感，寫下字字句句。

當然，他也自然會需要關於女性生活的素材。這時他會從塞滿自己小小公寓的書籍——全部都是戀愛小說——以及錄影帶、ＤＶＤ和牆面海報上的那些謬斯身上獲得靈感。這些繆斯都是九〇年代、尚秀才十幾歲時的當紅女主角，包括張曼玉、梅格·萊恩、茱莉亞·羅勃茲、廣末涼子與崔真實等演員。對於那些因無法實現的愛情而備受煎熬的女人，尚秀會一邊想著張曼玉在《甜蜜蜜》中所扮演的角色，在屢次擦身而過的愛情面前露出淒楚淡然的臉孔，一邊寫下「請別哭泣」、「把重心回歸自己身上吧！」對於那些苦惱配不配得上對方的女人，他則是在寫的時候，回想著茱莉亞·羅勃茲在愛情片《麻雀變鳳凰》中懷抱的某種開拓精神。尚秀會跟隨著一流演員的演技，追求不分階級的愛情，一會化身為爭取企業家之愛的應召女郎，一會又與平凡書店主人展開戀情。

多虧於此，尚秀的臉書成了眾所皆知的知名專頁，甚至還有人要求他出書，但尚秀無法暴露自己的真實身分。儘管有許多人想訪問他、邀請他上節目，懇切地說「姊姊，跟我見一面吧」，但他無法以現年三十七歲、擔任半島縫紉代理組長、居住於麻浦區的男性身分現身，因為如此一來，過去以姊姊的身分所說的安慰和忠告，都會徹底變成謊言。「姊姊無罪」這個專頁對尚秀來說非常重要，不能任它被當成某人用來擤鼻涕的衛生紙、八卦新聞、煽情緋聞和變態的興趣之類，而且對於時不時想像自己會孤獨死去的他而言，也是唯一的人生意義。

專頁收到的信件中均記錄了愛情的生死。有些愛情始於單純搭了同一輛火車、兩人都在小時候運動會的賽跑中拿到最後一名、一起看了初雪、同樣擁有被父母虐待的記憶、被朋友們孤立、喜歡同一個樂團、目不轉睛地看著對方老舊的夾克或大衣、看起來特別冷或特別熱、在餐廳裡大汗淋漓地認真吃著某樣東西，還有轉身後慢吞吞地走向地鐵站等。

愛情開始的契機是如此偶然，沒有類型限制，也無法理解。但愛情消失的過程卻描繪了準確、具體的不在場證明，好比貧窮與暴力、背叛與謊言、宗教、政治、國籍差異、家庭糾紛、父母反對、兄弟姊妹反對、死黨或恩師反對、飼養的貓狗反對、倫理上的判斷——不倫或小三的出現。愛情的消逝，如此分毫不差又令人哀傷。

尚秀一天會收到數十個故事，他會傾注心血挑選要回覆的信件。因為其中還包含了酸民企圖捉弄與騷擾尚秀而寄來的信件，所以理解內容和挑選信件的過程有如從垃圾堆中尋找完好物品般累人。畢竟，信件必須點開讀了才知道。儘管酸民會在信件中放入愛情的字眼及各種故事，但真正在現實生活中經歷痛苦的女生反倒會將所有過程加以濃縮。尚秀必須在這些被折疊精簡的故事中讀出她們內心的混亂，而這往往是他的感受力和想像力發揮得淋漓盡致的時刻。

當尚秀出神地聆聽她們訴說的痛苦時，腦海就會浮現某人將手機或電腦放在自己面前，努力想著要如何說明真心的模樣，還會連帶想像那人周邊的噪音。那一定是在日常生活中時常聽見的聲音，像是風扇轉動、有人拉動椅子，又或者加班的同事一邊伸懶腰，一邊說「你還沒走啊？」的聲音。

但是，此時某個人因為失去了愛情，所以與那些日常噪音完全阻隔開來，彷彿一個空洞般，陷入與日常毫不相干的狀態。那個空洞不是被施加了過多的重力，就是沒有任何重力，導致自己感覺像被徹底拋棄一樣。這是尚秀經常會有的情緒。失戀的痛苦宛如狡猾的惡黨，就連當事人最後緊緊抓住的一絲日常都要毫不留情地奪去。正因為知道當事人無力打電話給朋友，問候對方過得好不好，無法不帶愧疚地見家人，無法照常吃三餐和洗漱，無法看著浪漫水木劇哈哈大笑，無法準時繳納汽車稅或違規停車罰款，無法在聽到下雪或下雪的消息時優先擔心上下班的問題而不是心情，躺在床上時無法不哭濕枕頭，又或者無法在未寐清醒時不哭，因此尚秀經常會寫下「對這種事束手無策是理所當然的」。

總之，在大部分的事都做不了的日常生活中，也許在「姊姊無罪」寫信是他唯一能做的事，也因此當尚秀以「是我，姊姊」開頭準備娓娓道來時，無論過去做過什麼、曾經愛過誰，又或者獨自在某處硬撐，尚秀都會為打造出無罪的今日而努力。儘管有時成功，有時失敗——再度收到寫滿各種詛咒的抗議信——但只要有女人想聽尚秀說話，專頁就會繼續存在。

也許正是因為過著這種雙面生活，才會導致尚秀一直與公司格格不入。從姊姊到孔尚秀組長之間的轉換，無法單純用在家——基於安全性問題，尚秀只在家裡寫信——與公司兩個空間移動來劃分，如果要講得更冠冕堂皇一些，這件事涉及主體的轉移。然而，身處半島縫紉的生活，尚秀覺得自己不是姊姊、不是歐爸也不是哥哥，而是「那個東西」。在公司時，尚秀就像是需要說明書的某樣東西，必須不斷說明自己為什麼要帶著那麼重的化妝包，為什麼裡頭裝了那麼多化妝品，為什麼要走進隔間而不使用開放空間的男性小便斗，為什麼不和主管去桑拿……這所有問題的答案都只是「我高興」或「我不想」，但這兩句都是大家怎麼也無法理解的話，所以尚秀老是覺得自己成了需要說明書的砂磨機或銑刀。

當然，尚秀也有一個能夠濃縮自己立場、讓他人理解的答案。無論是多麼死纏爛打的人，只要尚秀對反覆回答問題感到厭煩，最後說出「我免服兵役」，大家就會點點頭，像是認為「這樣就都說得通了」。但如果對方是對尚秀這麼感興趣的人，就必定會對他的家庭背景感到好奇，如此一來，他就必須提供一半的人生經歷來完成這本說明書。透過這種方式對尚秀產生興趣的人，無論他再怎麼強調「我和父親已經斷絕往來了！」（一種宣稱「免除父親」的情況）也無濟於事，只因這個回答會讓人忍不住期待是否還有更戲劇性的故事。每當這時候，尚秀多少就會感到無力，同時回想起二十一歲時決定不再第三度重考的那個夜晚。

二〇〇二年的春天，父親不知為何提早回家，而尚秀則是從傍晚就在找機會到父親的書房去說「免除考試」這句話——我沒辦法再考一次大學入學能力測驗了——汗珠在他的手心凝結，沾濕了整個手掌。

那天繼母不在家，位於方背洞的公寓顯得很安靜，父親把電視轉到NBA轉播比賽，美國籍的解說員跟著選手的動線講解與歡呼，還有運動鞋的鞋底在球場上摩擦的聲音，都如幻聽般超現實。尚秀彷彿要踏入深坑般，踩著茫然又恐懼的步伐，屏氣斂息地敲了敲書房的門，接著聽到父親說了一句「進來」。身穿紫紅色毛衣的父親正在看轉播比賽，同時手持籃球，做出要射籃的樣子。那是一九九二年父親去美國時，親自拿給麥可・喬丹簽名的籃球。當時父親擔任政黨的副發言人，受到美國國務院的邀請而前往。尚秀與父親同行的美國之旅，是他第一次出國旅行，也是和親生母親最後一次的旅行。

尚秀走進書房，父親便讓出座位，對他說「坐吧、坐吧」，接著從迷你冰箱取出 Dr. Pepper 的可樂，拉開拉環後遞給他。父親的這種動作總散發出一種豪爽感，尚秀好一會都只是靜靜地喝著可樂，什麼話都說不出口。就在這段時間，喬丹連續得分，每一次父親都會用手緊扣籃球，不停使勁揮舞手臂。儘管當年重要的政治人物和他們的家人都參與了那趟美國行，尚秀和母親卻經常莫名被孤立，父親似乎也只是個壁花角色。或許原因在於他是唯一一位跨足政治圈的大學學者吧。

同行的人和樂融融地回憶昔日，中途卻又說起某某人的壞話。大家都認為那些人大部分是為了權力出賣信念的人，而剩下的就只是一群死人——接受嚴刑拷問後死去的人、入伍後生死未卜的人，以及痛得死去活來、最後真的死掉的人。父親會在旅途中說故事，而尚秀最喜歡聽的，就是他在選舉期間整天騎著自行車繞首爾一圈的事。從父親騎著自行車在首爾穿梭的故事中，可以感受到他身上很少看到的人性化的一面。儘管自行車的後座坐的不是他或哥哥，而是一堆選舉傳單，但只要想到父親曾經穿越斑馬線、口渴時買冰水來喝，要是覺得熱得受不了，就把襯衫從褲子裡拉出來，偶爾還只穿著背心努力踩著自行車在城市穿梭的畫面，尚秀的心裡就會平靜一些。

母親並不喜歡旅行，也不會努力融入同行的人之中。在籃球場是母親笑得最開心的時候。當時在美韓人會的相關人士把整場比賽下來不斷尷尬拍手和歡呼的同行人員帶到選手面前，讓每個人的手中各捧著一顆事先準備好的籃球，向球員要求簽名。簽完名的喬丹原本打算離去，卻突然轉身說了句話，結果母親忍不住笑了出來。無論再怎麼詢問，母親都沒有說喬丹講了什麼。她只是到處參觀帝國大廈和自由女神像之類的景點，等到太陽西沉、星光在夜空露臉時，在尚秀的耳邊輕輕哼唱起這首歌。

當你在月亮與紐約之間
徬徨無助時
這件事也許聽來瘋狂，卻是千真萬確
當你在月亮與紐約之間
不知所措時
你能做的最棒的一件事

就是墜入愛河

人生在世，總有一天
你會碰上一名
令你神魂顛倒的女人
之後，即便你背棄了城市
但當你於早晨睜開雙眼
你依然割捨不了她

即便你已走遠，即便你已離開她
也不會改變這個事實
接著，你會獨自納悶起來
嘿，我究竟是怎麼一回事？

雖然當時尚秀已經開始學習英文了，但他沒有讀書的天分，所以只記得 Moon、New

York City、Crazy 和 Love 之類的單字。後來他搜尋了才知道，那首歌出自電影原聲帶，歌名為〈Best That You Can Do〉[3]。直到現在，每當聽到那首歌，尚秀就會不自覺想起母親的悄悄話和當年的紐約風景，眼前彷彿依稀可見電梯上升時，紐約的黃色計程車縮小成玩具般的畫面。到了晚上，一輪又大又黃的月亮高掛海面，摩天大樓、高高低低的建築物、道路和路燈的光，全都像星星碎片般閃爍著。那些燈光和尚秀在首爾的南山塔上看到的截然不同，它們如微血管般密密麻麻遍布紐約市，就這樣掌控了整座城市。

「父親。」

中場休息時，尚秀終於開了口。聽到他說再也不想重考，父親按下靜音鍵，抹去了一切聲音，緊接著是一陣沉默。在聽不見聲音的畫面中，喬丹一邊聽著教練的說明，一邊不慌不忙地走向球場。比賽重新開始，球員們在場上穿梭，縱身跳躍做出「咻——」的射籃動作。因為沒有投進，再次「咻——」，球卻又被彈了出來，於是又「咻——」了一次。等到喬丹成功投進，啦啦隊便發出聽不見的歡呼聲，觀眾也激動地晃動高舉的拳頭。尚秀覺得這種無聲的場面格外淒涼。

3 這首西洋歌曲的詮釋版本各異，此處是依據韓文小說中出現的版本翻譯。

「真的不能嗎？」

過了很久，父親才開口問他。尚秀低下頭，他沒有辦法再重考了，不想用這種方式耗掉三年。他不想躺在那間位於龍仁的重考補習班的狹小床鋪上，數著天花板的菱形花紋，心想著為什麼母親要放棄治療，跑到住在札幌的阿姨那裡。包含一九九九年失去唯一的朋友恩寵在內，尚秀已經歷太多的死亡。他將自己關了起來，嘗試獨力解答心中的許多疑惑，在默默認定這些溫柔之人的死都與自己有關的同時，罪惡感也束縛了他。

「你會獲得恩寵的。」

每次和恩寵分開時，他都會這樣打招呼，同時脫下亞瑟士的毛線帽。

「不可以啊，萬萬不可。」

父親使用了比第三次參選失敗時更孤獨絕望的措辭，接著再度問了一次：「真的不能嗎？」聽到父親問第二次，尚秀只是默默流淚，沒有回答。尚秀完全考不上父親希望他考上的大學——並不是父親能考上、他也就能上榜。接著，父親提議送他去美國念書，但當時尚秀不是「能做」任何事的狀態，也唯有「不做」任何事才能讓他勉強活下來。這時父親又問，那麼往體育方面發展，或者靠從小就學習的鋼琴進大學如何？

但是，對於在準備重考的期間，體重因壓力而飆到九十幾公斤的尚秀來說，靠體育上大學這句話，就和叫他在一星期內減肥後站上伸展台沒兩樣。尚秀當時已經意志消沉到沒有力氣洗澡，連續三、四天都沒有盥洗的程度。不管繼母買了再好的衣服，他也只是到處亂丟，從頭到尾都穿同一套衣服。他也知道，同學們因此都叫他「浪人」。無論父親多富有、多知名，或者能替他做什麼，都與尚秀不相干。尚秀什麼都不想做，也不想要任何東西。

父親看穿了這點，為此大發雷霆。他猛力扔擲那顆彈性極佳的籃球，球彈了起來，砸破了他今年最驕傲的校友獎、大韓民國新領袖獎、全國經濟人聯合會的感謝狀等獎盃。尚秀在挨打的同時忍不住心想，要是一直用臉去擋球硬撐，還不如乾脆被球砸死算了。接著，彈出去的籃球壓到了遙控器，電視機瞬間響起觀眾席「哇啊——哇啊——哦——」的吶喊，尚秀不禁回想起多年前不知道母親會那樣離開自己、也沒想到自己會變成如此窩囊的大人的時期。那是在一九九二年，沒人能預測他人的不幸，只在乎月亮、紐約以及擔憂會與誰墜入愛河的某一天。

挨揍的尚秀只能用毛巾摀住臉，一個人前往急診室。他的鼻梁斷了。自從小時候被哥哥揮舞的球棒打中，這是第二次鼻梁斷裂。

「你跟人打架了嗎？」

尚秀就和小時候一樣，對醫生說了謊。

「沒有，是打籃球時弄傷的。」

「打籃球時撞到的？跟誰相撞？」

「不是，是因為球彈起來。」

「球的彈力有這麼猛？」

儘管醫生感到很疑惑，但也沒有刨根究底。做完緊急處理後，尚秀帶著一張腫得像籃球一樣大的臉走出醫院，接著，他就像往常心情低潮時那樣，隨便搭上最先抵達的地鐵，漫無目的地走著。他包著層層繃帶，活像個木乃伊般走來走去，卻沒人用狐疑的眼光看他。後來他才知道，原來是因為廣場上有聲援世界盃的活動。那是個盛行扮裝的年代，扮裝的角色中甚至還有惡魔。在尚秀被困在宿舍的這段時間內，外頭竟然發生了這麼有趣的事！尚秀覺得自己與廣場上的人彷彿置身不同年代，兩邊出現了明顯的斷層，忍不住噗哧笑了出來。他感覺自己好像已經有千年、萬年沒有笑了。有個小孩看著尚秀怪異寒酸的模樣，問他：「我們今天贏了嗎？」尚秀連韓國是和哪一國比賽、勝算有多少都不清楚，但他想了一下，然後回答：「我們贏不了。」

「騙人！」

「真的，我們贏不了，輸得很慘。」

這時，小孩好像顯得很傷心，惡狠狠地瞪了尚秀一眼，放聲大喊：「叔叔你才會輸咧！」尚秀嚇了一大跳，搞不懂這是什麼反應，這時小孩又衝著他喊了一句：「要輸你自己輸！」聽到這句話，尚秀的心情變得很低落，孤獨地通過聲援的人潮，回家去了。家裡被收拾得整整齊齊，就連籃球也被擦得乾乾淨淨，放在原來的位置上。父親不在家，只有回到家的繼母不知和誰在通電話，討論能否重新製作獎盃。那一天，尚秀安慰自己，如果可以擺脫重考生活，那麼弄斷鼻梁也不算太糟，沒想到隔天寄宿補習班的廂型車來到大樓前面，尚秀才狠狠被敲醒——原來就算自己這樣掙扎也不會有任何改變，真正輸的人，是自己。

●●●

第一週，尚秀和敬愛沒什麼特別要做的事，只好想辦法克服尷尬的氣氛。內心煎熬的人主要是尚秀，反觀即便在總務部工作時，也好一段時間沒有特別職務要做，彷彿被棄置般打發時間的敬愛，倒是顯得老神在在。儘管如此，她也沒有因此把工作時間拿來看書或上網，因為可能會被揪住把柄。不曉得其中緣由的尚秀只是逕自納悶著，為什麼敬愛什麼事都不做，只是把自己給她的幾份資料、國內加盟店的分布圖或海外分公司的員工名單之類的放在桌上，面無表情地坐在那裡，也不知道到底有沒有在看。通常人在開始一份新工作時，都會把桌椅等布置好、貼上行程表，但敬愛連自己的背包都沒有打開，就這麼孤零零地坐著。難道她心情不好嗎？

尚秀一整天都在暗中觀察敬愛的態度，而且和另外一個人（再怎麼說也是個女人）待在這小小的房間裡，讓他全身都緊繃了起來。這種時候總會需要某種程度的噪音，但令人驚訝的是，敬愛卻沒有發出任何聲音。她走進來時，頭朝側邊點了一下來代替點頭致意，接著放下背包、打開電腦，就這麼一動也不動地坐著。但午餐時間就不一樣了，如果尚秀沒有約她，她就會跑到外頭吃飯，回來時總是看起來很開心又很有活力。還有不能不提的，就是她抽菸的時候。敬愛依然鍾情於在倉庫旁邊享受吞雲吐霧的喜悅，尚秀則在自己座位上往下俯瞰她的模樣。然而，等到時針走向一點，午後那無比漫長、無事可做的待機時間一開始，她就宛如靜物畫中的花瓶或枯葉般，被靜靜地擱放在某個定點。

有了組員之後，部長也把尚秀找來開一週兩次的組長會議。這對尚秀來說無疑是件天大的喜事，因為有一小時可以在近處看著宥靜，如果部長沉醉在自己的長篇大論、越講越冗長的話，他甚至可以看著宥靜長達兩小時。

某天，部長一邊按壓額頭，一邊喊尚秀。

「孔組長。」

「你在會議時看到其他組長的表現了吧？我沒有給他們訂單，都是他們自己叼回來的。也就是說，所謂的組長就像是母貓，必須把親自把老鼠叼來才行，這樣不停喵喵叫的幼貓才能生存下去，才會高興地迎接母貓回來。」

當部長說起幼貓時，尚秀忍不住想起了在自己底下工作的唯一組員敬愛，可是尚秀覺得，假如自己叼了老鼠之類的回來，敬愛好像完全不會高興，還會漠不關心地問他：「要切開嗎？從哪邊開始？」但不管怎麼說，重點在於如今這個小組的成績必須由自己負責，否則就可能成為銷售量負成長的小組。尚秀頓時清醒了過來，但又不是自己下定決心，馬上就會有人排隊等著購買商品，所以他又得過且過地虛度了好幾天。在這段時間內，他和敬愛約好了要去小組聚餐，他要敬愛挑選想吃的東西，結果她提議去吃烤肉，就在公司附近的一家炭烤餐廳。

「我吃飯一定要有肉。」

可能是因為離開了公司，敬愛幾乎是第一次主動提起有關自己的情報——她是個無肉不歡的人。尚秀本身不怎麼喜歡吃肉，但卻想要迎合敬愛。他已經好久沒有這樣看著他人的眼色，對自己施加壓力，所以覺得眼前這一切都顯得好陌生，同時也真切地感受到，原來所謂的組長，還有負責命運的共同體就是這麼一回事啊。

「所以我吃麵的時候也只吃豬肉湯麵，我超討厭那種明明不是什麼辦喜事的日子，卻放了滿滿蔬菜的宴會麵。」

「宴會麵也會放肉，把絞碎的肉放在上頭當配料。我一個人在外面住了很多年，做菜已經是大長今的等級了。」

「但那種東西不是很脆嗎？」

尚秀一時慌了手腳，想知道「很脆」是什麼意思。

「我指的不是那種被剁碎、勉強散發出肉香的東西，而是完完整整、很純粹的肉，非得是那種不可。」

「肉香？」

「對啊，肉就是要散發出濃濃的肉香才對嘛。」

儘管尚秀口頭上同意「是啊，肉的重點就在於肉香」，但又覺得公司到炭烤餐廳太遠了。

小組聚餐的目的在於拉近彼此情誼，因此尚秀還沒在餐廳坐穩，連濕手巾都還沒拆開，就一股腦兒地說出了自己記憶中關於敬愛的一切，但在敬愛看來，根本不覺得尚秀注意到自己這件事究竟有何重要性。所以，他是在表達兩人能待在同一組是命運的安排，以後好好相處嗎？但敬愛忍不住心想，認真說起來，與其說是緣分，說是孽緣反倒更恰當。因為多虧了尚秀鍥而不捨地上傳無數不必要的辦公用品申請單，敬愛才不得不陷入「苦惱」之中。

敬愛先前做的都是不必用大腦的工作，只要按照程序走就行了，但尚秀獨特的要求讓她不禁思考起許多辦公用品之間的差異性，還有再貴也不過幾千元的筆，卻每次都否決要求的公司。她更進一步好奇，假如尚秀真的那麼想要，為什麼不親自到文具店實現那種準確無誤又具體的欲望。最後，她則開始思考在這間公司當勞動者，以及在這個社會當消費者的意義是什麼。在回想這一切的同時，尚秀滔滔不絕地講起自己往後的領導方針，還有對敬愛這位組員所抱持的期待。這在敬愛聽來，都是一些像校長訓話般偉大神聖的陳腔濫調。

儘管敬愛並非有意掃興，但她逐漸跟不上尚秀的節奏。假如將快速講話、大口喘著粗氣、咀嚼或斟酌措辭的尚秀比喻為搖擺的節拍，那麼回答「不知道耶」、「聽起來是這樣沒錯」、「我得再想想才知道」的敬愛就近似於拋錨的節拍。若把兩者混在一起，搞不好還會融合成一種混沌的爵士樂，流瀉出某種獨特的節奏。

尚秀的記憶力很好，他還記得某一年的新年展望儀式上，敬愛引起了小小的騷動。原因在於敬愛當時笑得很大聲，但她自己都忘了這件事。

「不過是笑而已，我做錯了什麼嗎？」

「不是做錯的問題。」

「不然呢？你說說看啊。如果不好笑，但我卻笑了，那我不就成了瘋女人嗎？」

聽到敬愛突然口吐粗言，尚秀不由得縮了一下身子，但又想到自己不能這樣被比下去，於是在烤盤上放了滿滿的板腱肉、蒜頭和洋菇。這時他突然想到大約兩分鐘前叫的蔥絲還沒送來，於是按下了服務鈴，看服務阿姨沒來，又按了一次，直到她來了為止。敬愛靜靜地看著那個被按個不停的鈴，等到獨自負責餐廳全場的阿姨慌慌張張地跑到他們這桌時，她開口對阿姨說：

「阿姨，真不好意思。」

「嗯？有什麼不好意思？」

阿姨拿出放在圍裙口袋的夾子，一邊替肉片翻面，一邊朝著結帳櫃台喊：「八號桌要熄火喔！」

「因為有點像O.K.。」

「哎呀。你們沒有要再點肉了吧？」

阿姨好像只是左耳進、右耳出，將空碗收拾了之後，一下子就不見人影。

「O.K.是什麼？」尚秀一邊嚼肉一邊問。

「奧客。」

尚秀突然倍感恥辱。儘管內心瞬間被一股悲涼的恥辱感給徹底澆涼，但想到今天是第一次聚餐，便把那份情緒連同殘留肉汁的肉片一起用力吞了下去。既然聊現在的事不太對盤，尚秀便集中火力講起過去的事。雖然敬愛和他不是男女朋友，但在浪漫愛情片中，過去不都扮演著重要角色嗎？若是少了名為過去的這把鑰匙，就完全無法打開對方的心扉，也因此，在所有愛情電影中才會出現「小時候過得怎麼樣？」、「媽媽是很和藹的人嗎？」、「養的小動物呢？」等問句。

尚秀口中所說的騷動，指的是韓多靜代理在新年展望儀式上唱歌的事。繼承父親公司的年輕社長對公司的事務興致缺缺，對員工倒是充滿了興趣。他就像在挑選鄰居好友般，在午餐時間把自己覺得順眼的男員工叫去打乒乓球，有時還會加入女性員工的聊天行列，說出就連孔尚秀都望塵莫及的無趣笑話。他甚至對員工們的一切瞭若指掌。儘管他不會把這不尋常的記憶力發揮在員工的工作能力上，但其他的事項——包括誰的愛好是巴西柔術、誰的父親曾是電視台的製作人、誰的姪子是偶像、誰和誰在談辦公室戀情，還有像韓多靜這種讀聲樂的人卻在人事部工作之類的特殊資訊——都如數家珍。他之所以把這麼多資訊記在腦袋裡，為的就是開別人玩笑、做出令某人難為情等小學生式的幼稚惡作劇，而在那一天的新年展望儀式上，社長把韓多靜代理叫到講台上，要她以唱聲樂的方式，高唱一首迎接新年的希望之歌。

新年展望儀式是半島縫紉的一百九十八名員工全體集合的唯一場合，突然要在這麼多人面前又沒有伴奏的狀況下唱歌，韓代理自然是慌了手腳。不過她仍心想「這應該是在開玩笑吧」，露出了尷尬的笑容，並打算含糊帶過，沒想到社長站在原地等她開口。也就是說，他要韓代理到講台上，在沒有開嗓的狀態下唱花腔女高音、戲劇女高音或抒情女高音之類的聲樂唱法。儘管韓代理顯得很猶豫，但新年來臨、工作業務也開始進行了，她又不能讓社長空等，因此還是先站到台上握住了麥克風。當下韓代理勉強能想到的歌曲，是連大家一起拍手都很難統一拍子的義大利聲樂曲，在那冷清的禮堂揚起的歌聲，與其說充滿希望，不如說蘊含著某種淒涼，而且越接近高潮部分，聽起來越岌岌可危。她已經唱到走音了，感覺之後只會淪為大家的笑柄。大家靜待著即將在那緊張之中發生的小悲劇，這時敬愛卻笑了出來，周圍的氣氛也突然變得鬆散，歌曲就這樣糊里糊塗地結束了。尚秀說的就是這件事，還說自己其實當下也很想笑。

「為什麼？」

「可能是因為她太緊張，義大利語聽起來……我不是要說自己有多行，不過我義大利語講得還可以，但她的發音錯滿多的。」

敬愛當時之所以笑，並不是因為那首歌唱得不怎麼樣，而是為了把韓多靜從困境中拯救出來。儘管跟大家都不熟的敬愛與韓多靜也不熟，但她從多靜在女廁的一角使用吸乳器的聲音，以及冰在公用冰箱冷凍庫的三、四個奶瓶，得知她不久前當了媽媽。敬愛認為，一位媽媽不該受到這種對待。新年的第一天，任何人都不該在眾人面前丟盡顏面，特別是身為媽媽的人。

「原來妳當時進行了一場笑的鬥爭啊。」

聽完敬愛的解釋後，尚秀說了一個不知是想表達自己很了解她的示威策略，還是故意找碴的回答。

「那個，你是在諷刺我嗎？」

「不是的。」

「感覺好像是耶。」

「朴敬愛小姐，請把別人的話聽清楚。」

尚秀的心情瞬間跌至谷底，暗自覺得委屈，覺得自己到底做錯了什麼，敬愛為什麼要對他這麼不客氣。我不是妳的上司嗎？即便組長前面多了代理兩個字，組長依舊是組長，我孔尚秀畢竟還是要對妳的年薪負責的人，不是嗎？

「妳本來想法就這麼扭曲嗎？」

「我這不叫扭曲。」

「我只是在說，關於朴敬愛妳這個人，我有過某某印象罷了。」

「而我不也在說，那件事不是你所想的那樣嗎？」

「以後我們混熟一點吧。」

「好的，就這麼做吧。」

尚秀用濕手巾擦了擦汗，結果被嚇了一跳，再次從自己背包拿出擦拭鼻涕的專用柔濕巾。接著，他大概是食慾全無了，雖然有兩塊板腱肉已經烤熟，他也不看一眼就說要走了。敬愛把肉片包進芝麻葉，飛快地放進嘴裡，接著也趕緊帶上了背包。原本打算招計程車，但不巧碰上尖峰時段，兩人在招不到車子的情況下，只好決定再走回公司搭尚秀的車。搭車是一碼子事，但這表示兩人達成了協議，不能在這種氣氛下結束聚餐。畢竟，明天他們有足足八個小時，必須待在那個兩坪左右的房間觀察彼此的動靜與忍受沉默。這就像是《浩劫重生》中的湯姆．漢克與排球威爾森之間的關係，要是其中一方被海浪捲走，另一方就必須跳進海裡去救對方。

雖然懷抱著和解的念頭來到了尚秀停車的地方，但很遺憾的是，為了搭乘這輛車，敬愛必須忍受將屁股貼在副駕駛座上大約二十分鐘，為了回到家，她必須忍受這極為痛苦的過程。敬愛心想，平時尚秀的桌子乾淨得就像隨時打算捲鋪蓋走人一樣，車子怎麼會是這副德行，東西又怎麼會這麼多？到頭來，尚秀把自己座位整理得宛如潔癖症患者般的行為，都是為了做給敬愛看的。

尚秀像是要和車子裡的某人大打出手般開始整理車子內部，把型錄搬到後座去，在前座與後車廂之間來來回回。由於整理時間太過漫長，好像怎麼樣也看不到盡頭，敬愛忍不住心想乾脆別等了，直接搭公車回家吧，但她覺得尚秀在車內拚命搏鬥的模樣很可憐，也有值得嘉許的一面，所以遲遲狠不下心。她禮貌性地問了一句：「要不要我幫忙整理？」但尚秀說不行，還說車子裡有很多重要物品，自己必須知道它們放在哪。儘管敬愛覺得尚秀那樣把東西隨便亂丟，是否真能記住它們的位置，但仍帶著「好吧，反正是你的車子」的念頭靜靜等著。

就這樣清理了好一段時間，敬愛總算搭上了尚秀的車。一上車，她就聞到在東西擱放多時的悶臭之間，參雜了一股他們兩人外套與夾克所散發出來的濃濃烤肉味。在炭火上頭烤板腱肉、沙朗肉和里肌肉時散發的味道同時栓綑住兩人，覆蓋了車內的一切。換句話說，它抹去了尚秀一個人買來果腹的——現在空盒子還被壓扁塞在後車廂某處——便當味道、到中途休息站買來當零食吃的半乾燥魷魚或烤奶油玉米之類的，孤獨所殘留的味道。

「朴敬愛小姐，我是那種開車時絕對不會按喇叭的人，我就是這麼遵守規則，原則也很清楚。」

敬愛瞬間回想起自己一旦掌握方向盤，就會吐出世界上所有髒話的習慣，但她並沒有說出這件事。她從剛才就一直覺得有某種軟軟的東西碰到腳，彎向前一看，才發現是一堆因光線太暗而無法辨別顏色的線。敬愛心想著該不該請尚秀拿開，但後來只是小心翼翼地避免碰到它們。兩人的衝突已經夠多了，也讓人覺得疲憊。尚秀駕駛的車子宛如一艘飛船，在道路上順暢地奔馳著。除了兩人的手機各響起一次訊息通知之外，一路上都很安靜。敬愛的訊息來自朋友美宥，上頭寫著「妳是不是有事要跟我說」。敬愛確實有事要坦白，因為幾天前她遇見了山柱學長。要是她說山柱學長看起來很悲傷痛苦，美宥一定會說：「有婦之夫都這樣。在昔日戀人面前，都會擺出一副病懨懨的樣子，但那副德性會維持一百年。」

至於尚秀收到的，是某人寄給「姊姊無罪」的一封長至天邊的信。因為這位粉絲之前也曾寫過信，所以他打算這一次要回覆對方。想到這裡，尚秀不由得精神為之一振，一心只想著要趕緊送敬愛回家，也就是說，必須製造出排除敬愛、讓敬愛消失、免除敬愛的情況，趕快回到那個沒有任何人在、不會受到任何干擾的溫馨房間——新首爾公寓四棟二〇九號，穿上名為「姊姊」的服裝，寫下第一個句子。他會在「嗨，我是姊姊」開頭的信件中，寫上「今天忙著跟一名瘋女人，不，一個擁有挑剔靈魂的人共進晚餐，所以來遲了」。

快下車時，尚秀告訴敬愛可以把座位弄得更有自己的風格，不要表現得好像馬上會被解僱的人一樣，把桌子當成自己的，按照喜好布置或放置東西。

「認真的嗎？」

敬愛不自覺地嘀咕，不知道是在詢問尚秀，還是在自言自語。

「當然是認真的，我們不是同一組的嗎？」

敬愛沒有回答，只是一時想起了日英曾說過這個人感覺表裡不一。看到敬愛像是認同自己所說的，尚秀就更積極地表示：「從明天開始，我們也來訂立業務目標，整理成表格後掛在牆上吧。雖然我不喜歡這種做作的加油方式，但感覺這樣布置環境也能帶來朝氣。」儘管尚秀幾乎不曾在離線的世界替誰加油過，但敬愛不可能知道這一點。她只是一邊心想「這芝麻般的建議，還真的是很微不足道」，一邊用沒有情感起伏的語調回答：「是。」

接著隔天上班時，尚秀發現了敬愛的桌子起了某種變化。儘管他無法確認這是否跟他的加油有關，但桌上確實貼了一段話。

造物主啊，

我可曾向祢祈求，
捏泥造人，將我打造？
我可曾向祢懇求，
將我從黑暗拯救？

——約翰．米爾頓，《失樂園》

E

敬愛對這種心情再了解不過了。也就是說，從現實的效用來看，老早就該扔掉的物品，只不過是為了填補心靈體積的心情。

與山柱學長分手後，敬愛之所以沒有丟棄任何一樣與他有關的物品，原因就在這裡。

簡單來說，曾是大學學長與學妹的兩人，是一種無人能理解的關係。兩人談戀愛時動不動就分手，分手後又沒有徹底斷開，總是以各種名義留在對方身旁，即便在山柱結婚之後，這種關係也沒有改變。

敬愛很清楚大家是怎麼說自己的，大部分都是竊竊私語地罵她無知和厚臉皮。當同學們齊聚一堂，一杯杯黃湯下肚後，很自然就會有人問敬愛：「到現在還是那樣嗎？」

「到現在還在和山柱學長聯絡嗎？」

要是敬愛說「對」，沒有說其他的話，身為小學和大學同學的美宥就會幫腔：「喂，都什麼時代了，又不是大學分手後就要打死不相往來。在好萊塢，還有人去參加前夫的婚禮呢。」接著又會有人猛然接話：「這裡又不是好萊塢。」只要當天提到這種話題，即便大家都解散了，美宥也不會回家，反倒會把敬愛帶去營業到很晚的咖啡廳，說同學們的壞話。「對妳說那種話的傢伙，以當今這個世道，不是早該被當成性騷擾犯抓去關嗎？那種傢伙就是沒常識。」美宥還說，以後別來參加聚會了，乾脆去看電影或旅行吧，只不過下一次，兩人又會再次坐在那個場合。

這當然是因為敬愛的緣故。每當聽到敬愛要去參加那種場合，擔心她的美宥就只能麻煩婆婆照顧孩子，陪敬愛一起坐在那裡。敬愛之所以會參加，是因為如果運氣好的話——她是這麼形容的——就能見到山柱。就算不能見到他，只要坐在那裡，也能透過相關人士感受到他就在近處。

山柱和敬愛並沒有如大家所想的，厚臉皮地延續兩人的羅曼史。他們非常清楚雙方已經分手了。兩人分分合合，甚至將這樣的過程視為宿命的時期，反倒成了愛情的過程，而其中一人邁入婚姻則成了明確整理關係的分水嶺。敬愛不知是哪來的傲氣，走進了婚禮會場，包了五十萬元的紅包，在階梯式的講台上拍了紀念照，還忍受腳趾頭因為平時根本不穿的高跟鞋而刺痛，走進餐廳吃宴會麵。關係的變化，就這樣如波浪般從背後襲來。她並沒有宣告「我們分手吧」或「結束吧」，然後轉身離去，而是在收下餐券、走進餐廳，帶著與其他人相同的表情和動作欣然走完流程時，接受了這一切。

那天，敬愛連續在盤子裡裝了生拌牛肉、壽司、沙拉和鮭魚等，甚至喝了一杯啤酒，然後在獨自回家的路上，坐在便利超商前面吃了冰棒。儘管如此，她依然無法肯定地說，一切都結束了。倘若心尚未斷念，不就等於還沒結束嗎？真不曉得大家究竟是怎麼清楚地意識與確認「結束」的到來，要是它是能伸手觸及的也就罷了。結束是一種感覺、想像和認知，但我現在並不這麼認為啊，又如何能輕言結束？若是得說結束，她就必須斷言，此時腳下飄揚滾動的冰淇淋包裝、計程車的黃色車燈等在眼前經過的任何東西，都不會喚起她的傷痛，任何風景都不會令她想起山柱或造成任何影響。

但是，對於坐在塑膠椅上頭的敬愛來說，一切都彷彿與山柱有關。在黃湯下肚後的夏夜裡，就連人們拿在手上的冰棒都令她不自覺想起山柱買冰涼甜點來吃的表情。敬愛很好奇，山柱之所以買來吃，是因為口感冰冰涼涼的，還是因為味道甜甜的。有一次山柱說，單純只是因為不想太快解散，喝完酒之後，就會覺得很捨不得和大家分開。

那一天，敬愛希望可以不要回家，盡可能在超商前面坐久一點，因為山柱的每一樣東西幾乎都還收藏在家裡，包括大學時一起購買、現在卻打不開的筆電，帶去旅行的缺輪行李箱、電影票根、信件，甚至是他親筆寫上「生氣了嗎？」的速食店餐巾紙。直到過了十二點，超商的老闆走過來告訴她要打烊了。敬愛說，超商不是二十四小時營業嗎？結果老闆說，這樣不行，身體受不了。

「現在每走兩步就有一家超商，我連工讀生都沒辦法請，只能和老婆輪流看店，但實在是快累死了。店一直開著做什麼？該關的時候就要關，這樣人才能活下去。」

敬愛只能無可奈何地站起來，正打算回家時，超商老闆突然說：「小姐，請您星期六來吧。」

「我們整個週末都會營業。」

山柱已經結婚三年了，敬愛卻依然等待著自己能說出「啊，這就叫做結束啊，真的結束了，了結」的那一刻。即便理智上知道愛情畫下了休止符，心卻無論如何都無法停下來。

美宥很不忍心看到敬愛陷入這種狀態，舉了多不勝數的比喻來說服她。小孩子在空中尋找自己放掉的氣球；糖尿病患者依然貪戀含糖的食物；肺癌末期患者戒不掉菸；放著已經擺好、足足有七道菜的飯桌不吃，硬要用垃圾食品來填飽肚子。美宥憂心忡忡地說，別為了害怕失去一個人，最後失掉了自己。

敬愛把這些話當成美宥對自己的關心，美宥動員所有人脈替她安排相親，她也爽快地欣然赴約。正如美宥所言，大部分都是很不錯的人。她忍不住心想，這些男人先前都在哪裡做什麼，怎麼現在才出現在自己面前？

這是因為她認為，要讓素不相識的人以完好健全的狀態，在相同時間出現在相同地點，需要有天大的幸運。他們必須出生在世上、長大成人、要吃要喝、要避免發生意外，還要堅持下來。最重要的，是要避開不幸。說到不幸，果真是能夠隨心所欲避開的嗎？但至少敬愛知道，既然他們活著，就代表避開了不幸。因為她在一九九九年，還是高中生時，一口氣失去了一群摯友。

名為「大家的電影同好會」的 HiTeL[4] 論壇，是敬愛學生時代唯一交到朋友的地方。裡頭不只有她這樣的國高中生，也有成人，後來這些志同道合的人組成了一個小社團。

4 類似台灣的BBS。

其中還有E。

E與敬愛之所以特別親暱，是因為兩人都很寡言。每當大家舉辦名為「閃電」的聚會時，就會在大學路上當時還很罕見的會議室形式咖啡廳「蒲公英領土」集合，繳交五千元的「文化費」，各自滔滔不絕地分享自己看的電影，也不管有沒有人在聽。主要討論的是李歐・卡霍、安德烈・塔可夫斯基、阿巴斯・基阿魯斯達米和克里斯多夫・奇士勞斯基等電影導演。這時，兩人會靜靜地聽大家說話。沉默也是個人自由，所以沒人在意這件事。後來有一天，閃電聚會結束、和那些打算去吃飯的人道別後，往地鐵站的途中，敬愛率先開口攀談。

「你怎麼不去吃晚餐？不是住仁川嗎？要很久才能回到家耶。」

「妳知道他們那些人去的家庭餐廳有多貴嗎？我曾經糊里糊塗地走進去，最後只喝飲料就出來了。服務人員還會屈膝接訂單耶。名字叫家庭餐廳也很可笑，在家裡為什麼要屈膝下跪？」

兩人後來去吃了烏龍麵，敬愛也在那天首次聽到E獨特的電影觀。E深信，電影就像人與人相遇，同樣需要偶然。

「就像妳搭乘的地鐵，也有必然與偶然同時起著作用。我覺得只販賣特定導演的作品，或是變成某個演員的鐵粉後，專挑他的電影來看的行為有點俗氣。那代表著不了解電影的本質。每次看到一堆空有電影知識、大肆賣弄的人，我就會覺得他們無藥可救。我指的就是那些分析段落鏡頭怎樣、運鏡怎樣、場景轉換或某某主義的人。」

「但你不也喜歡大衛．林區嗎？」

「大衛．林區不一樣。大衛．林區自成一個不可侵犯的世界，所以我只是欣賞，但不評論作品。喜歡大衛．林區，有時就和什麼都不喜歡是一樣的。」

除此之外，E還說，電影中真正重要的既不是故事情節，也不是場景，更不是演員，而是坐在那個座位上的觀眾與播放的電影之間會展開的激辯。他把這段時間稱為「燃燒的時間」，觀眾與電影相遇後，對視覺刺激做出反應，同時時間也在流逝，直到最後完全消失不見，而感覺的能量也在這段時間被激發。

「換言之，我們看完電影後做出各種評論的行為，終究只是在說一些猶如冷卻的灰燼之類的話。在我們走出電影院大門的那一刻，電影早已成為冰冷、徹底死去的東西。我們不過是在記憶中與死去的電影相遇。」

說完熱愛電影這件事的無常性，E問敬愛喜歡哪一種電影。敬愛認真地想了想，回答自己其實不怎麼喜歡電影，至今還不太了解喜歡某樣東西是什麼心情。

「很帥啊。」

E用餐巾紙把嘴巴擦乾淨，朝著敬愛笑了笑。

「哪裡帥？」

「妳是進入電影同好世界的無政府主義者啊。」

敬愛那時還不懂什麼叫做無政府主義者，但它的語感很像是某種專家，因此她沒有多說什麼。

E只在電影院看電影，也只在自己居住的仁川看。他不會光顧有高檔品味的人才去的「電影村」錄影帶出租店，也不去電影資料中心，只會在仁川歷史悠久的電影院、有近百年歷史的建物中，將身體塞進不知哪一年更換過的布套座椅，也不管當時上映的是哪一部，播放什麼就看什麼，將挑片權交給偶然。因為，除了眼前播映的電影之外，其他都不重要。在播放的那一刻，他便全神貫注地看起電影。

每當敬愛想去遠一點的地方，就會在學校所在的九老站搭乘一號線，坐到最尾端的東仁川站去見E。放學後，她會見機行事「翹掉」補課，那時大約是五點，而她六點就能抵達東仁川站。以看一部電影來說，時間非常充裕。另一方面，就讀附近男校的E也會「翹掉」自修課之類的，腳踩拖鞋，慢悠悠地走出來迎接敬愛。要是敬愛問：「那你的課怎麼辦？」E則會有點無言地反問：「那妳咧？」

「被造，妳就不是學生嗎？」

同好會的人會用暱稱稱呼彼此，E是取自電影《橡皮頭》原文片名「Eraserhead」的第一個字母，而喜歡《科學怪人》的敬愛則是借用小說中法蘭克斯坦博士創造的那個「Creature」，替自己取名為「被造物」。後來，大家都只用「被造」來稱呼她。位於東仁川的電影院，都有一個具有某種浪漫情懷的名字，像是愛館、五星、玩偶、美林等。它們都不是多廳影院，大致空間狹窄，電影票也是當場寫的，沒有座位號碼，大家想坐哪就坐哪，也因此感覺更像是電影欣賞室。

雖然敬愛沒有任何E的照片，腦海中E的臉孔卻非常鮮明。他的臉有些稜角分明，額頭很寬，前額和後腦杓突出，眼尾下垂。儘管E才十九歲，但過去感覺是個很愛笑的人，兩側眼角有三、四條笑紋。

就算閉著眼睛，敬愛也能描繪出發生火災的那條巷子。它完全不像是會發生那種悲劇的空間，只不過是人們或學生聚在一起，不用檢查身分證也能喝杯啤酒的鬧街巷弄，其中還有KTV、炸雞店、大型文具店和撞球場。在電影中，悲劇有伏筆和前兆，在現實生活中卻沒有。這與在希區考克的電影裡，死去的女人們都是金髮，在黑色電影中，凶殺案都發生在暗巷不同。敬愛記得，那件事沒有半點徵兆。現實，就是這麼一回事。

十月，舉辦校慶的那天，讀電影科的E邀請了同好會的朋友們，說要播放自己拍攝的短片。沿著名字有「自由」兩字的公園路往上走，要好一會才能抵達E的學校，而敬愛終於在那裡看到了海。每次來到仁川，總不見大海，只能靠著月尾島或沿岸埠頭等地名想像海的模樣，但在那裡卻能一覽無遺。

E這個人猶如一部長鏡頭電影，那天播映的短片也給人相同的感覺。那是一部名為《內心》的電影，由一個聒噪不休的男聲口白揭開序幕，講述電影、小說及自己去旅行的地方，但那個聲音彷彿無法忍受半點沉默般，顯得很焦慮。鏡頭以失焦的狀態拍攝光線透入的窗戶，身穿學校白色襯衫的孩子們嘻嘻哈哈地打鬧，構成一幅午後慵懶的教室風景。接著鏡頭聚焦在說話的男孩背影，口白沒有停下來。敬愛心想，這不是在說故事，而是把故事給吐出來。觀眾們聽著口白，想著這些毫無意義的台詞究竟何時會結束。接著男孩走出校門，搭上了公車。上公車後，口白持續著，但鏡頭沒有拍男孩的臉，而是拍他的後腦杓和一側肩膀的特寫。然後，男孩下了車，鏡頭突然往上一拉，畫面出現靈骨塔的匾額及上方昏暗的天空，電影也結束了。

敬愛心想，鏡頭角度改變得太過突然，就像鳥兒倏地振翅飛起一樣。直到大家到熱門的啤酒屋續攤時，她忍不住拉著E的袖子問那是不是鳥。E沒有正面回答，只是反問：

「演得很好吧？」

「那朋友馬上就來了，我想介紹給妳認識。」

「他本來就很多話嗎？哪來這麼多話可以講啊？」

儘管嘴上這麼問，但敬愛似乎能理解個中緣由。如果是一個眼前沒有半名聽眾，卻能兀自坐在教室滔滔不絕，接著翹掉晚自習、搭著公車去見某位死者的人，的確很可能就是這副模樣。她覺得，E讓鏡頭變成一隻小動物——鳥兒或小雞之類的——在男孩的肩頭上停歇，這樣的詮釋恰到好處。當然，不是所有人都有同感。同好會的人說，應該要有多一點敘事，應該要有情節，要有動作，有對話，還有音樂。

「我只是非常誠實地去拍這部影片。」

E靜靜聽著，沒有反駁，但有些難為情地回答。

「裡頭包含了我所有的真心。」

說話的同時，E暗地握了一下敬愛的手，所以敬愛對說這句話的E印象很深刻。

後來大家又加點了幾次啤酒和爆米花，敬愛則走出熱門啤酒屋，跑到站前的公共電話亭打電話。回來時，發現通往二樓啤酒屋的窄小通道已被濃煙籠罩。敬愛心想著要趕快報警，卻莫名其妙地再次跑向有公共電話的地鐵站。敬愛不時會埋怨自己，假如當時她衝進隔壁店鋪，說一句「請借我打一通電話」或「請幫我報警」，朋友們是不是就能活命？但這僅是痴人說夢，等跑到地鐵站的敬愛回過神來，再次回到那個地方，消防車和警車早已抵達，但奇怪的是，沒有人逃出來，火舌瞬間就竄到了建築物外頭。

因此，五十六名孩子的死，與敬愛沒有任何關係。

然而，敬愛到現在仍經常夢見自己跑向公共電話亭，雙腿無止盡地往下沉，最後跌倒在地。她越是想靠近公共電話，它就離得越遠，連看也看不見。後來有了手機時，敬愛最先想到的，就是如今無論發生什麼事，都可以不用再跑去找公共電話了。一下子失去多位朋友後，敬愛的眼前只剩下早上準時上補充課程，聽完七堂課，緊接著上其他補充課程和自修課，然後才回家的日常生活。

一成不變的日常充滿了異物感。即便E過世後，大衛・林區仍在二〇〇一年拍了《穆荷蘭大道》。敬愛覺得，就連熱愛大衛・林區的E都過世了，他卻完全不知情，甚至還發表新作品的行為很不恰當。E在一九九九年時便四處宣傳大衛・林區會拍出超厲害的名作，還說那應該會是結合愛情、謀殺、恐怖和懸疑、未成年者不宜觀賞的電影，不過，到時自己已經是大學生了，所以可以大搖大擺地走進電影院。

敬愛是在二〇〇二年到仁川去看《穆荷蘭大道》的，那是電影上映已過半年，人們為世界盃痴狂的時候。位於東仁川的一家電影院受到多廳影城的牽制，陷入關門大吉的危機，於是轉型成藝術電影院，連續播映大衛・林區的作品。儘管藝術電影院過沒多久還是停業了，但敬愛認為那是一種對E的哀悼，於是在夏日的白天搭上了地鐵。對於意外發生後再也不曾來到仁川的敬愛來說，踏上這段路是一項很艱難的決定。地鐵越往終點站前進，乘客越少，車廂逐漸變得空蕩蕩，連地鐵站也改成了陌生的名稱。無論是白雲、銅岩或濟物浦，聽起來都像是飽經風霜後再也無人記得的風景，猶如耳鳴般發揮著某種作用，卻無法帶來任何具體的真實感。

實際抵達東仁川後，敬愛卻無法立刻走出剪票口，一直呆站在月台上。她下車後，仍有一個年輕人在車廂裡打瞌睡，持續朝終點站前進。敬愛突然很想緊緊抓住載著年輕人的地鐵，讓它停下來。不安冷不防地找上門，讓她不得動彈。這種痛苦陰魂不散地緊跟著她，其中還包含了憤怒。

即便是在安靜無聲的自修課，敬愛也會在翻著書頁解題時，萌生一股想猛然站起來大叫的衝動，問一句：「大家都跑去哪了？為什麼不出手救人？」她覺得自己已經徹底故障，也許就像法蘭克斯坦博士創造的被造物般，變成了大家避之唯恐不及的生物。在那場意外失去朋友後，也許自己成了殘暴的惡魔、被復仇之火包圍的怪物，但最後，又對自己無法變成別的什麼的事實感到無力。

自從發生意外那天在警察局接受調查後回家，一直到放寒假之前，敬愛上學都是三天打魚、兩天曬網。有些朋友知道敬愛也在意外現場，經常會殘忍地問她：「聽說他們都很愛玩，都是一些不良少年在那邊喝酒，最後死掉了？」甚至有一天老師經過時，彷彿是針對敬愛似地說：「愛惹事生非的學生，就會跟那種意外牽扯上關係，所以學生就應該乖乖聽從學校的指導、認真讀書。」敬愛什麼話都回不上來，只是一臉蒼白地坐在座位上，要是覺得實在受不了，她就會直接走到外頭。不知不覺中，敬愛成了就算上課遲到、中途直接拿著書包走人，老師也不再說什麼的學生，成了宛如幽靈般的孩子。

敬愛仔細咀嚼惹事生非、不良少年、愛玩的孩子等字眼，忍不住心想，為什麼單憑喝啤酒這個理由，就能將死去的五十六名孩子排除在追思的對象之外？這種理由有了不起到能完全蓋過死亡嗎？怎能讓它淹沒死亡，讓悲傷變得無關緊要？

真正將敬愛推向絕望深淵的，是火災發生的原委。起火地點是建築物的地下室，儘管火勢擴散之前分明還有時間逃出，但那麼多的孩子之所以無法脫身是有原因的。就在受驚嚇的孩子們打算奪門而出時，啤酒屋的店長擔心沒辦法收到酒錢，所以鎖上了門。讀到報紙上寫著「因為門被鎖上了」的那一刻，敬愛感覺有某種冰冷的東西緊緊裹住了自己。身軀龐大卻冰寒刺骨的那樣東西，彷彿黏在她的背上，它張開了手臂，掌控了她的頭部、眼睛、嘴唇，最後是心臟，使她彷彿真的成了某人失誤下的被造物。

不停敲打大門的學生們大部分都沒能逃出來，只有叫他們付錢後再出去的店長，從自己知道的通道逃脫，保住了一條小命。只要想到「錢付了再說」這句話，敬愛彷彿被巨大的憤怒囚禁，感覺一切都不會好轉。自從知道「門被鎖上了」、「錢付了再說」，以及知道有人阻擋孩子逃生的事實後，敬愛再也不認為能戰勝什麼了。

在警察局接受調查時，包括敬愛在內，許多孩子都身穿校服。警察說：「穿著校服的你們都不覺得丟臉嗎？」敬愛不知道自己為什麼要感到丟臉，也無法原諒說這種話的任何人。當她睡到一半，突然爬起來大叫，或者因噩夢而呻吟連連時，媽媽就會緊緊抱著她說：「祈禱吧，敬愛，來，祈禱吧。」但她並沒有照做。假如造物主是將孩子們推向死亡、欣然創造出這齣悲劇的凶手，那她才不想向祂祈禱。看到媽媽祈禱時，十七歲的敬愛會一邊丟湯匙等東西，一邊大吼：「不要祈禱了啦！」當媽媽敲門問：「要不要去參加凌晨禱告？」敬愛也會翻過身，假裝在睡覺。當她整夜呻吟，接著猛然驚醒，發現自己全身被汗水浸透時，反倒會萌生一股莫名的安心感。如同朋友們死亡的那一天，龐大冷冽的悲傷襲來，令她感到安心。有時，她甚至希望自己乾脆不要有一顆能感受一切的心。二〇〇二年的敬愛，苦惱著該怎麼走，才能避免看到那間啤酒屋所在的巷子。

但最後，敬愛下了一個結論——無論走哪一條路，她終究無法不意識到那條巷子。

敬愛來到了地下街，經過販售製鞋刀、樟腦丸和掏耳棒的小攤販，但覺得那個下巴瘦削、有一雙瞇瞇眼的盤髮女人看起來很眼熟，於是又走了回來。身穿老舊花紋雪紡衫的女人坐在塑膠椅上，慵懶地打了個哈欠。看到她下排的牙齒幾乎掉光了，敬愛瞬間想起，她和E在一起時曾遇見這位街友。

三年前，女人坐在地鐵的階梯上乞討，看到E和敬愛經過時，她彷彿洩露了一個天大的祕密般說：「我有孩子。」往旁邊一看，的確看到了孩子露在棉被外頭的腳丫。想到地下街的空調那麼冷，敬愛一直放心不下孩子露在外頭的腳，漫不經心地說了句「好可憐哦」，結果E驀然抓住敬愛的手臂，嗆她：「妳算什麼？妳有什麼資格這樣說？」

敬愛假裝在看商品，在小攤販前面踱來踱去。這時有個身穿鵝黃色體育服的小男孩跑了過來，從女人手中拿了東西。孩子好像在上學了。敬愛很努力地把注意力放在攤位上的商品，而不是那孩子與女人。商品全都是些看似需要、又看似不需要的東西。只要是活著的人，總有一天就會用上，反過來說，對於像E這樣過世的人，就完全用不到。敬愛雖然覺得它們都是必需品，卻一點也不想擁有它們，於是在攤位前踟躕不去。接著，女人問：「同學，妳要找什麼？我賣的東西我最了解，我幫妳找。」

最後，敬愛挑選的是一把小扇子。接過零錢時，她的手輕輕拂過了女人的手。

打開電影院的門走進去時，敬愛發現觀眾只有六、七名。播映電影前，電影節的策展人走到台上介紹了一下大衛．林區，接著，電影開始了。在詭異絢爛的畫面接連出現時，坐在敬愛那一排尾端座位的男生卻不斷啜泣。她忍不住心想，這電影明明沒有任何哭點，那個男的真的有在看嗎？但散場時看到他的鼻子好像受傷了，上頭綁著繃帶，不禁又嚇了一跳。

儘管那胖嘟嘟的身材、身穿運動服和繃帶都與大衛．林區的電影十分相襯，但也同樣地很不適合穿來看電影。電影播畢散場時，工作人員說目前在辦活動，在出入口發放「留影評，拿ＤＶＤ」的抽獎券。敬愛嫌麻煩，打算直接走掉，但在工作人員的懇切呼喚之下，只好不情願地寫下了感想。剛才那個男生也將紙張貼在玻璃門上寫感想，但可能視線被繃帶遮住，所以字體歪歪斜斜的。敬愛心想，眼前都看不清楚了，是要怎麼看電影啊？他真的有在看嗎？該不會只是想哭才坐在電影院吧？但她偷看了一眼，發現他在「請問你印象最深刻的台詞是什麼？」的問題底下寫了「我愛妳」，然後心想「他確實有在看電影」。

寫完之後，男生將抽獎券投入透明的塑膠箱。走出了電影院。敬愛在投抽獎券時，發現那個男生在姓名欄上寫了Ｅ，她很好奇知道那個名字的人是誰，於是慌慌張張地走到電影院外，卻怎樣都找不到那男生的蹤影了。

妳與我的安好

敬愛與尚秀成為同一組後，首次接觸的印度買家希望在零基的前提下討價還價。也就是說，對方想要半島縫紉扣掉製造成本和設定的微薄利潤，和他們協議用原價購買。說得更白一點，就是「反正天底下沒有賠本生意，你就公開最後底線吧」。

儘管敬愛在大學修過商用英語，但她多年來都忙著在總務部填寫物品帳簿，沒有特別需要用到英語的時候。為了這項工作，她特地把專業書籍從倉庫拿出來，即便過了這麼多年，書本也完全沒有發霉。討價還價後，接下來的問題就是縫紉機款項的信用償還期限。買家也完全不辜負發明阿拉伯數字的民族美名，要求以可能發生的數十種情況為基礎來提案。想要完成這件事，就必須和會計組合作，但整件事卻在這裡停擺了。會計組說：「根據制式的格式去做就好了，不然就去和理事談吧。」尚秀因此遲遲無法答覆買家，至今與對方失聯第二週，敬愛也隱約感到焦慮不安。

就在這時，隔壁的理事說要在自己辦公室設置投影機，在那裡開會，導致尚秀和敬愛被迫重新布置辦公室。兩人的辦公空間被砍了一半，所以第一天就不得不丟棄書櫃。即便在搬運沉重的書櫃時，尚秀也拒絕其他員工幫忙，打算和敬愛兩人獨力解決。這種固執讓敬愛覺得很受不了。此外，尚秀好像很在意要搬著書櫃走過其他員工面前，所以頭頂著書櫃走出來時，隨即像是刻意講給大家聽似地說：「印度那邊有消息了嗎？應該能成功吧？」看到尚秀在那寬敞的業務部辦公室和走道大聲嚷嚷著專案怎麼樣，敬愛也幫腔：「應該是吧，感覺很快就會有消息了。」然而只要別人稍微有點意見——好比部長說：「孔尚秀先生，安靜一點，我在講電話。」尚秀一股腦兒的熱情和戲劇性的反應就會瞬間被澆熄。

因為書櫃實在太重了，無論是再正向思考的人，都會忍不住懷疑起人生。敬愛一邊承受它的重量，一邊心想，業務部的人會需要這種書櫃嗎？當初為什麼要放這種櫃子啊？事實上，和尚秀一起展開辦公室生活後，無法理解的事不只有這件。尚秀那三不五時就會響起的手機尤其如此。他的工作用手機接近冷凍狀態，私人手機卻響得十分勤快。雖然都不是來電，而是訊息，但仍搞不懂他哪來這麼多人脈。手機猶如規律鳴叫的夏蟬般震動個不停。

有一次尚秀不在位子上，敬愛打算把文件放在他桌上，才偶然發現那些是臉書通知，包括好友邀請、好友確認、文章更新、訊息、某人的生日、標註及好友推薦等。

搬運書櫃後的隔天，這久違的肉體勞動讓尚秀全身痠痛得不得了，迎來了一個不走運的早晨。他心想，對於剛要起步的小組來說，這種處置未免太殘忍，早上碰見部長時忍不住抗議了一下。

「不然怎麼辦？理事都這麼開口了。」部長沒好氣地說。

「您不也能讓我們搬到其他地方嗎？」

「我不能。」

「什麼？」

「意思就是別無他法。還能怎麼辦？不然你打算待在演講廳嗎？以那個空間來說，兩人用起來也不會太窄，感覺很溫馨啊。」

說完後，部長覺得自己很可憐，連這點事都得處理，忍不住喃喃自語：「我根本就是受氣包，這裡有人搥一下，那裡又有人打一下。」

那天，運氣差的人不只是部長，因為印度買家直接和宥靜簽了約。為了了解這中途攔截的狀況是怎麼發生的，尚秀只能去找宥靜。自從他闖入大邱的相親場合後，這是兩人第一次單獨碰面，不免有些緊張。他感覺自己的呼吸變得急促，臉部肌肉也跟著僵硬，於是走進廁所練習了一下。他先讓雙頰如氣球般充滿空氣，使勁大吼：「為什麼！」接著，活動一下四肢當作暖身，把「為什麼！為什麼！為什麼！」當成口號連續吼了好幾次，結果很衰的是，其中一間廁所內傳出了部長喊「孔組長！」的聲音。

「還問為什麼？社長最大，再來就是理事，人家要你做什麼，就只能照辦啊。」

即便事先練習了，但真正站在宥靜面前時，尚秀最先說的卻是「嗨」。他打招呼時，就像是一名剛進幼兒園的孩童般扭捏、緊張與不安，但又帶著一種毫無應對能力的懦弱。這時，有一群年初進公司、至今還沒摘去實習生標籤的新人不知剛才去了哪裡，接二連三地出現，很有朝氣地問候：「組長，您好嗎？組長，您出差回來啦？您不覺得累嗎？早上的身體狀況還好嗎？」每當尚秀打算開口說話，這些三十歲不到、血氣方剛的年輕人就會插嘴，導致他後來很想脫口說出：「夠了，別再問她好不好了，她不是回答過了嗎？」不過，他終究沒有這樣做，因為他才不想和就連縫紉機的壓腳是什麼都不曉得的實習生說話。

但尚秀的內心仍開始猛烈批評他們。他搞不懂這些實習生在想什麼，明明平常講話的口氣，就像他們頭上捲得恰到好處的髮型一樣溫柔，為什麼一到公司上班，就會使用那種硬梆梆的官腔。每次去郊遊或在工作坊表演才藝時，不管是幫派饒舌或偶像群舞都難不倒他們，但只要在職場上，他們就會換成軍隊的口吻，彷彿那是一套必須穿在身上的重要制服。

搞不好他們所認為的業務就是這樣，就像他們很愛抹的髮蠟一樣。其實髮蠟在那些高層的老頭子年輕時的八〇年代就已經流行過了，不管再怎麼走復古風，這種玩意為什麼會再度蔚為流行？這讓尚秀很不滿。如果是因為這種商品標榜男子氣概，那就更令人厭惡了。尚秀本來就很吝於尊重他人的喜好，所以這搞不好只是他無數嫌惡清單上的一條，只是不巧他此時站在宥靜面前，彷彿遞出了一個裡頭沒裝多少禮金的紅包袋般，乾癟無力地勉強說了一聲「嗨」，所以心情實在很差。不只是差而已，他的心情是像水滾般咕嚕咕嚕沸騰。

這怎麼對？業務這回事並不像髮蠟，可以按照自己的意思將某樣東西——好比說人心——加以固定，而是猶如在空氣中浮游的塵埃、孢子或陽光般緩緩沉澱的，不是嗎？

在半島縫紉的尚秀是名孤單的員工，幾乎沒有要好的人，唯一與他走得近的，只有老早就被公司裁員的趙老師。從稱呼就可以窺出一二，趙老師年逾五十，卻擁有一個現在很少聽到的模糊職稱「助理科長」。起初他在日本總公司擔任生產技術工作，後來被調回韓國，到了九〇年代的繁榮期，日語人才需求增加，於是進入業務部。但之後他請了很長的病假，經濟也變得委靡不振，所以沒能被納入升遷名單。部長覺得稱呼比自己年長的人為「科長」很有壓力，表示這個世界應該善待技術人員，因此開始稱呼他為「老師」。這個稱呼雖然是敬稱，但也隱含孤立對方的意味。

只要行程能夠配合，尚秀就會和趙老師搭擋，一起到其他小城市出差。趙老師會把時間花在拜訪似乎並不怎麼需要行銷的小型縫紉工廠，而僅有三、四名員工的工廠向來都位於地下室，大家承載著相同的勞動和疲勞，讓人分不清楚誰是老闆、誰又是員工，也因此形成了一種微妙的革命情感。

「咦，您怎麼又來啦？」

要是有人一邊做著手邊的工作，一邊詢問，趙老師就會回答「剛好經過」，然後隨便找個地方坐下。偶爾他會隨口問：「那是剪了多少的布料啊？要送去哪個購物中心？」問完後，又靜靜坐在那裡。大家自然而然地聊起經濟蓬勃的時期哪一家紡織工廠的員工有多達數千名等，但因為手頭有工作要忙，話題再度中斷。即便沒有說話，趙老師也會再坐一會。儘管尚秀是個性格急躁、會咄咄逼人地追究利弊得失的青年，但也在耳濡目染下，逐漸受趙老師的節奏影響。

縫紉機的韓語發音是源自「machine」的日語，這件事也是趙老師告訴尚秀的。趙老師說，既然「machine」代表機器，那也等於縫紉機代表了各種機器，因此從事縫紉機產業的我們應該感到自豪。

「我們為什麼要穿衣服？假如我們離群索居，那不穿衣服也無妨，但穿衣服意味著走到外頭、去見某個人，不也就代表成為一個人嗎？我認為，縫紉機的運轉是為了提醒自己要有人性。尚秀，你千萬不能忘記這點。」

其他員工只是左耳進、右耳出，尚秀卻非常認真地把這些話聽進去。這些話聽起來很美好，彷彿能融化內心角落堆積的萬年雪，也敲醒了儘管本人矢口否認、但確實是靠著父親進入公司消磨日子的尚秀。即使是機器、縫紉機或販賣物品，也必然有所謂的「意義」或「本質」，遇見帶有這種信念的人，為尚秀注入了活力，因為現實中的人說出了唯有在他深愛的電影和戀愛小說中才會出現的台詞。尚秀很喜歡這個揹著老舊皮包，在小城市過一夜時，總會仔細清洗手帕和襪子，將它們晾在窗邊，喝酒時只會喝三杯清河以避免二度傷身的人，喜歡從實際存在生活中的人口中聽到這些話，這讓他感到不孤單。

在縫紉工廠坐久了，趙老師就會很自然地問上一句：「對了，最近全自動的有幾台啊？」接著他會一改「不管要死要活都沒錢」的說詞，說出往後景氣會逐漸好轉的期待。然後聽到對方說：「這就難講了，如果那筆生意進來，還有你們可以替我們解決未收款項的話。」趙老師才會取出型錄，悄悄放在吃完午餐後被挪開的四角鐵盤上。如果期待成真，機器就能賣出去，又或者，期待只成一場空。

尚秀起初認為趙老師是在「偷懶」，後來才知道他在細聽那地下工廠的動靜，聽縫紉機製作衣服時發出的噠噠聲。用那輕薄廉價的布料所製成的衣服，以幾千元的價格提供給批發商、零售商，再來到某位為它打開荷包的消費者手中，這種循環就像樹枝伸展般，無論再精密的程式都無法掌握或算計，或許唯有憑藉想像和猜測才可能完成。換句話說，這不是一個能被固定的東西，而是偶然沉澱的過程。

但公司趕走趙老師的方式卻有固定的模式。展開大規模解僱行動的三年前，公司收了趙老師的辭呈，後來卻沒有退還給他。儘管和趙老師年齡相近的人都已晉升部長、理事，他仍憑著一股跑過現場的自尊心硬撐了下來，最後和當時被解僱的四十名員工一起在停車場聯合示威。趙老師參加靜坐示威前，尚秀曾看到他難得穿著極為乾淨的西裝，走上階梯要去見理事。但在門前來回踱步的趙老師，最後依然沒有敲辦公室的門。「撤回非法解僱！這是掩耳盜鈴！」他只是默默聽著從公司停車場傳來的叫喊，在照進走廊、如手掌般大小的春光下站立許久，最後走下了階梯。

尚秀很驚訝自己竟會想起先前被徹底遺忘的趙老師。兩人後來就再也沒有聯絡了，真不曉得這份記憶究竟是被深鎖在何處，現在卻又如有人伸手攪動般浮現腦海。

「孔組長，您好嗎？辦公室都整理好了嗎？」

終於有實習生對尚秀感興趣了。

「是的，都整理好了。」

「本來想幫您的，結果您已經整理好了？以後如果有需要……」

「不用了，都弄好了，不必在意。我們小組的事，我們會處理。」

尚秀不自覺地越講越大聲，弄得辦公室的氣氛有些尷尬，這時敬愛推著折疊式的手推車走出來，裡頭裝了因為空間不夠、無法擺在辦公室的花盆。宥靜對尚秀說要換個地方談話，走向了會議室，不巧裡面有人，於是兩人去茶水間，各自倒了一杯茶，最後來到停車場。

「朴敬愛小姐。」

敬愛卸下花盆，抽起了菸。和宥靜四目相交時，她稍微點了一下頭示意，宥靜很親切地說：

「敬愛，工作還順利嗎？尚秀有沒有善待妳？」

「沒有耶。」

「什麼？」

「沒什麼善待不善待的，工作倒是有在進行。」

宥靜不由得慌了一下。「我不該這樣講的，我自己也很討厭聽到這種話。」但敬愛像是沉浸在自己的思考中，不置可否地點了點頭，繼續把菸抽完。大致來講，敬愛並不喜歡有人與她攀談，但抽菸時更是如此。因為愛好吞雲吐霧的人，很想在把菸吸入鼻子、氣管、肺和肺泡後，全神貫注地享受深入體內的東西化為一抹白霧吐出的過程。

「不過，敬愛，花盆放在這裡會死掉的。」

尚秀遲遲未向宥靜提正事，只顧著講花盆怎麼樣。

「那要放哪裡？垃圾桶也才勉強放進辦公室而已。」

尚秀啞口無言，思忖這些最佳空氣清淨植物究竟該放哪裡好。宥靜在一旁聽著，然後提議放在他們那邊。

「放在文件櫃之間就行了，我會不時確認花盆的狀態。」

「不時確認」這幾個字在尚秀耳邊縈繞不去。雖然他是為了業務三組最大的印度出口專案即將觸礁才跑來這兒理論，但這件事已不再重要，此時他的心思已飄到被放在文件櫃之間、每天迎接宥靜目光的空氣清淨植物上。宥靜向尚秀說明，他的敗筆就在於沒有事先和半島縫紉的其他小組商量。在印度做生意的人之間都會互通有無，沒有所謂的祕密，所以他必須謹慎行事。印度買家生性多疑，尤其痛恨東西買貴，宥靜的小組接洽的其他買家把價格情報洩漏給那位買家，發現宥靜的小組提出的價格比尚秀的小組明顯低了一截。

「對方說彼此失去信任，不和我們公司合作，我好不容易才安撫他。我胡謅說那位員工已經不在公司了，最後才變成和我簽約，我並非有意這樣做，所以你別誤會。」

印度的土地何其遼闊，人口數也位居世界第二，尚秀沒想到他們竟然會這麼親密地分享情報。他不知道自己和宥靜的小組誰先接洽那位買家，還有他提出的價格已接近最低值，怎麼還有辦法壓得更低，但他沒有鉅細靡遺地追問，也沒有誤會什麼，只對宥靜說了一句：「了不起。」

宥靜進辦公室後，敬愛望著沉浸在自己思緒中的尚秀。他似乎再也不在乎什麼珍貴的空氣清淨植物了，直到敬愛將花盆重新放上推車，輪子發出匡隆匡隆的聲響，花盆全都倒向一邊，尚秀這才抬起頭，著急地喊：「敬愛，不行、不行！」

「不行」是尚秀和敬愛成為同一組後最常說的話，不過並不是針對敬愛個人，而是因為尚秀認為，每當他說一次「我們」，其實就是在堅定自己的決心。舉例來說，「敬愛，我們業務可以賣任何東西，就是不能賣掉良心」、「敬愛，我們是在做生意，不是在當商人」、「敬愛……」，每一天，以「敬愛」為發語詞的句子會不時打破辦公室的沉默，這時敬愛就必須停下手邊的工作，抬頭看尚秀。但兩人四目相交時，尚秀又會隱約避開視線，看著月曆或掛鐘說出那些決心。

「儘管如此，我們也幫忙推了一把。」

尚秀補充說：「就功利主義的觀點來看，這豈不是件好事嗎？公司不會忽視我們的功勞的。敬愛，我們也談成了一筆生意。」

敬愛覺得尚秀並非真心這麼想，只是想要自欺欺人。他看起來臉色很差，也一點都不樂觀，要不然他又沒有在推東西，何必擺出一副連一隻手都重得要命的樣子，悶悶不樂地擱在推車上？那張疲憊而傷心的臉又是怎麼回事？彷彿連尚秀動搖的心都壓在那隻有氣無力的手上頭似地。也許，從眼前飛走的合約讓尚秀的盲目也產生了動搖。

創立紀念日當天舉辦的體育大會也是尚秀和敬愛團結的大好機會。每年的創立紀念日，半島縫紉都會在汙水處理廠附設運動場上舉辦提振全體員工士氣的體育大會。隊伍分成藍、白兩隊，由總務部安排隊員，但考慮到對運動情有獨鍾的年輕社長，堪稱為王牌的員工全都被編進社長那一隊。敬愛在總務部負責這件事時，很公平地根據性別和年齡層來分隊，結果把大賽當天的氣氛搞得很僵。每當社長的隊伍輸掉，他總難掩失望之情，在午餐時間豪飲小米酒後，還會不滿地抱怨：「大家的實力就只有這樣嗎？打乒乓球時不能扣球嗎？辦不到嗎？」

社長對乒乓球極度狂熱，只要到了午餐時間，就會從員工中挑選足以和他抗衡的對手，在公司空地打起乒乓球。若能成為社長的球友，在各方面都有好處，因此一到午餐時間，男性員工必定會到乒乓球桌旁集合。理事們認為，雖然社長對經營公司毫無熱情，但至少在員工面前很「friendly」。不過在敬愛看來，社長不過是真的很喜歡乒乓球，還有真的很想在比賽中獲勝罷了，就像是那種把玩伴召集起來的孩子王。剛開始賭一千元，現在則是輸的人會被彈額頭。只不過大家不會調節彈手指的力道，總是使盡全力打對方。

尚秀和敬愛自然不是社長那一隊。有社長在內的藍隊每場比賽都獲勝，午餐之前的拔河比賽亦然。由女性和年長的員工所組成的白隊瞬間被拉走，如骨牌般嘩啦啦倒下，比賽也跟著結束。在那場體育大會中，敬愛與尚秀是最弱的選手。擔任隊長的部長以為敬愛個子高，打排球應該會很吃香，便把她排進隊伍，沒想到敬愛一次也沒接到球。進行單腳跳躍、撞倒對方的鬥雞比賽時，由於物流組的菜鳥社員衝得太猛，尚秀只是呆呆地看著對方，結果在對方還沒撞上來之前，自己就失去平衡摔倒在地。

乒乓球比賽時出現了意想不到的反轉，尚秀靠著驚人的專注力接下了社長的球。這全多虧他父親偏好重視鍛鍊身體的美式教育，以致尚秀從小就持續接受游泳、乒乓球、溜冰和網球的高強度訓練。當然，他這麼做這並不是為了尚秀。

「孔組長，不錯喔，你是打哪裡的？」

「什麼？」

「撞球有分仁川隊、首爾隊，乒乓球也是。孔組長主要在江南還是江北玩？」

「我在方背洞耶。」

「我是瑞草區的。我們都屬於江南乒乓球隊，難怪這麼有默契。」

社長嘴上雖然開著玩笑，但似乎隱約對尚秀意想不到的實力懷有戒心。在全體員工面前輸掉自己熱愛的乒乓球，這可是事先沒料到的危機。再者，大家都感受到這是威脅公司團結的高度緊急狀況，所以沒有人敢替尚秀加油。當兩人分別贏得兩局時，社長說要休息五分鐘，坐在長椅上喝著運動飲料，問了尚秀一句：「你父親最近還好吧？」

「我們家的老人最近火氣可大了，成天都在發脾氣。孔組長的父親呢？」

「差不多吧，人老了都這樣。」

「怎麼會差不多？他可是一位教授，怎麼說也會不一樣吧。」

一提到父親，尚秀就有種被強力扣球後暈頭轉向的感覺。父親在選舉中接連失利，後來在地方城市大學任教直到退休，現在成天無所事事。儘管每到選舉季，繼母就會要父親再挑戰、一生不能就此結束，但大哥說父親現在不是什麼等待東山再起的政治人物，也不是悉心培育後進的老教授，不過就是個逐漸老去的酒精成癮者罷了。一想到父親，尚秀的內心不禁動搖，覺得此時自己努力拍擊這顆小球的行為很沒意義。最後一回合無趣地結束了，甚至沒有一點刺激感可言。社長獲勝了。

接下來，是當天的高潮——接力賽。沒有任何比賽比接力賽更能看出實力差距，前後的選手幾乎差了運動場一圈。儘管如此，領先的人絲毫不減速度，噠噠噠地在紅土運動場上蓋下腳印，一路狂奔。過了好一會，眼見毫無勝算，卻又不能不繼續跑的選手也噠噠噠地經過了。

敬愛倚靠在單槓上，儘管不抱任何期待和希望，但仍注視著大家奔跑時的表情和飄揚的髮絲。這時手機響起了訊息通知。是山柱。**今天做什麼？**敬愛看了一下訊息，接著回覆「沒做什麼」。她並沒有說謊。接著又來了一封訊息。**天氣這麼好，怎麼什麼都沒做？**敬愛一邊打著「就那樣」，一邊暗自期待山柱會不會約她碰面。六、七秒的等待時間是如此漫長，比今天的每一秒都更令敬愛著急，最後收到的卻是「這樣啊，祝妳有美好的一天」。

社長是接力賽的最後一棒，在員工的熱烈鼓掌中衝過終點線。比賽結束約五分鐘，跑完賽程的尚秀抵達，觀眾之間響起稀稀落落的掌聲。敬愛看見尚秀回來時稍微往宥靜的方向看了一下，但很不幸的是，宥靜並沒有看著尚秀。尚秀氣喘吁吁地躺在運動場上，而將水杯遞給他的人是敬愛。她面無表情地說了一句「辛苦了」，自己也倒了一杯水咕嚕咕嚕喝下，接著「哈啊……」地鬆了口氣。

接下來的春天，繼續過著無所事事的日子。部長八成是看不下去，介紹了幾個客戶給他們，但接洽後發現他們都經歷過大大小小的不幸。只要打電話過去要求他們付清拖延的款項，或詢問要不要購買最新型的時尚縫紉機，就會收到這種反應──「我們要破產了，現在誰還靠縫紉吃飯啊？我們沒有工作，還不了那筆錢，想把機器拿回去就拿吧。」要是客戶完全不接電話，就只能親自登門拜訪。說實在的，那些小型工廠拖欠的款項很難討回，金額也不大，所以如果不是在首爾附近，去一趟的出差費用反而更高，但為了擺脫在原地打轉的循環也別無他法。他們兩人主要拜訪的是首爾近郊、仁川或富川一帶。

不過，尚秀覺得敬愛慢慢改變了。最先出現的變化是她整個人「變鬆」了。原本敬愛彷彿被某種東西牢牢綁住般，在辦公室時只做最少的動作、說最少的話、占據最少的空間，但現在她會坐在辦公桌前吃著香蕉、餅乾之類的零食。就像其他的上班族，在自己度過日常生活的空間中，很自然地放鬆下來，一切變成慣性。簡單來說，就是她變得和其他人一樣，收到款項時會舉起大拇指說：「讚喔！」必須加班時會說：「很煩耶。」尚秀跑外勤回來時，會注意到敬愛在滑手機、逛網拍，然後又悄悄關掉。如果尚秀問她在做什麼，她也保持一貫的回答：「沒做什麼。」

「怎麼可以沒做什麼？要工作啊。」

「我的意思是一直都在工作，沒做什麼特別的。」

尚秀很高興看到敬愛偷懶的樣子，因為顯得很自然。這表示怕被人抓住把柄、炒魷魚的擔憂減少了，也代表她信任身為上司的自己。

幾天後，山柱跑到公司附近找敬愛。

山柱結婚後，兩人幾乎不曾單獨碰面，大部分是夾在人群中。因為這樣一來，任何心思都會像是不曾存在似地，令人感到安全。山柱與敬愛可以表現得像是曾經一起念大學的朋友，如今彼此都接近四十歲、透過某種程度的斷捨離與累積，逐漸完成能被稱為「人生」的過程，偶爾在聚會碰面，一起吃吃喝喝。

接到山柱的聯繫後，敬愛拿著皮夾出門，說自己臨時有事，請求尚秀諒解，因為她原本和尚秀說好了午餐時間要去新開的豬排店吃飯。

「是誰來了？這麼突然？」

「是啊，突然有點事。」

尚秀把從廣告傳單剪下的拌烏龍麵免費優惠券遞給敬愛，要她拿去用，自己只要簡單在員工餐廳吃就行了。敬愛低頭看著尚秀保管在皮夾一星期的兩張優惠券，沿著虛線剪得整整齊齊，也不知道是怎麼收藏的，上頭沒有一點皺痕。敬愛說沒關係，將優惠券還給尚秀。

「朴敬愛小姐，拌烏龍麵可是要三千元。」

「沒關係，組長你用吧。」

「妳跟朋友去不就好了嗎？」

「沒關係，你別在意。」

「朴敬愛小姐，這是有期限的，明天之前要用掉。」

「沒關係，真的不用了。」

儘管敬愛嘴上說沒關係，內心卻細細咀嚼著連續說了好幾次的這句話。現在她為了去見分手後跑去結婚的男人，搞得自己緊張兮兮，這樣真的沒關係嗎？敬愛越想就越覺得不能收下優惠券，最後果斷地塞到尚秀手中。「不要就算了。」尚秀顯得很尷尬，邊說邊把手收回。

前往咖啡廳的路上，天空灰撲撲的，風也不停吹來。敬愛竭力告訴自己，不過是喝一杯茶罷了，不願去多想先前從朋友們口中聽到的消息和私語——山柱學長好像生活有點困難，把企劃公司收了耶。現在還在經營西村的那個公演場地嗎？因為花了岳父家的錢，關係也不好。其實山柱學長當初結婚不是個明智的選擇——聽到同學們如此談論山柱結婚的事，儘管敬愛有那麼一刻動搖，但又會努力避免自己真的這樣想。倘若用這種方式來總結山柱的人生，終究對敬愛也沒有好處。假如六年的戀愛必須畫下句點，她希望不是用這種世俗的算法，而是以愛情的本質——很遺憾的，是以它所擁有的極限來作結。至少山柱向敬愛提分手、選擇同是敬愛學姊的那個女人時，明確地表示自己喜歡上了別人。當時，正要開始沸騰的鍋子就放在兩人面前，敬愛過了一會才問：「為什麼？為什麼會發生這種事？」山柱又說了一次：「就這樣喜歡上了。就像我偶然喜歡上妳，很自然地發生了。」

敬愛辭掉貿易公司的實習工作，一整個季節都窩在家裡。那是一個極為漫長的夏日，躺在九坪的套房時，蟬叫聲有如波濤般響個不停。一直到傍晚，聽見孩子們在遊樂場嬉戲的聲音，才能減輕自己與世隔絕的孤立感。在不洗碗、不洗衣也不做飯的日常生活中，彷彿只有今日孑然一身。沒有山柱存在的昨日，也沒有少了山柱的明日，只剩下敬愛的心，努力不去想這道介於有和沒有之間的現實難題。

在這樣的夏日，能讓敬愛走出家門的只有啤酒和玉米。某天她在市場聽到新鮮玉米上市的消息，之後每兩、三天就會出門買玉米來吃。看著玉米有韌性的葉片、宛如動物毛髮般柔軟的玉米鬚及紮實的玉米粒，敬愛經常想起「猶如窗外突然吹進一陣夜風，在換氣中生活」這句話。當她束手無策地窩在家裡的那段時間，無數的「生活」依然在外頭生長、奮鬥和堅持著。幸虧它們還在，因此在討厭眾人的目光、無法見任何人的夏日白天，她才得以穿著拖鞋到市場，提著兩手沉甸甸的「生活」回來。換言之，這也代表敬愛繼續生活著。每當萌生這種念頭，敬愛就會興沖沖地約某個人，但等到白天到來，她又覺得自己目前無法做任何事，而取消外出的計畫。

敬愛知道玉米在常溫下放久了會酸掉，這樣一來就要清理，但彷彿有種沉鈍的東西拉住了她，讓她無法動彈。寫信到諮詢戀愛的臉書專頁是敬愛唯一能做的事。她盡可能把自己認識的山柱描寫得鉅細靡遺，把六年來自己眼中的他抄寫一遍，寄出訊息後，使用那個帳號的姊姊就會寄來簡短的答覆。

給 frankensteinfree-zing：

我們沒有必要把力氣浪費在美化已經結束的愛情。請妳一天務必要照一次鏡子。

這種有些沒誠意的答覆其實可以從任何人口中聽到，但在不想見任何人的夏天，那個戀愛諮詢專頁幾乎是敬愛唯一的溝通對象。即使收到了這樣的答覆，她也沒有好好盥洗一番，就更別說是照鏡子了。一天就這樣過去，夏夜再度來臨，敬愛把所有電燈關掉，怔怔地望著正在蒸玉米、噴出熱氣的瓦斯爐，在一片黑暗之中綻放藍色火苗。等到玉米熟透後，即便在炎炎夏日仍凍得堅硬的心，就會緩緩被玉米的滾燙熱氣融化，於是敬愛再次寫了信。快的話，在接近凌晨時，偶爾就會收到主旨為「快點睡吧」的回信。

妳現在才要展開人生中最重要的一場戰役，唯有妳自己才能解救自己，擺脫昔日舊愛的幽靈。還記得派屈克．史威茲和黛咪．摩爾主演的電影《第六感生死戀》嗎？姊姊我認為那是有史以來最棒的浪漫愛情片。不過兩人並沒有克服死亡的障礙重逢。姊姊認為，裡頭出現的幽靈不是消逝的戀人，而是一個人在歷經失戀後的心情。戀愛的結束，不就像某一晚突然在路上碰上搶劫那樣令人措手不及嗎？但在那之後，心卻不肯放過我們，用盡各種辦法在我們身邊陰魂不散，藏匿在我們周遭的空氣中。正如frankensteinfree-zing（究竟為什麼要取這種帳號啊？）妳說的，妳覺得已經走向別人的舊愛還在自己身邊吧？可是妳看清楚了，尚未離去的不是那個人，是妳的心，而且那也不是因為愛情還在的緣故。光靠心來支撐是不行的。當電影來到高潮，派屈克．史威茲附身在琥碧．戈柏身上，兩人因而能夠擁抱時，這一幕不是由派屈克．史威茲來演的嗎？有哪一幕比這更能表現出靈魂不是愛情的全部？這等於是在推翻設定好的電影主題，打自己的臉嘛。這不是在說，就算只有十分鐘，身體也必須是派屈克．史威茲的身體嗎？還有在電影中，女人不是總因為自己說「我愛你」時，只從男人口中聽到「我也是」而受傷嗎？這些男人全都是膽小鬼，明明在現實生活中，根本就像夏日的藍白拖般滿街都是，卻用這種方式來維持自身光環。做愛、接吻、愛撫都做了，唯獨那句話死都不肯說出口的男人啊，根本……總之，妳現在還打算瀏覽那男人或他的新女友的推特、臉書或 Me2day[5] 去感受它的存在吧？只為了確認停留在妳身旁的愛

5 類似推特的社群網站，已於二〇一四年終止服務。

的記憶、愛情是否還存在，以及愛情的空氣。可是，妳想擁有的東西早就不在世上，也無法挽回，妳能掌握的，只有曾經參與那份愛情的自己。妳想想看，在電影的結尾，派翠克．史威茲彷彿在最後一刻大發善心地說「我愛妳」時，黛咪．摩爾只簡單地回答：「我也是。」曾經期待從男人口中聽到一句「我愛妳」，卻只得到「我也是」而受傷的女人，如今不再介意愛成了撞擊他人後彈回來的字眼，也因此能輕描淡寫地對猶如幻影般的愛情記憶說一句：「我也是。」所以說，如今妳……

閱讀這種冗長又無趣的回覆後，敬愛不免覺得，姊姊可能是個比自己年幼、相當浪漫，某些方面又很浮誇的人，不過因為她很喜歡這一問一答的過程，所以即便幫不上什麼忙，她仍會每天查看這個戀愛諮商專頁。專頁的首頁寫著可以稱為座右銘的情詩，讓人不禁想像經營這個空間的姊姊的教養程度和愛好。這首詩是這樣的：

愛情是殘忍的黑手黨，
終究，我的一切
都將被你奪去吧？

不過，這個虛擬姊姊也有說中的地方。明知不該如此，敬愛仍然會查看山柱與那位學姊的社群網站。那個帳號上傳了無數學姊希冀的一切——京都的整潔餐廳、貓咪、善盡社會責任的外國企業所生產的沐浴用品和化妝品、外國食材、有機農、瑜珈、令人聯想到童年的遊樂公園或餅乾、獨立樂團的影片、法國小說等，而山柱的照片也在那明亮美好的物品之中。正如姊姊所言，這個名為山柱的對象，他的溫柔、身上的味道、觸感、嗓音、這個名字帶來的實際感覺及山柱的存在感，如今只能從猶如幻影般的記憶或他人的社群網站去感受。不在了，它們如今不存於敬愛的現實中，已經徹底死去了。

敬愛在玉米逐漸凋零的餐桌上看著山柱與學姊明亮、充滿生機的日常生活，他們看起來是如此理所當然，似乎沒有任何異樣或問題。關於敬愛這個人的不幸，好像與兩人的愛情沒有半點關係，裡頭只裝著戀人之間的歡喜。這時，敬愛就如姊姊所說的，感覺自己正和幽靈般的東西在打架。要是她冷不防地抬起頭，環視無人的冷清廚房和亂七八糟的房間，彷彿就會看到有另一個敬愛坐在那一頭，對她說：「我也是。」

大概是在這時，敬愛的媽媽一聲不吭地從鞍山跑來首爾。

敬愛的媽媽走進她家，環視房間一圈，看到沒有被丟進洗衣機、堆在籃子裡的上一季衣物，夏天來臨後仍被丟著不管的夾克、襯衫、襪子、手套、毯子和內衣，也看見了蜷縮在房間裡、彷彿被人徹底揉皺的敬愛。媽媽按下了洗衣機的開關，從上午開始延續到傍晚的洗衣工程，浩大到必須讓洗衣機運轉七次，但媽媽沒有拖延這件事，當天就全部處理完畢，因為她相信唯有這樣做，敬愛才能重新站起來。

媽媽覺得，敬愛從小就是一路跌跌撞撞的。敬愛才剛滿週歲，媽媽便判斷丈夫不是能走一輩子的伴侶，她深信自己之所以能夠避開家暴和語言暴力，下定決心要離婚，全是因為擁有「技術」。要是少了這項技術，她肯定無法把敬愛從不幸中解救出來，她認為是美髮剪刀、髮捲、橡皮筋、染髮劑、吹風機、電棒捲和剪髮袍等，拯救了就連被放在美容院也不曾哭過一次的年幼孩子。她能相信的就只有自己的一雙手，以及修剪頭髮與燙髮技術這種無形的東西。然而，就在她忙著靠技術過活的那段日子，敬愛會不會也認為自己能相信的就只有媽媽的一雙手呢？直到敬愛失去一群朋友、罹患憂鬱症時，她才領悟，正如同自己只能相信自己的一雙手，這個孩子相信的也只有媽媽的一雙手。

但媽媽相信，敬愛是個隨時都能自己站起來的孩子。即便看到女兒沒有過著如花朵般燦爛的日子，反倒像是久了散發悶臭味的待洗衣物般被丟在一旁，她也沒有感到悲傷或覺得應該嘮叨兩句。當煎熬的時刻到來，感到痛苦是很理所當然的。她只當女兒是個生病而感到不舒服的人，因此也沒有必要為此傷心或和女兒起衝突。敬愛歷經那場火災，從警察局回來後，被學校的老師們各唸了一句，這些話傳到了在社區做生意的媽媽耳中，來燙髮的三姑六婆甚至說：「妳別顧著賺錢，好好管一下孩子，小小年紀就出入酒館，這怎麼得了？」敬愛的媽媽只是二話不說地放下剪刀，告訴對方如果要講這些話，以後再也別上門。無論對方再怎麼道歉，她都不肯再次拿起剪刀。頭髮只剪一半的三姑六婆，個個頂著參差不齊的髮型破口大罵：「我的頭髮怎麼辦！」最後走出了店門，但不管那些女人在外頭講得多難聽，敬愛的媽媽也沒打算改自己的硬脾氣。因為要是連自己都覺得丟臉的話，就等於是逼孩子走上絕路。只要媽媽不那麼想，敬愛就能重新站起來。所以，媽媽在美容院的牆上貼了《路加福音》的句子。

在那裡的人都在為這女孩子嚎啕大哭。耶穌說：「不要哭！這女孩子沒有死，只是睡著了。」大家都譏笑他，因為他們知道女孩子已經死了。耶穌拉著她的手，喊說：「孩子，起來！」她的魂就回來，立刻起來。

媽媽忙著清理家裡時，敬愛只是躺在床上，靜靜地抬頭看著她。她在抽屜內翻找，發現裡頭沒有半條乾淨的毛巾後，到外頭買了毛巾和內衣回來，接著扶起敬愛，將她送進浴室。然後，媽媽煮了熱湯。是敬愛喜歡的豆芽清湯。煮這道湯時不需加其他東西，只要把豆芽煮熟，撒一點鹽巴就完成了。媽媽站在流理台前面，想起兩人過去一起吃晚餐的時光。敬愛總是安靜地在美容院旁邊的小房間等媽媽工作結束，直到七點，才開門查看店裡的狀況，問一句「媽媽，什麼時候吃飯？」這時，媽媽也才會停下來休息。

敬愛走進浴室後，裡頭傳出了水流嘩啦嘩啦的聲音，接著聽見了哭聲。媽媽也知道敬愛和男友分手的事。「媽，我辭掉公司的工作了。」當敬愛打電話時，她明白女兒又在人生路上跌倒了。很奇妙，媽媽總是能很快就感受到這些。

「媽。」

在浴室裡的敬愛呼喚了一聲，媽媽坐在浴室門前，問了一句：「怎麼啦？」

「媽什麼都別做，靜靜地坐著就好。妳也很辛苦，所以什麼都別做。」

「妳把家裡弄成這副德性，還能說出這種話？」

媽媽為了戰勝自己的心碎，故意挑女兒毛病。

「總之什麼都別做，我們什麼都不要做。」

媽媽心想，就連洗頭洗澡、刷牙洗臉等每個人可能會嫌麻煩，但仍能三兩下迅速解決的事，對此時的敬愛都顯得太過沉重。在他人眼中，也許認為敬愛是在自我放逐，對當事人而言，這卻是最善待自己的行為。

「嗯，什麼都別做，媽媽也只會躺著，什麼都不做。」

媽媽邊說邊關掉瓦斯爐的火，小小的家中頓時變得好安靜。不知過了多久，把自己全身清洗乾淨，一臉清爽的敬愛才從浴室走出來。

走進咖啡廳，看見山柱穿著與酷熱天氣很不搭的超厚夾克坐在那裡。兩人面對面坐著，說著「咖啡味道怎麼樣？要不要再點個麵包？」，而雨聲勉為其難地填補了兩人的沉默。

過了很久，山柱才說：「真不知道最近的日子是怎麼過的，感覺就像自己在浩瀚的宇宙泅泳。彷彿有股未知的重力般，雙腳在空中飄游著，沒有半點現實感。」

「你怎麼穿這種夾克？現在又不是那種天氣，不覺得熱嗎？」

「夾克？」

山柱低頭看看自己，再掃視周遭。

「因為最近有點心神不寧，但我一點也不熱，反倒覺得冷颼颼的。妳不覺得冷嗎？」

敬愛靜靜地看著山柱，此時他就像剛睡醒那般顯得有些迷迷糊糊，一副很費力才能思考的樣子，看著其他桌的客人。只要看看別人，他就會知道自己穿著多麼不必要的厚夾克，以及宛如極力想保護自己般全身蜷縮著，但山柱只像是個不知道為什麼要環顧四周的人，不發一語地看著桌面。

敬愛從沒看過山柱如此無精打采，她覺得好像有什麼深深傷了他。山柱一直都是個充滿自信的人，即便在最貧困的時候。

敬愛是在大二時認識山柱的，當時系上要團購輔助教材，卻在退款時出了差錯，敬愛的款項被匯進了山柱的帳戶。明明是助教弄錯，他卻只把山柱的手機號碼告訴敬愛，要她自己去向山柱要錢。她打電話過去，卻發現手機號碼已因私人因素停用了。整個企管系二年級有超過三百名的學生，敬愛不知道山柱是誰，只好下課時向系學會會長打聽。「山柱哥。」會長喊了一聲後，有個急急忙忙揹著背包走出去的男生轉過頭說：「怎麼了？」敬愛到現在還記憶猶新，當時山柱瘦削的臉看起來有些疲倦，但他身上燙得平整、毫無皺褶的襯衫給人一種十分乾淨俐落的印象。

敬愛走過去說明狀況，山柱點了點頭說知道了。她認為既然已經告知對方，事情就等於解決了，但就在擱下心中的石頭時，山柱卻說他現在沒辦法還錢。

「沒辦法還錢？」

敬愛沒想到對方會這樣回答，詫異地反問。

「因為現在我的帳戶沒有錢，大概已經被貸款利息扣掉了。」

敬愛心想，怎麼有人連七萬六千元都還不出來，連這點錢都沒有嗎？但她並沒有說出口。這人之所以能說出一般人會覺得有些難為情的話，究竟是因為實話實說呢，又或者他本來就是個說謊不打草稿的人？敬愛心想這人說不定是想騙她，只說了一句「喔，好」，甚至連「下次再跟你要」都沒說。因為她壓根就不相信這番說詞。

「我應該再跟妳說明一下，但我急著去打工，我們能不能往校門的方向邊走邊講？」

山柱與敬愛走出企管系的大樓，穿過稱為漫步者之路的一小片樹林。山柱說他發現收到了兩筆款項，也想著之後要提領出來，最後卻錯過了時間點，向敬愛道歉說都是他的錯。他說自己從當天到後天晚上會在朋友工作的插座工廠上夜班，星期四左右就能還這筆錢。

「星期四左右。」

敬愛不自覺重複了一遍，但並不是在表示自己等不了那麼久，而是在計算，如果工作三天才能償還七萬六千元，那麼一天的工資有多少？

「不行嗎？怎麼辦？不然晚上我拿到當天薪水就先轉給妳。」

雖然敬愛當下不需要那筆錢，但也很猶豫該不該說「隨時還給我都沒關係」，因此暫且答應了這個提議。

當天晚上，敬愛如往常般關掉房間的燈，因為怕吵醒媽媽，她戴上耳機看著影片，這時收到了寫著「朴敬愛同學，我已經轉帳了」的訊息。敬愛看著簡訊，腦海中浮現「謝謝」、「辛苦了」、「晚上會不會很冷？回家的路上請小心」等字句，最後卻什麼也沒回。隔天，她確認了一下帳戶，兩萬五千元已經入帳了。

這三天，敬愛在款項入帳之前都無法入睡。她覺得自己好像不應該睡著，所以一邊熬夜，一邊連續看了好幾遍鄔瑪．舒曼穿著黃色運動服成功復仇的《追殺比爾》。敬愛看著鄔瑪．舒曼每揮動一次長刀就會有一票人死去，這種嚴肅公正的復仇和山柱與五、六名上夜班的人在富川某處的小工廠插插座、點亮小燈泡的工作有些相似。

不過，即便是昆汀．塔倫提諾的電影，一看再看的復仇情節也會變得無趣老套，因此敬愛忍不住打起了瞌睡。直到錄影帶發出「嗒」的一聲停止，她才猛然從睡夢中醒來。這時她總會莫名感到空虛，對世界上的一切感到厭煩，但山柱傳來的一封「今天也轉帳了哦！」的訊息，驅散了夜晚濃烈的幻滅，喚醒有別於平時的其他情緒。好比說，當清晨來臨時免不了會有的期望，而心也會如吐司般膨脹，想著「今天會比昨天更好吧？」之類。不過敬愛牢牢地抓住了自己的心，深怕自己會不小心被矇騙過去，再度期待起什麼，最後卻又希望落空。山柱將七萬六千元全數轉帳後，敬愛苦惱了一會，然後傳訊息問他要不要一起吃午餐。好啊。收到回覆時，敬愛感覺內心嗒地一聲開啟了。赴約之前，她在經過地鐵站時買了生平第一支睫毛膏，但等到真的去見山柱時又不免猶豫再三，最後把它收進了抽屜。

「我的衣服很奇怪嗎？」那樣的山柱現在卻這樣問著。「早上覺得有點涼，所以就穿出門了，真的很怪嗎？」

敬愛問山柱最近在做什麼，山柱說想買一把吉他，最近正在打聽。

「電吉他？木吉他？」

「當然是電吉他。」

敬愛想起山柱說過高中時迷上吉米．亨德里克斯，所以想成為吉他手。他說自己為了買吉他而跑去漢堡店打工，最後卻只能拿來貼補生活費。山柱的太太在大學當鐘點講師，最近乾脆在那個城市定居，兩人很少對話，動不動就吵架，所以關係越來越疏遠。

敬愛邊摸著馬克杯邊說：「我不知道為什麼要聽你說這些。」

「我為什麼要知道你們夫妻吵架的細節？」

「抱歉，我不假思索就說出來了。」

直到走出咖啡廳，雨勢都沒有停歇。山柱說自己沒帶傘，麻煩敬愛送他到地鐵站。兩人同撐著一把傘走著，每當和山柱肩碰肩、碰觸到彼此手背時，敬愛都會忍不住豎起神經。儘管分手多年，兩人貼這麼近的感覺仍然如此熟悉。最後敬愛按捺不住，中途走進超商，買了一把雨傘出來。

「這樣感覺比較好。」

山柱接過之後，打開雨傘。「很堅固耶。」

之後，敬愛就經常和山柱碰面。對敬愛來說，山柱雖然活著卻再也不能靠近，只能將他視為死去的人，但如今這樣的人卻再次回到自己的日常生活中，這簡直就是一場奇蹟。後來，敬愛擔憂自己對山柱的心意會再度日漸滋長，試著想要抓住平衡，但內心又有宛如怪物般的一面，隨著時間的流逝，越來越無法拋棄對愛的渴望。敬愛逐漸深入山柱的日常生活，很自然地知道了他今天中午吃什麼、見了誰、買了什麼東西以及幾點入睡。兩人依然如男女朋友般，接電話時不必說「喂？」或呼喚對方的名字，而是直接進入「嗯，我在路上，吃過飯了嗎？」的日常對話。分開時，兩人也稀鬆平常地各自回家，反正隔天又會見面，用不著惋惜或慎重說再見。

尚秀也察覺到敬愛的變化。儘管他在其他方面很沒眼力，這方面倒是有挺強的直覺。他雖無法親自確認敬愛的各種愛情面貌，但那種變化會擴及整個日常生活，所以尚秀能夠明顯感覺到。走在路上時，要是突然聽見喜歡的歌曲，敬愛就會停下來聆聽，小聲地跟著哼唱，接著傳訊息給某個人。儘管尚秀竭力不去在意，卻怎樣都忘不了偶然看見訊息上寫著「吃過晚餐了嗎？我聽到了之前給你聽的歌曲」之類的話，回家之後，尚秀便經常帶著緊張的心情，聽那首敬愛與某人有著共同回憶的歌曲，就好像自己在偷看什麼不能被發現的東西。

其中也包含了尚秀高中時喜歡的樂團 Deli Spice 的歌曲。朋友恩寵很喜歡「Chow Chow」這首歌，發生意外前還把它設定成呼叫器的鈴聲。尚秀沉浸在歌曲喚起的記憶裡，整晚都沒闔眼，還驀然想起一九九九年恩寵曾經暗戀一個在電影同好會認識的女生。恩寵會把那女生的訊息儲存在語音信箱中，和尚秀碰面、沒事地晃來晃去時，也會突然跑去公共電話亭聽留言。每當這時候，尚秀就會萌生一股莫名的嫉妒，感覺自己好像被隔絕在外。這是因為在高中生電影製作營隊認識的尚秀與恩寵非常合拍，而且對尚秀來說，恩寵是他唯一的朋友。

恩寵說，他曾經在晚自習時間被抓包，老師用拖把狠狠修理了他一頓。尚秀無法理解恩寵為了聽一個人的聲音而承受那種痛苦的舉動，好奇裡頭到底是錄了什麼甜言蜜語。雖然知道自己不該這麼做，他卻忍不住偷瞄恩寵的密碼，跑去偷聽了一下，發現裡頭是一個沒好氣的聲音說著「是星期一見面吧？是在愛館還是玩偶啊？到時記得還我借你的四千元」等內容，完全不像具有毒性的「Chow Chow」，再怎麼抗拒也會覺得歌詞在耳畔縈繞不去。

恩寵過世之後，呼叫器有好一段時間依然有效，所以當他不願相信恩寵已經不在世上時，就會撥那個電話號碼。有時想留語音訊息時，還會聽到訊息已滿、無法再留言的提醒。尚秀按下密碼，聽取裡頭剩下的聲音，記得恩寵的各方人士，留下了一則又一則訊息。

訴說終究沒人會聽到的話語，是徒勞無功又虛無的行為，從某些角度來看，或許只是在自言自語。「什麼時候回家？奶奶做了你喜歡吃的黃魚鍋」，想到這句話猶如失根般飄浮在空中，尚秀不禁濕了眼眶。「什麼時候」或「奶奶、你、黃魚鍋」都是尚秀從未聽過的生疏字眼，就像沒有實體的影子，只會提醒他恩寵不在的事實。恩寵在教會的朋友、兒時玩伴、還有莫名其妙傳錯訊息的他人聲音，在在令尚秀想起恩寵，但越是如此，他就越覺得話語在瓦解。

那個聲音沙啞低沉的女生也留了訊息，但經常只說出「是我，你在嗎？」就掛斷了，反倒是其他人會在語音信箱回憶過去，「欸，你還記得嗎？我們去教會靜修院時，在游泳池⋯⋯」，但她打電話過來後總會遲疑很久，然後說些「很快就會下雪了，今天我又翹掉晚自習了，也沒地方可去」之類的自言自語，最後掛斷電話。她完全沒想過有人可能會聽取留言，說話時的溫度很低，口吻很冷淡。尚秀驀然心想，不知道她是否曾經痛哭過？

那個女生也是留下最後一通留言的人，她說：「下雪了耶，什麼事都不能做。」接著維持了將近十分鐘的沉默，女生的後方傳出鐵門開關的聲音、汽車喇叭聲、嘰嘰喳喳的說話聲、經過的某人吼了一聲「喂——」，以及那女生的呼吸聲，直到該掛斷的時候，她才勉強說了一句「對不起」。「對不起，我好像會遲到……所以我會把雪送到你所在的地方。」接著話筒喀啦掛斷，語音訊息播畢，但尚秀覺得女生在漫長的沉默後說的那句話，要比至今聽到的任何哀悼更悲傷，忍不住嚎啕大哭起來。

恩寵的語音信箱是在三個月後，進入二〇〇〇年、二十一世紀到來時終止服務。

那一年，Deli Spice 出了專輯。當時尚秀雖然考上了其他城市的大學，但他只繳交了學費，並沒有真的去上學，而是去上鐘路區的重考補習班。當然，這是父親的意思。但尚秀辜負了父親的期待，他一直無法適應重考班的生活，每到午餐時間就在鐘路到處遊蕩，所有數學課全曠課了。Deli Spice 的新專輯也是那時在街上亂晃時聽到的。尚秀驚喜之餘，打開了唱片行的大門。

裡頭有點唱機的亭子，所以可以試聽ＣＤ。尚秀覺得那首新歌就像訴說自己的心情，忍不住在對自己來說太過狹窄、無法移動身體的亭子內流下了淚水。

走在路上的少年說：

「媽媽，那長得好像兔子啊。」

媽媽漠不關心地回答：

「孩子啊，那只是腐爛的貓咪屍體。」

噢，雖然鳥兒試著拍打殘破不堪的翅膀，動一動彆扭的腳踝，但無法翱翔的一隻小鳥，又有誰會瞧你一眼？

啟程上路的少年說：

「爸爸，那長得好像兔子啊。」

爸爸面無表情地回答：

「孩子啊，那只是腐爛的貓咪屍體。」

噢，雖然鳥兒試著拍打殘破不堪的翅膀，動一動彆扭的腳踝，但無法翱翔的一隻小鳥，又有誰會瞧你一眼？

「同學，該出來了，體諒一下別人。」

過了一會，唱片行的老闆敲了敲亭子的門。尚秀用圍巾擦拭自己哭得亂七八糟的臉走出來，老闆見狀抽了張舒潔衛生紙給他。尚秀買了兩張CD，老闆似乎對剛哭完的尚秀起了惻隱之心，跟著他走到了門口。

「約翰．藍儂說過，一個人的夢想永遠只是夢想，當所有人都懷著同一個夢想，才會變成現實。我們擁有音樂，就用音樂團結一致吧，挺起你的胸膛。」

尚秀邊用 CD Player 聽那首歌，邊搭著地鐵來到位於富平的納骨塔。雖然知道恩寵就在那裡，尚秀卻遲遲沒有前往，但並非他無心，而是因為會承受不住，他沒有辦法再接受身邊有另一個人離開。春天雖已到來，地鐵上仍坐滿無法貿然脫下大衣的人們。尚秀看到有人正在看報紙，袖口上有著捲起的毛球。漫不經心地掛在上頭的毛球，與錄在歌曲悠長尾奏的電影台詞、某人的疾呼、槍聲、哭聲、陰鬱的法語、爭執與憤怒、充斥痛苦的悲鳴等充滿了衝突感，令尚秀不由得感到孤單。因為孤單，所以尚秀將音樂的音量調大，但他不禁心想，需要多少時間，悲傷才能變得像毛球那般小呢？時間，果真能撫平一切嗎？

雖然尚秀認為，倘若恩寵還在世，必定會喜歡 Deli Spice 的新歌，但一看到寫著「鄭恩寵 1981.10.1～1999.10.30」的白色陶瓷骨灰罐，他便修正了自己的想法。因為假如恩寵沒有過世，他遲早都會和那個說話時略帶不耐煩、話尾含糊的女生談起戀愛。兩人說不定會去春川或濟扶島旅行，盡情談天說地，甜蜜蜜地牽著手。接著，他們會撫觸彼此的肩膀、接吻，做所有男女朋友都會做的擁抱。也就是說，他才無暇去理會這種陰鬱、分崩離析、充滿虛無的樂團歌曲。但是，恩寵在這座納骨塔的A34號塔位內。雖然尚秀不知道「他在這裡」的說法對不對。

尚秀蹲坐在納骨塔前，反覆聆聽用吉他重複樂句編成的曲子，直到太陽逐漸西沉。接近閉館時間，尚秀才將另一張CD貼在牆面上，走了出來。雖然他想起了恩寵生前經常將「你會獲得恩寵的」掛在嘴邊，但自從恩寵過世，尚秀已不再相信這種事，所以並沒有說出口。

尚秀認為，要是業績再無起色，代表國內業務已經毫無前景可言。繼續跑客戶，接過客戶給的冰咖啡、維他命飲料來喝，也只會讓自己更飢腸轆轆。當然，他可以和在東南亞設廠的企業簽訂大量訂單，好比說相當於十億美元的訂單，但這種合約不會從天上掉下來。這種案子會被出風頭的業務組搶先，尚秀壓根不會有機會，他只從傳聞中聽說過有這種案子而已。

十億美元耶。

晚上就寢時，緊張感會從腳趾頭開始傳至所有肌肉，往上延伸，等它最後蔓延至內臟所在的上腹部，招惹先天就很虛弱的胃腸，尚秀就會直奔廁所，嘩啦啦地將胃裡的東西吐出來。每當這時候，大哥向來掛在嘴邊的「你什麼都別做」就會大力敲擊尚秀的背部。尚秀心想，自己之所以一直想闖出一番成績，也許正是因為那句折磨了自己一輩子的話。

尚秀個子高且身形瘦削，尚圭則是個子中等、滿身精實肌肉，從小就懂得用暴力壓制對手。後來他被捲入某起事件，差點進了少年輔育院，也導致父親陷入困境。一九九七年夏天，尚圭把比自己年幼的轉學生拉到當時自家的別墅屋頂，將他「掛」在那裡足足兩天。後來尚秀得知那彷彿小狗般淒涼的嗚咽，其實是某人的呻吟與哀號，頓時大受衝擊。他很震驚自己房間的正上方成了監禁與施暴的事發現場，想到自己聽著那聲音安然入睡、更換衣服，甚至邊抄寫電影中的戀愛台詞邊流淚，不由得萌生一股近乎絕望的情感。每當尚圭闖禍時，尚秀就必須一再在自己與大哥之間劃清界線，但他越來越覺得這只是徒勞。

尚秀雖然依然很討厭尚圭，但想到大哥搞不好真的會進少年輔育院，就又無法視而不見。以他當時的年紀，沒辦法自行消化的極端情緒維持了好幾天，其中又包含了對大哥帶別人回家後做出那種駭人行為的恐懼與敬畏。

因為擔心事件會被報導出來，父親身邊的一票人馬進入了緊急狀態。現任總統正好因為兒子的問題而陷入危機，要是執政黨國會議員的兒子又闖下此等惡行，就會成為眾矢之的。更嚴重的問題在於，大哥拒絕向受害學生道歉，無論是班導、刑警，或是大哥至少還願意聽他話的表哥規勸，大哥都置若罔聞。眾人之所以無法控制大哥的行為，是因為對他而言沒有「珍貴的東西」，也沒有想要守護的人事物。他漫無目標，因此缺乏那份迫切的心。大哥說，叫他道歉，他寧願接受處罰。進一步問他原因，他就會嬉皮笑臉地說：「做錯事就該受罰嘛，這不就是法律存在的原因嗎？」聽到這番話，尚秀頓時覺得自己變得好悲慘。

但某天下午，祕書官突然要尚秀和父親一起去一個地方。不明所以的尚秀穿著印有NIKE商標的T恤走出來，祕書官便喊了阿姨來，讓幫傭阿姨替尚秀在星期天穿上了校服。上車後，裡面播放著父親聽了肯定會不悅的流行歌曲。祕書官大概是想轉換一下氣氛，不時詢問尚秀喜歡哪一種音樂，但那些舞曲快速活潑的節奏反倒讓尚秀畏縮，因此他只回答自己對這些不太了解。

「叔叔，我們要去哪裡？」

「去道歉，因為哥哥不去，只好由尚秀你去。」

尚秀這才知道自己要和父親去見受害少年，因而瞞著祕書官偷偷哭了起來。當時的淚水包含了恐懼，但現在想想，搞不好那只是因為他很害怕身處無法被宣洩的憤怒旁邊。大哥無法平復對父親的憤怒，父親也無法原諒大哥，因此尚秀只能度過膽戰心驚的兩天，還有那位因為大哥莫名看不順眼、被綁在屋頂的少年，也絕對不會平息自己的憤怒。就像每次尚秀挨大哥揍時，憤怒猶如遙遠的北極冰河，以層層疊疊的驚人凝聚力凍結，要是在那上頭添加憤怒的重量，內心就會隨著痛苦的程度變得更加冷漠。那種引力過於龐大，不會輕易消逝。總而言之，因為大哥的緣故，又多了一個和自己遭遇相同的人，如今他還必須親自確認那張臉孔，就像看到放在庭院的雪人，抑或照鏡子般。

中途車子繞到瑞草去載父親，才剛搭上車，一直在和某些人對話的父親就立刻解開領帶、脫掉夾克，將手覆在額頭上，接著深深地嘆了口氣。此時流行歌曲已被關掉，只聽得見嗡嗡的汽車引擎聲。尚秀茫然地看著從過熱的引擎蓋往上升騰的熱氣，寫著道谷洞、進亞運輸的公車在每次轉彎時，乘客的頭全部傾向一側，以及窗外宛如刀刃般直接掉落在三色遮陽傘上的陽光、寫著方背燒酒屋和忠武樂器行等無意義地從窗外流過的招牌，而父親從座位的網袋中取出干邑白蘭地，一口氣灌下。他一言不發地喝酒，沒有告訴尚秀要去哪裡或者該怎麼做，只問了一句：「水果買了嗎？」祕書官則回答：「已經準備好了。」

這是尚秀第一次來到南部循環路隊對面的城後村。成排的聯合住宅和屋頂鋪蓋石瓦片的木板房混在一起，石材廠、資源回收廠、公廁之類的建築物組成了社區。少年的家是一間有著鐵製拉門、名為「白虹食堂」的小店，尚秀一行人走進去後，少年的媽媽從餐廳的側室走出來。一報上大哥的名字，原先有些犯睏的媽媽，雙眼猶如畫粗線般逐漸鮮明，接著少年也從那個掛著天藍色門簾的房間探出頭來。他的身軀嬌小，有一身黝黑皮膚。

大家圍坐在僅放有餐巾紙盒的桌子旁，父親以低沉的嗓音開口道歉，但少年的媽媽無法消氣。父親說這全是自己的疏忽，孩子的媽很早就離世，所以孩子們在欠缺管教的環境下長大，但這番話仍沒有讓情勢好轉。尚秀跟著父親說了一句「對不起」，結果少年問：「你是誰？」

「你也是把我綁起來的其中一個人嗎？」

「不是。」尚秀畏畏縮縮地答覆，但他沒辦法回答「這件事跟我一點關係也沒有」，反倒是少年的媽媽先開口了。

「為什麼要把不相干的年幼孩子帶來這裡？以為是來參加喜事嗎？」

聽到少年的媽媽這麼說，頓時有一絲暖流通過尚秀茫然冰冷的心。討論責任歸屬與錯誤的對話持續著，但尚秀覺得稍微自在一點了，注意力也從眼前的少年移到了餐廳的風景，視線完全被用黑體字寫著的菜單——尚秀生平不曾嚐過的大醬湯泡飯之類的字眼所吸引。那是少年的媽媽親手做的嗎？是把大醬湯泡在米飯裡，還是把大醬放入湯泡飯？尚秀將大醬湯泡飯這幾個字拆開來看，彷彿透過分解的力量就能一探這道料理的真面目。他想像著這位媽媽在凌晨時分起床、烹調大醬湯泡飯的模樣，接著聽到她說「為了看這麼一個兒子，我大老遠從島上跑來。我送他來江南的學校讀書，特地從島上跑來」後，情不自禁地將自己的處境忘得一乾二淨。尚秀心想，這位媽媽靠著賣大醬和湯泡飯（或者大醬湯和泡飯）維生，為了兒子而大老遠從島上跑來，她的人生是為了兒子活著的啊，然後淚水不由自主地在眼眶打轉。

「您別這樣說，夫人，請收下水果，也請您把和解金的信封打開看一下……我們用這種方式來向您致歉。」

祕書官把準備好的一切都交給少年的媽媽，但氣氛仍僵持不下。少年的媽媽靜默許久，接著問尚秀的父親：「您喝了酒吧？」

「沒有，請您別誤會。」

父親突然驚慌失措。

「是因為工作才喝了點酒，您是經營餐廳的，應該很能理解吧？」

「我們不接受不清醒的道歉，也不要錢。我家的孩子是要去讀法律的，我不會用那種錢來養他。還有，這位同學，你為什麼要哭？既然是大哥做的，就應該讓大哥來道歉。別哭了，你也要好好做人，想想過世的媽媽，好好讀書。」

少年的媽媽看著尚秀，像是在按捺性子，也像在壓抑怒氣，這卻使尚秀更加痛苦了。那是一種就算說再多次對不起也不夠、無比羞愧的心情。不管是誰拿著瑞士小刀脅迫少年，將他拖到屋頂加以綑綁、毆打，接著又將他丟在那裡整整兩天，那一刻都會產生無法推卸給任何人的羞恥心。

回來的路上，尚秀和父親吃了雪濃湯當晚餐。兩人很少單獨在外面吃飯，所以尚秀只是尷尬地吃個不停，不僅多點了一碗，就連父親的剩飯也配著醃蘿蔔塊一起扒光了。那天晚上，他把吃下的東西全部吐了出來，全身無力地獨自坐在床邊，試著在日記裡寫下句子，而他能夠想出的最好的句子，是「如果什麼都不做，最後就會變成（　　）」。

他試著在括號內填入各種想得到的詞語，像是怪物、惡黨、惡魔、蠢蛋、蟲子、犯罪者、小混混、流氓、輸家……在此同時，腦中也不斷浮現白天在那間白虹食堂的場景。其中印象最深刻的，是那位媽媽不知是想送他們離開，還是想確認他們離開了自己的視線範圍，站在餐廳前步道的模樣。樹葉搖曳的陰影灑落在那位媽媽的紅皮繩涼鞋上。那黑影像是覆蓋住雙腳，又像將肌膚染成暗色，但同時又隨風晃動，如波浪般不斷拂過腳背。

尚秀想像著那個畫面，最後完成了句子——「如果什麼都不做，最後就會變成（任何東西）」。

他下定決心，要盡自己最大的努力，成為和大哥完全不同的人。這不單純是在告別大哥這個人，還包括了他所代表的整個世界。他認為這只能透過分類和嚴格篩選才能達成，所以寫下了會聯想到大哥的一大串清單——暴力、穢語、色情、皮夾克、摩托車、專業摔角、摔角手霍克·霍肯、手淫、瑞士刀、刺青、軍隊式體罰、女人的裸體、報仇與槍。

結果，因為這起事件而改變人生的不是尚圭，而是尚秀。尚圭被警局釋放，停學期間到姑姑位於江華的別墅待著。聽說他每晚都會沿著人跡罕至的海邊騎摩托車，白天則在船燈寺路爬上爬下、鍛練肌肉。

少年和他母親之所以願意和解，是因為學生家長會中有人出面調停。他給予少年的母親忠告，如果再這麼下去，往後少年在申請大學時可能會碰到困難，尤其是必須有校方推薦的特別招生。這起事件也對學校造成了壓力，尚秀的父親又與那間私立高中的財團關係人士私交深厚。上大學之後，尚秀想道，要是他們不願意和解，往後就算少年再怎麼老實正直，搞不好還沒開始實踐夢想就會被封殺，他要如何隻身與機會被徹底剝奪的情況搏鬥？父親雖然是個賢明的人，但從某種角度來看又很卑鄙。在尚秀的成長過程中，比起要他過來、詢問他有沒有睡好，父親的嘴上更常掛著正義兩字。或許父親也與他說的那種正義越來越相似了吧。

無心

尚秀被部長叫去，聽到部長說：「你可能會被調職。」一瞬間覺得好像有什麼狠狠咬了自己的後腳跟一口。依據部長所言，他會被調去的地方不是韓國的某個小城市，也不是合作公司所在的日本，而是越南。韓國的紡織工廠老早就已經轉移到中國或東南亞，所以嚴格來說沒什麼好訝異，對於和工廠交易的紡織公司而言，跟著來來去去是理所當然的事。尚秀也曾經在開會時強烈表示要專攻越南市場，但這並不代表他要親自去。

去那個地方的人大約可以分成幾類：剛進公司，至今還很享受用近似開拓文明的魯莽方式開發業務的人；想利用東南亞和韓國的物價差異來提升生活水準的人；遭遇失戀、離婚、關係不合等需要有個地方逃避的人。尚秀認識的許多新人被調去了中國和越南，但問題就在於很難適應。

就尚秀所知，最近有一位被派到越南的業務部員工就因為神經衰弱回國，最後辭職了。那位員工的症狀是從喃喃自語開始。聽說那裡的氣候又濕又熱，疾風驟雨與熾熱的太陽隨時交替、難以捉摸，而他在外國人的包圍之下幾乎完全被孤立。據說他最常說的話就是「原來要成功也不行，要失敗也不行啊」。這句話聽起來有多絕望啊！要是竭盡全力做了某件事，最後卻得到正負零，那該有多讓人洩氣啊。尚秀忍不住心想，這種人生就好比涼粉，表面看起來很有分量、很堅硬，也沒有半點氣泡，但只要用一根湯匙去舀就可以完全破壞。

「那我自己去嗎？應該是整組一起去吧？」

一聽到越南兩個字，尚秀整個人變得委靡不振，好不容易才吐出一句話。

「這就不知道了，公司是可以派整組過去，但女生去那裡……如果朴敬愛小姐不願意就可以不去。」

尚秀無法接受部長的說詞，因為這意味著要砍掉自己才剛起步兩季的小組。他生氣地質問：「那這是懲戒或降職嗎？」部長則抵賴說：「你在說什麼？千萬不要那樣想。」一昏昏沉沉的尚秀硬撐著走到外頭，接著在停車場蹲坐下來。想到自己要去遙遠的越南，那個只會讓人聯想到雨季、叢林、湄公河、戰爭、美軍、直升機之類的國家，心情頓時跌到谷底，想到越是這種緊急時刻，就越不能展現出軟弱的樣子——雖然根本沒人在看。他移動自己猶如濕透的衣物般一蹶不振的身子，坐在被孤零零擺放在旁邊的塑膠飲料箱上頭。因為插瓶子的部分是空的，屁股被扎來扎去，坐起來很不舒服。

尚秀心想，往後自己的未來會一直如此。想到所謂的秈稻，光看那乾硬的米粒，尚秀就已經開始覺得哀傷。畢竟是和韓國企業做生意，不會說越南語不是什麼大問題，但不管走到哪都要聽到外語，這種情況想必不好應付。況且又不是自己熟悉的英語，也不是日語，而是越南語，就更加蠶食尚秀的心了。屆時肯定連個搭話的人都沒有。當然在首爾時，他的社交活動也沒多活躍，但置身在那種孤獨之中，難道他要下載韓劇來度過漫漫長夜嗎？那麼「姊姊無罪」的專頁又該怎麼辦？在那遙遠的地方，他果真能像現在一樣，斷然地向大家訴說愛情的無辜嗎？尚秀需要為愛傷透了心的會員們，正如她們需要名為尚秀的姊姊。想到這裡，尚秀就覺得很鬱悶，但更叫他窒息的，是即便他被調到其他國家，也沒有人會感到惋惜。那麼，說穿了，就算不是從首爾被調到越南，而是他死了消失不見，情況不也相同嗎？漩渦在尚秀的內心捲起驚滔駭浪，使他陷入了悲觀的情緒中。

在清海水產吃著窩斑鰶生魚片時，聽到尚秀要被調職的消息，敬愛還很殘忍地問：「所以我有選擇權囉？」這句話真是太無情了，尚秀被傷到，就連平常不怎麼喝的清河也喝掉了一整瓶。敬愛則是把燒酒和啤酒混在一起喝，雖然是她自己要喝的，但她仍用餐巾蓋住啤酒杯口，搖晃杯子製造出龍捲風。

尚秀確實有了幾分醉意，但他覺得都這節骨眼了，敬愛還這麼開心地享受暢飲燒酒與啤酒混搭的喜悅，看了很是討厭，所以變得越來越寡言。他們這桌安靜了下來，吃完晚餐的人們各自離開，首爾的夜晚慢慢陷入沉默。街道和酒館變得安靜，代表大家都已經回家，也代表他們打開了家門對某人說「我回來了」，然後一邊吃著遲來的晚餐或水果等，一邊看電視。接著，他們又會互道晚安，進入夢鄉。尚秀一直都對首爾逐漸靜謐的夜晚非常敏感，但又始終認為自己被排除在那種一日週期之外，因為一旦夜晚來臨，尚秀的悲傷、悔恨、孤獨與憤怒就會加倍。

但能夠感受首爾夜晚的日子也不多了，往後他只能在那炎熱無比的越南想像，今天朴敬愛在公司的哪裡抽菸，是不是跟誰說了話，是否和男朋友交往順利，會不會在那個人面前露出笑容。

敬愛可能想要安慰尚秀，說自己並不覺得這是降職。尚秀隨即喜出望外，但馬上聽到敬愛說，即便如此，也不是什麼太值得高興的事，立刻又變得很洩氣。

「這件事不好也不壞，只是有些奇怪。孔組長你已經有十年資歷，得想想為什麼自己會被外派到那裡。我的意思是，越南已經有負責業務的總代理商，為何要負擔孔組長的辦公費用，特地把一名業務部員工派遣到那裡？」

「會不會是期待提升業績？先投資，然後……」

「但說實在的，我們又沒有那種能力，不是嗎？」

敬愛一邊說這些話，一邊把剝好的蒜頭咬成兩半，顯得很漫不經心。尚秀忍不住心想，這就是所謂的「事實暴力」吧，只不過事實畢竟還是事實。他賭氣地想，反正在首爾也一樣孤獨，自己一個人去也沒什麼大不了。這時敬愛放下調到一半的燒酒和啤酒，跑到外頭去接電話。透過生魚片餐廳的窗戶，可以看到在水族箱裡趴著游泳的比目魚、將玻璃面當成踏板般努力往水面上爬的章魚，而敬愛就站在旁邊，臉色從明亮轉為陰沉。她的表情非常難看，緊咬著自己的嘴脣，彷彿正竭力吞下某種湧上的情緒，反覆問著「為什麼」。回到座位上的敬愛看起來心情很糟，所以尚秀猶豫著該不該繼續說話，過了一會，敬愛一臉疲憊地說：「走吧。」

尚秀考慮了一週，在和宥靜談過之後決定毅然前往。若回顧過去尚秀的公司生涯，這是一個很有野心的決定。宥靜向尚秀暗示，社長之所以派他到越南，想必是因為總代理有什麼無法信賴的因素，並建議他號召技術人員組成小組，帶一定會與自己站在同一陣線的人前往。

「要是不這樣做，你會變得非常辛苦。」

「為什麼會辛苦？」

「機器又不是你想賣就能賣掉，要設置、管理，整個作業要有良好的循環，我們這些業務才有機會把機器賣給其他公司。要是做不到，你就會失去誠信。在那種已經有一套既定做事方法又那麼遙遠的地方，如果連幫助自己的技術人員都沒有，事情該有多棘手啊？」

換句話說，這個情況不只是單純的外派，而是社長打算重新整頓公司權力結構的「大藍圖」。儘管社長在與尚秀面談時並未親口承認自己在經營上有困難，但在尚秀走出辦公室時，社長勾著他的肩膀親暱地說：「我們不是靠乒乓球成了結拜兄弟嗎？」

「兩家父親的關係也很好，說我們是死黨也不為過，改天來瑞草打乒乓球吧。」

在這勾肩搭背的舉動中，似乎透露出年輕社長接下父親的位子後，無法全權掌握公司所造成的痛苦。就連主管們都隱約看扁社長，稱呼他為「少爺」，員工們也認定他是一個熱衷於無用競爭的熱血體育人士，但他好歹也是留學歸國的人，有毅力、判斷力佳，只不過因為父親連日折磨他，所以也不得不多加留意公司業績。再說了，要是社長辭職不幹，隨時都會有叔叔、姊夫、堂兄弟等親戚們布陣就緒，等他一舉起白旗，這些人就會為了爬上擂台而互相廝殺。

恢復力氣之後，尚秀開始觀察工廠有沒有人想和自己到越南打拚，但資深員工聽了只是嗤之以鼻，新人則是捨不得拋下一切離開。年輕員工有要好的男女朋友、太太、死黨、要照顧的家人和貓狗，不可能想去那麼遙遠的地方。起初部長說要替尚秀打點一切，包括技術人員，但在尚秀碰到困難後，他卻只說了一句「那你要不要先過去？」就全身而退了。不只是越南，還有中國和其他東南亞國家，技術人員都不怎麼感興趣。他們畢竟具備專業技術，所以從某些方面來說保有選擇權。裁縫屬於夕陽產業，年輕新血注入不易，但這項工作仍需要熟練老手，導致技術人員的年齡層逐漸攀升，甚至得網羅離職員工補充人力。

屢次遭拒後，尚秀最後想到的人是趙老師。他在產業繁榮的一九八〇年代是享負盛名的技術人員，後來才轉換跑道至業務部。尚秀向總務部詢問趙老師的聯絡方式，但得到了離職員工的紀錄已被銷毀的回答。就在這時，敬愛告訴尚秀，自己可以打聽到趙老師的聯絡方式。

「妳認識趙老師？」

「我朋友有和他保持聯繫。」

「但妳怎麼認識趙老師？」

敬愛還沒回答，尚秀就想起了那場漫長乏味、半島縫紉有史以來為期最久的罷工運動，有幾名員工削髮抗議，而敬愛也在其中。尚秀說服了仍對趙老師心懷愧疚的部長，要是能夠將趙老師帶來，部長就會重新聘請他。聽到部長說自己也一直耿耿於懷，還以年紀大為由趕走技術人員、業務人員的行為很殘忍，尚秀因此受到了鼓舞。

「妳不覺得妳、我和趙老師三個人一起去越南還不錯嗎？我們應該也能闖出一番成績吧？」

敬愛只反問了一句：「是喔？」就無法再同意更多，因為日英只說趙老師過得很不好，其餘並沒有多說。

「走吧，我們去趙老師住的仁川帶他過來，一起說服他。敬愛，妳去過仁川嗎？」

「沒去過，平時沒必要去到那裡。」

只要提起仁川，敬愛就會想起數不清的回憶，但她並不想對任何人提起，只讓回憶再次慢慢沉到水面下。有關E的事情，她也沒詳細對山柱說過。

「也對，畢竟是終點站，距離很遠。」

「從他們的角度來看不也是起點嗎？」

「妳怎麼這麼能言善道呢？」

尚秀讚嘆連連，對敬愛說了好些平時不會說出口的讚美。事實上，尚秀最近很苦惱如何在敬愛面前自我表現。為此，他必須先讓對方理解自己的真實面貌與真心。這種理解會改變她對自己的評價，提升好感和信賴度，最後她就會告別在總務科長底下管理無聊透頂的物品帳務的生活，前往那片處處是機會的土地，到那個設廠其實接近開拓文明、能夠享受開發樂趣的地方，發揮主修企管學的能力。尚秀之所以想討好敬愛，單純只是因為想以組長的身分被派到越南，又或者別有居心，就連他自己也搞不太清楚。

「這句話不是我說的，是曾經有個住在仁川的朋友說的。」

「你朋友這麼優秀啊?就是因為有這麼優秀的朋友，所以妳也非常出色。」

「我只說『曾經有』，沒說現在有。」

敬愛猛然出口糾正，接著就轉移話題，平鋪直敘地把日英從在工廠工作的朋友那兒聽來的越南情況整理了一番。韓國企業通常在收到美國或歐洲服飾公司的訂單後就會讓工廠動工，但目前有逐漸朝偏僻地區設廠的趨勢。換句話說，要去的地方不是河內或胡志明之類的大都市，基本上是要在鄉間小路奔馳六小時，到更鄉下的地方、叢林和完全沒有任何都市庇蔭的地區做生意。

韓國企業之所以在那種地方設廠，是為了避免被剝奪勞動力。要想設立一間工廠，基本上就需要三千名勞工，但在打好基礎、工廠正式運作時，若是碰到其他工廠或薪資較高的半導體工廠進駐，相較之下就會吃虧，如果其他紡織工廠也跑來競爭，就勢必要提高薪資。但敬愛說的這些話尚秀完全聽不進去，對於身為主管卻好像莫名變成下屬的尚秀而言，眼下最要緊的是拉攏敬愛的心、獲得她的選擇與同意，若以尚秀平時的情緒起伏來看，他可以說是使出了渾身解數。

「所謂的人生，不就是『山重水複疑無路，柳暗花明又一村』嗎？盡頭總會持續為我們開路，是不是？」

雖然尚秀很沒說服力，但敬愛心想，也許去大家不怎麼想去的地方看看也不錯。她並不想重回總務部，過著被孤立的職場生活，只是有些放不下山柱。但說實話，想到自己一直牽掛著山柱，敬愛又不由得感到無限悲涼。

敬愛和山柱重逢之後，兩人經常尋訪過往的約會地點。到漢江公園喝啤酒的那天，他們互相擁抱，感覺就像以前一樣親密。

那天算是有些特別，兩人坐在大白天的酒館裡喝啤酒，結果看到了一艘艘被綁在碼頭的鴨子船。鴨子船有著黃色的嘴巴、一雙黑溜溜的眼睛，載客的空間則是潔白無比，上頭寫著船號 Paradise。鴨子船、Paradise、鳥兒飛下來歇息的漢江、鐵路橋、一般的橋和坐在自己對面的山柱，這些景象勾起了累積多時的失落感，還有不安。由於鴨子船被綁在一起，每當地鐵經過鐵路橋或有風吹來時，它們就會在波浪中互相碰撞，但這幅景象卻並未給人任何宛如置身 Paradise 的感受，反倒讓敬愛再三懷疑、否定此時與山柱坐在一起的時光。彼此綁著的鴨子船不停搖晃，證明了我們不再是男女朋友，而我們再次尋訪的這條漢江、汝矣島的涼麵店、光化門的書店等場所，也證明了我們什麼都不是。我們並不相愛，我們並未計劃明日，我們也不期待彼此。

「學長，你看那上頭寫著 Paradise。」

敬愛指著鴨子船，山柱不知用 iPad 在確認什麼，也朝那個方向瞄一眼，笑了一下。

「是啊，這裡也是 Paradise 呢。」

過了一會，搭上車的山柱問敬愛：「我能不能抱抱妳？」敬愛想了一下後回答：

「我也想抱學長。」

回家之後，敬愛回想著白天那些畫面——兩人一起吃的涼麵、在路上並肩走著、發送餐廳傳單的女人們、枝葉茂盛的行道樹、漢江、鴨子船、Paradise，還有藉由擁抱以確認情感的山柱。這些雖然都是今天發生的事，卻猶如時效將過的記憶般，讓敬愛產生應該要盡快銷毀它們的焦慮感。也許這是因為山柱配合太太北上的時間，準確地在五點半到首爾站接她的緣故。想到兩人這樣分開，回歸各自的日常生活，就會覺得先前曾經有過的情感全都失去了光芒，宛如寫在鴨子船上的 Paradise，散發徒有其表的虛假嫌疑。敬愛越來越沒有自信，感覺腳跟好像有什麼正一點一滴崩塌流逝，這段期間以來她內心累積的一切都變得岌岌可危。只是一想起山柱，她又會產生某種急切感，覺得自己並不想失去他。敬愛有預感，這終究會反過來使她變得體無完膚。

她心想，自己必須要去，必須離開，不管去哪裡都好。

晚上在家門口和日英見了一面。隨著夏天的到來，日英越來越消瘦了。她說，因為工作時要成天走來走去，體內可以被稱為水分的東西，甚至精神都一起蒸發掉了。

「很累吧？」

「當然啦，但要是不停喊累，就會變得更累。」

「說得也是，應該要說不累。」

「喂，就算說『我不累』也一樣好嗎？」

「那不然要怎麼說？」

「不是先有了力氣才活下來，而是因為活下來了才有力氣。」

「真了不起。」

敬愛有股衝動想說出自己與山柱的事，卻說不出口。眼見兩人關係越來越深，敬愛卻只能將無法向任何人訴說的祕密埋藏心中，黯然神傷。每當敬愛談到兩人關係的極限，山柱就會失聯好幾天，然後帶著十分受傷的表情出現：「不能只是單純陪在我身邊嗎？我這麼痛苦，難道真的不行嗎？」

知道這個狀況後，美宥激動地說要打電話給山柱，她說敬愛既然受到了傷害，當然有權對別人傾訴。儘管山柱解釋他不過是想找個聆聽自己的人，但美宥說：「這種行為好自私，自己的人生都已經完蛋了，現在還想找別人搞外遇嗎？」讓敬愛聽了覺得很難過。與敬愛見面後，美宥回家又打了一通電話告訴她：「我希望妳不要再為此感到痛苦。」電話那端傳來美宥的女兒牙牙學語的聲音，敬愛忍不住心想，孩子發出的聲音是如此美麗動人，有時甚至能使某些風景變得悲慘不堪。

「我希望妳不要把寶貴的人生消耗在那種得不到承諾的事情上，那甚至還稱不上愛，不是嗎？」

「當然不是。」

「既然不是，妳為什麼非得這樣不可？」

敬愛再也說不下去，只對美宥說：「妳就別太擔心了。」就目前想和山柱保持親近的敬愛來說，她並不是渴望浪漫的愛情或想恢復關係，只是感到挫敗罷了。此時促使兩人走向彼此的，僅止於這背後微弱的聯繫感。敬愛雖想如此表白，但眼下似乎沒辦法讓和那麼可愛的孩子一起迎接夜晚的美宥理解，其實這不過是敗得一塌糊塗、最終什麼都無法守護的兩人，吃力地輕撫彼此千瘡百孔的臉龐罷了。

「最近那些狗不折磨妳了嗎？」

聽敬愛這麼問，日英顯得有些難為情，她說自己現在不追著狗跑了，還會反過來餵牠們吃東西。她不忍心看到狗狗們一直在空屋裡挨餓，所以開始給牠們食物吃，其中還有一些柔弱的小狗。要是沒親眼看到也就算了，但就連她這種對寵物不感興趣的人看了，也無法狠心走開。

在日英回家之後，敬愛仍一個人靜靜地坐在便利超商的遮陽傘下，兀自想像著日英如今不再拿著登山杖，而是拿著吃剩的肉或麵包之類的東西行走的模樣。接著，她不禁心想，世界是否能如某種脈絡般變得單純。到了三伏日[6]，野山上的狗也知道人們大約這時會來抓自己，因此會逃往更深的山中和都市的郊區。等夏天的關鍵期一過，則會下山來到馬路上，成群結夥地跑來跑去，同時提防、追逐像日英這種外來人士，然後生下更多的狗，最後莫名其妙地靠著日英遞過來的食物填飽肚子。就這樣，不管是狗或水表操寫員都逐漸變得溫馴。沒有任何人受傷、能單純過生活那一刻，究竟何時才會到來呢？

當天晚上，敬愛輾轉難眠，想起了很久以前與山柱分手時和某個臉書戀愛諮詢專頁交談過。雖然已經好幾年沒有登入，就連帳號都忘得一乾二淨了，但只要搜尋一下便能

6 指初伏、中伏與末伏，韓國人相信以熱治熱，會在夏季最熱的幾天進補，吃狗肉湯或清燉雞湯等。

很快找到。那是名為「姊姊無罪」的專頁。

殺人如戀愛，戀愛如殺人。

如今座右銘被改掉了，首頁寫的不是希區考克，而是法國電影導演楚浮說過的話。這句話看似比過去深奧，意思卻很模糊。這兩句比喻背後應該賦予何種解釋？殺人與戀愛，終究都是在準備進行某種破壞嗎？敬愛很好奇，當時那位名叫姊姊的人是否仍經營著這個專頁，如果對一個知道自己過去的人傾吐會不會自在一些？但一想到有如機關槍掃射般的回信，又覺得對方應該不記得全部的故事。搞不好姊姊其實不只一個人，而是有好幾個人。

風從窗外吹了進來，時序已來到秋天。秋天的空氣更沉重、更沉寂，讓人回想起幾年前的夏季與玉米。敬愛看著空蕩蕩的螢幕畫面，寫下了「給姊姊」幾個字，直到寫完信已是凌晨，而她也該去上班了。

殺人如戀愛，戀愛如殺人

尚秀在凌晨時分開啟了敬愛的電子郵件，煩惱也因此「喀啦」扣下了扳機。在得知持有「冰凍的法蘭克斯坦」這個怪帳號的敬愛是「姊姊無罪」的會員、兩人從許久前就通過電子郵件，而且她懷著悸動的心情互傳訊息、通電話的對象，是把她的生活搞得一塌糊塗、狠心離去的昔日戀人之後，尚秀受到了很大的衝擊。

那人至今還是已婚身分，這個事實透露出無限的悲涼。竟然把某人自私的壓榨行為誤以為是愛，把自己送進那種關係中，這實在是糟透了！尚秀因此不由自主地在凌晨打電話給敬愛，但已經睡著的敬愛接起電話時說的不是「喂？」而是沒好氣地嘟囔：

「啊，是誰啦？」導致尚秀只能趕緊說：

「敬愛，是我打錯電話了，再多睡一會吧，對不起。」然後掛斷電話。

因為無法承受這樣的衝擊，尚秀反倒希望乾脆回到一無所知的時候，這樣就能從煩惱中解脫。不，搞不好還是不行。

大學時有個學長出家去當和尚，尚秀曾經問：「大哥，怎樣才能消除煩惱？」學長則是斬釘截鐵地說：「沒有辦法消除。」什麼？那究竟為什麼要供佛，又為什麼要拜一百零八拜？尚秀正打算反駁，學長才有些猶豫不決地吐露：「喂，我也無法消除我的煩惱。」看到學長的袈裟內隱約露出印有NIKE商標的T恤後，尚秀沒有再追問下去。換句話說，人生無法用手去操控，只能放手任由它去。心靈的煩惱、衝突、痛苦、焦渴、空虛等，都如脂肪般必須帶著走。當然了，正如身體有病痛就必須治療，心靈又何嘗不是如此？儘管知道是人都會這麼做，但想到敬愛以為自己是寫信給匿名的某個人，因而寄來這樣的回覆時，尚秀不由得痛苦得無以復加。

姊姊您寫的毒舌長篇大論已經仔細閱畢。姊姊做這件事也沒收費，很謝謝您特別撥冗回信。不過，這樣的心意究竟應該如何拋棄呢？因為您雖要我一口氣清除乾淨，卻沒有提及具體的方法。

儘管思緒混亂，尚秀仍用「born-innocent」這個名為姊姊的帳號來來回回寫了狠狠敲醒敬愛的長信，沒想到最後卻被她歸類為「毒舌長篇大論」。要我說得更具體？尚秀的心中不由得升起一把無名火，只要能把敬愛從那種蠢事中拯救出來，要他熬夜也在所不惜。何止是熬夜？他還能廢寢忘食呢，甚至向公司請假，繼續在家裡度過無數個不眠的夜晚，誰管敬愛要不要去越南……不對，公歸公、私歸私，外派的事還是要照常進行。即便敬愛本人正在佛光洞的某處呼呼大睡，但畢竟尚秀收到了提問，既然敬愛問他要怎樣拋棄情感，那麼他就只能全力集中在這件事上頭。他可以讓手指像是在鍵盤上跳躍舞般飛快敲打，動員當姊姊這八年以來累積的專業，明白地告訴她：「朴敬愛小姐，這並不是愛！」

管理「姊姊無罪」這個專頁後，尚秀遇見的女人們大多暴露於類似的悲劇，甚至可以將她們加以分類。每一次尚秀都會很肯定地說，一切錯誤都是來自男人昭然若揭的自私自利。從十幾歲開始到現在，尚秀有數不清的機會可以認清那些男人的真面目。在男人的口中，女人彷彿成了沒有任何其他身體部位，只剩下性器官與胸部的生物。當他們嘻嘻哈哈地說著那些褪去衣物的女人和她們卸妝後的臉蛋並私下傳開時，尚秀的某個內臟器官就會開始翻攪作嘔，同時感到厭惡。

因此，尚秀總是對男人的愛充滿懷疑，他認為那並不是珍惜對方的情感，只是對於權力關係中的對象被虐產生渴望罷了。

尚秀是在重考補習班對此有了強烈自覺。當時有約一百五十名男學生一起吃住，一起讀書，就像軍隊的新兵訓練營，有一名「生活助教」負責制定、控管日常生活的規律。從早上六點起床、五分鐘內上完廁所、十五分鐘用餐、在自修時間自主讀書到凌晨兩點之類的一般規則，到要留運動員髮型、每季僅能持有事先登記的三套衣褲、禁止持有手機、禁止戴帽子、禁止在重考班內外私下見面（對話、身體接觸）之類的瑣碎規則，寄宿生的生活皆由助教來管理。

當然，尚秀永遠都是這些規則的破壞者。與其說他是蓄意破壞，不如說他生性懶散，因此總會身不由己地成為違抗命令的可憐傻蛋。重考的日子過得越久，尚秀也越來越缺乏緊張感，就連到了十一月，足以左右該死人生的特別日子——大學考試到來的事實，對於這名體重過重、憂鬱不已的三修重考生來說也無足輕重。想當然耳，他沒有在該起床的時間起床，也沒有在該奮力奔跑時奔跑，反倒在不該聽音樂的時間聽音樂，不該進食的時間進食。因為不能讓燈光流瀉出去，所以他在關燈的漆黑狀態下吃起泡麵，直到那在調味下變得出神入化的湯頭不斷刺激舌頭底下的各種味蕾，他才感覺到自己活著。那種感覺，不是來自重考班告知大學考試倒數幾天的大型電子螢幕，也不是來自穿著相同的運動服坐著，看著「寬容是一名孩子的所有物，弱點與錯誤造就了我們」、「人生的偉大目標在於行動，不在於知識」等名言解題，而是來自於「泡麵」。唯有泡麵的湯頭，才能將尚秀從這令人作嘔的倦怠與支離破碎中拯救出來。不，是他以為自己被拯救了。

那年夏天，新的生活助教上任。海兵隊新兵訓練營助教出身、體育教育系畢業的他有著一身肌肉，身材猶如一把在工地使用的「大鐵鎚」。其他老師雖然會訓斥尚秀，但他原本就不吃這一套，加上身為大戶人家的老么，大家都會以拿海綿刷陶瓷碗盤的態度小心翼翼地對待，但新來的助教卻不會這樣。每當尚秀賴床，上午的陽光都已經照到宿舍床邊，靜靜按壓他的額頭，助教就會猛然打開房門大吼：「出來！」那是個沒有主詞、不分主被動、狀態模糊的動詞，但尚秀畢竟也不是笨蛋，知道這是叫他趕快穿上褲子，從床鋪滾下來，到運動場上接受體罰的意思。況且助教就杵在原地，尚秀也不能賴在床上不動，等到最後慢吞吞地來到運動場上，才發現不只是尚秀，還有六、七名學生排成零散的隊伍站在那裡。

「有還是沒有？」

助教總會用這種話來揭開體罰的序幕。要是沒人回答，他就會丟出一句話，靜靜等候著，直到等待時間越拖越長，學生體認到倒楣的終究是自己，就會有人心不甘情不願地問：

「老師，您指的是什麼？」

「意志。」

語畢，助教再次掃視所有學生。

「重不重要？」

「您是指意志嗎？」

「大學。」

他說話有個習慣，就是問一些犯不著問的事情。表面上好像不期待對方的回答，但畢竟形式上還是個問句，因此會不由自主地豎起耳朵，像是感興趣，又好像不怎麼感興趣的樣子。直到實際聽到答案，他又會覺得無趣而露出假笑。但這種講不講都無所謂的對話，不過是體罰的一種事前作業，無論他們回答了什麼，該來的終究會來。按順序跑七到八圈、吊在單槓上或兔子跳等，在烈日底下的處罰是如此令人煎熬又厭煩，但奇怪的是，一旦體罰開始，尚秀的心就會產生某種混亂的動搖。每當雙眼分得很開、有著稜角分明的堅實下巴、皮膚偏黑的助教將雙手插在腰間，用「執行」、「停止」、「複誦」等指令來操練尚秀時，尚秀內心的各種情緒就會如爆米花般接二連三地蹦開。這和夏日以前只對泡麵有強烈反應的心情不同，其中包含了受辱、恐懼、憤怒、憎恨與悲傷，也包括了強烈的異常渴求。助教越是壓迫尚秀，尚秀對他的某種渴求就越明顯。

儘管在那之前，尚秀還不曾和有血有肉，也就是實際有形體的人相愛過，卻知道這種形式並不是愛。即便他暗自否認，試著平心靜氣地對待助教，但只要助教要求他跳躍、伸展手臂、強迫他一跳再跳，他的內心就會隨著身體疲憊的程度，再度進入無法控制的情緒派對狀態，變得滾燙不已，而能讓這副身軀終結痛苦的，就只有生活助教一人。所以在尚秀的憤怒、埋怨與鬱憤不斷奔馳之後，他最終也不得不繳械投降，承認自己在這段關係中成了不折不扣的弱者，同時渴求助教的關照、原諒、同情與憐憫。

總而言之，助教成為很特別的人，尚秀也希望他能夠把自己視為更特別的存在。儘管尚秀認為這種特別不是什麼值得記錄於人生中的事件，但仍隱約認為，所謂愛情，也許就像這樣，是在權力差距之中如幻覺般來臨的玩意。

接著在秋日的某一天，尚秀宛如一件徹底濕透的棉被般，無法將沉重的身軀抽出床鋪，導致第一堂課遲到，他隱藏著「反正終究都會被體罰」的心思，在助教沒有喊他的情況下自行來到了運動場。他心想，今天究竟要跑幾圈？同時也想，要跑就跑嘛。自己好像瘦了一點，穿襪子變得容易了些，就算不完全低頭也能看到自己的腳趾頭了。但助教看到尚秀之後並沒有說什麼，他只是不斷把玩手機，面無表情地坐在運動場的坐台上。尚秀等待著他的指示，等待他問「重不重要？有還是沒有？」同時指著運動場的某個目的地，但助教卻好像第一次見到尚秀，或者當他是個隱形人似地繼續做著自己的事，然後接起電話說：「嗯嗯，所以是在清涼里？去清涼里就行了嗎？是清涼里對吧？」說什麼清涼里啊？這個地名聽起來與這個位於龍仁的寄宿補習班有多不搭調啊？

「老師，我來晚了。」

過了一會，無法戰勝沉默的尚秀率先搭話，助教看著尚秀問：「我們有先約好嗎？」尚秀在腦中細細咀嚼這個缺少生硬語氣的句子，包括尚秀、尚秀的朋友和講師們都會使用，唯獨這個宛如大鐵鎚般的男人沒有用過的清新句型。

「因為我遲到了。」

助教這才搞清楚狀況，點了點頭。就在尚秀調整運動鞋的鞋帶，準備開始整個夏季都在運動場上進行的激烈活動時，助教說：「我不做了，合約結束了。」助教邊說邊露出清澈的笑容，臉上短暫浮現二十幾歲年輕人的純樸天真，卻又對世界有些漠不關心、輕如羽毛般的微笑。但在那當下，尚秀感到有些不知所措。

「老師，結束了嗎？」

「距離大學考試剩下三週，誰還會被體罰？我也只是臨時的助教而已。」

尚秀無法置信，這個人對自己高度施壓、逼迫的狀態竟會在寄宿補習班的合約結束後就輕易消失。那麼，起初他怎麼會擁有那種操練自己的權力？尚秀實際感受到的無數情緒究竟又是什麼？

「考試當天不能昏昏欲睡，所以要從現在開始改掉睡懶覺的壞習慣，補充蛋白質和維他命之類的。」

助教留下建言，鼓勵尚秀要好好考試，最後在他的視線範圍內逐漸走遠。看到那如大鐵鎚般堅實的體魄離自己越來越遠，尚秀感覺內心像被封鎖了一般。在迎來秋日的運動場上，每當風一吹來，落葉就如禮炮般接二連三墜落。

之後，每當孤零零地走在路上，或凌晨四、五點醒來，愣愣地坐在床上，又或者搭公車時身旁的乘客大笑或熱烈討論某件事時，尚秀都會想起那個秋日的午後，想起自己曾經那般充沛的情感，竟隨著某個臨時合約的結束，如此輕易地化為烏有，因而感到不可置信。無論是開始、發展或結束，都與內心息息相關，但讓這份心意流動的動力卻不是自我進步。儘管感到不知所措，但至少這點他是肯定的。是助教與尚秀之間的位階，產生一種權力位階能量，進而衍生情感。

這種自我分析對尚秀來說有各種好處，尤其能減少自己受到的傷害。只要這樣一想，因為不明的失落感而凋零的心就會瞬間好過許多，感覺非常清爽，就像高速公路之類的徹底被打通般暢快。儘管他怎樣也沒預料到，這條路的盡頭會猶如剛鋪在馬路上的柏油味般，帶來散發惡臭的冷笑、虛無，讓他對包圍自己的所有情感產生無限懷疑。

尚秀雖然下定決心要立刻寫電子郵件，開導敬愛有關這份愛情的屬性，卻沒有採取任何行動。儘管他有滿腔熱情，也有話要說，卻只能按捺住性子。先把前男友的電話號碼封鎖吧，只要動動妳的手指，輕輕按下封鎖鍵，這樣就等於從那張壓榨的密網脫逃一半，像是「睡了嗎？……過得好嗎？妳在哪？」這些鬼話就無法持續增加。只要先從這件事開始就行了，我不會要求妳趕快走出來，我的性子沒有那麼急。因為有很多女生無法走出情傷，所以我會耐心等待她們。我會等妳的，朴敬愛小姐，我會的。這些想法如蜣螂般在腦海中滾來滾去，最後尚秀只能睜著一雙眼睛直到天明。上班後，尚秀卻看到敬愛坐在他事先貼上的標語「可以販賣商品，但不能出賣良心」下方嗒嗒嗒地打字。換做是平常，尚秀可能會覺得，這果然很符合朴敬愛一上班就進入工作模式的作風，但此時此刻，在他眼中卻不是這樣。他心想敬愛會不會正在用聊天軟體和那扭曲愛情的對象聯絡，所以假裝找東西，順便偷看了一下，結果看到敬愛寫給某人的句子。

> 您好，今天又是個平安無事的早晨。
> 平安無事，猶如好不容易才從無限中被撈起的語彙。
> 一如在茫茫海面上漂泊的一艘小艇。

若寫了這樣的話，就真的是愛情了。要是收到他一針見血的郵件後，敬愛仍執意延續那種如怪物般的感情，那麼他也無可奈何，但他仍無法忍受那種濕漉漉的話語，有種衝動想要按下 Backspace 鍵刪除所有字句，並告訴敬愛：「不要寫，妳別這樣。」但他不能這樣做。

敬愛會怎樣看待自己呢？在現實生活中不曾痛快笑一場的尚秀，竟在臉書這個空間裡無微不至地照顧女人——照顧女人的狀況不正好最適合被誤會嗎？尚秀想必會遭到指責，說他假裝傾聽她們吐露愛情的悲歡，偶爾還能滿足自己齷齪的偷窺癖。儘管站在尚秀的角度來看，他不過是覺得自己可以充分理解那些心靈，所以才習慣性地回答問題，最後無心插柳地演變成這種局面。

至少在這個專頁中，尚秀能夠體會，人們開始談情說愛時是多麼有勇無謀。他們揹著不知道會不會張開的降落傘，欣然地將自己的身體託付給重力的引導，這樣的勇氣，靠的不是腦袋，而是身體接受彷彿腎上腺素、催產素與多巴胺等實際分泌的感覺，並且透過「身體」（雖然這樣的說法不太好聽）來理解這一切。但愛情之所以有如此浪漫的序幕，就和楚浮說為了將劇情導向極端且駭人的凶殺案，而將最為抒情的場面放在前面的電影創作論是一脈相承的。在愛情之後，便是殘酷的破壞。

尚秀從小便接觸無數愛情誕生與殞落的敘事，也因此經歷無數的愛情，在這些過程中，他習得了一種技術——分辨愛情的真偽，以及曾經愛過不是一種罪。這樣的技術，與他考了三次入學考試才進入大學，而後在讀書社團必讀的人文書結合，歸納出一個結論：為了名為愛情或戀愛的玩意獻身的人，不過是一名勞動者。物質交換藉由各種管道發生，形成權力關係，最終在單向或雙方的壓榨下不斷被迫表示忠誠與勤勉，直到關係結束。要是有人聽到這項假說，可能會認為尚秀對戀愛嗤之以鼻，或認為他是企圖合理化自己談不成戀愛的可憐蟲，但透過敬愛的電子郵件，他更肯定這項假說了。

也許，說尚秀是一名待在封閉的戀愛工廠、憤世嫉俗的老手也不為過。畢竟在雙面人的生活中，他如此自稱，也被大家這麼稱呼。

就這樣，尚秀每天都很想告訴敬愛這樣是不對的，但敬愛似乎不懂尚秀的心思，連自己對誰說了祕密——竟然是昔日戀人，竟然是有婦之夫！——都不曉得，還神色自若地在午餐時間大口吃著菜乾大醬湯或明太魚湯，一個勁地談論工作的事。尚秀則有一搭沒一搭地聽著，拐彎抹角地說：

「敬愛，妳最近都看什麼電影？」

「我不看電影，只看 Youtube 影片。」

「在 Youtube 上看什麼？」

「看無尾熊或樹懶，有拍牠們睡覺三小時的影片。要是我想看影片，就會看這些來滿足自己的影片欲。」

「看那個有趣嗎？」

「會知道『哦，原來樹懶是這樣生活啊』。」

「牠們怎麼生活？」

「以時速九百公尺生活。」

敬愛輪流抬起雙臂，做出攀爬的動作。

「那是什麼意思？」

「是指樹懶，牠們移動的時速是九百公尺。」

尚秀心想，時速九百公尺，那不就幾乎等於沒有在動嗎？這是嬰兒搖搖晃晃走路的速度，又或者是等待某種氣氛、徵兆等看不到的東西，好比等待季節到來時所感覺到的速度？就像受盡嚴冬的折磨，但到了二月就會忍不住翹首等待春日的到來一般。只不過在眼下，這種感性又有何用處？

「這是一種退化，為的是逃避問題。敬愛，妳也知道我看了不少電影，電影中不是有異形或小精靈嗎？外部的生物體在宿主體內成長，最後不是害死了他嗎？也就是說，世界上有這麼多榨取他人的情況，一定要小心，不然就會被矇騙過去。妳不是很喜歡法蘭克斯坦嗎？他最後不是以怨報德嗎？」

尚秀隱諱地借用電影來傳達「不要和那人見面」的訊息，但因為法蘭克斯坦同時也是敬愛的帳號，所以他觀察了一下敬愛的表情。他還有些擔心，要是敬愛察覺自己就是姊姊的話該怎麼辦，但敬愛只是專注地夾起醬煮黑豆來吃，然後放下筷子，搖了搖手說：「不是這樣的。」怎麼不是？竟然說不是？敬愛還沒說完，尚秀就因為那句直截了當又輕描淡寫的否定而失望得不能自已，就好像自己藉由姊姊的口吻所說的一切建言，以及拋棄心意的說法，都被敬愛一概否定。

「不是嗎？怎麼會？妳為什麼會說不是？」

「法蘭克斯坦是博士的名字，現在組長您腦中想的那個不是博士。」

「哦，是這樣啊？」尚秀感到很難為情，但敬愛也很淡然地說：「是啊，大家都這麼認為，以為法蘭克斯坦指的是科學怪人。」

「不過，我很討厭那種電影，世界上的事哪能這麼輕易一分為二，那種單純的想法就是一種退化。哪有活在世上卻能毫髮無傷的人？任誰都希望活得平安順遂、輕鬆又自在，但就是不能如願嘛，所以即便知道自己會就此完蛋，也會做出選擇，為了負起責任而甘願粉碎。把對方打造成怪物，讓他揹負一切罪孽是怎麼回事嘛。」

餐廳的大鑪將鍋子放在瓦斯爐上，藍色的火焰升起，尚秀和敬愛只是靜靜地看著火花，久久沒有開口。尚秀思考著敬愛說的「怪物」，敬愛則想著尚秀說的「不是害死了他嗎」，這是尚秀平時慣用的誇張語法，雖然充滿熱情卻莫名空虛，所以聽完後總抹不去「內容空洞」的感覺，但其中有些話仍打動了敬愛。敬愛覺得尚秀在擔心自己，但這樣的擔憂究竟是所為何來？她並沒有將內心的痛苦表現出來，但也許心情仍會不由自主地顯露在外，就像煮湯時氣泡會被推至表面，在沸騰的狀態下，茼蒿和大蔥也會身不由己地晃動。尚秀問，如果科學怪人不叫法蘭克斯坦，那他的名字是什麼。敬愛說：「就只是被造物。」「被造物確切的意思是什麼？」尚秀一邊自言自語，一邊拿出手機。

「原來是存在之類的啊。」

「和存在有些不同吧，畢竟存在與受外力而存在是有分別的。」

敬愛再次拿起筷子，將烤紫菜放在米飯上，舀起來吃。她大口大口咀嚼、吞嚥，同時說：「十幾歲的時候，我的綽號叫做被造，由來就是被造物。」

尚秀覺得被造這個說法聽起來很耳熟，卻想不起在哪兒聽過，倒是回想起九〇年代留著尖尖髮尾的「刀髮」，身穿彷彿要掃除街道落葉般的寬筒牛仔褲走來走去的景象。如今這身打扮已脫離俗氣的評價，用時下的說法叫做「嘻哈」，但要這種字眼形容它，各方面條件又未達標，所以給人一種「寒酸」的感覺。

「老實說，我最近的確覺得很累。」

尚秀被某個包圍自己的遙遠記憶牽引，正要走進記憶，聽到這番話又豎起耳朵。他想，敬愛該不會是想對自己吐露那件事吧？不過她接下來說的並不是那些，反倒問尚秀是不是有什麼煩惱。

「因為現在我們的工作量堆得像自助餐廳的鴨肉切片一樣高，可是你卻好像對工作絲毫不感興趣。確定要去越南後，已經向當地通報，那邊的人在等我們過去，而且也該去見趙老師一面，現在卻不知道趙老師有沒有意思過去。雖然只是外派一年，但畢竟還是外派啊。」

尚秀心想，所以說啊，妳幹麼寄那種惹人心煩意亂、不由得怒火中燒的電子郵件來，但他又不能一股腦說出來，只能一聲不吭地吞下湯，安撫自己。敬愛卻絲毫不了解尚秀的心思，還說：「所以啊，我們好好做吧。」同時提醒他，晚上說好了要見趙老師。

「怎樣做才叫好好做？」

「尊重他吧。」

敬愛突然瞄了一下尚秀的眼色。

「什麼？」

「趙老師的狀態。」

「什麼狀態？」

敬愛從日英口中得知，趙老師是重度酒精成癮患者，但她並不想事先告訴尚秀這件事。雙手因酒精成癮而顫抖的技術人員，又有誰會想聘用呢？在這之前，敬愛還擔心趙老師會因為心懷芥蒂，不想重回將自己攆出去的公司，但現實卻更加殘酷無情。趙老師雖有機會透過擁有技術的一雙手而回來，但搞不好又會因為無法控制那雙手而回不來。

不過，敬愛至今仍不相信日英的話，她不相信罷工期間那雙隨時準備好要重執原子筆工作，提醒敬愛不要只看眼前的暴風雨，要提防執拗地蠶食人生的迷霧，並答應敬愛自己也會遵守，將「罷工日記」遞給她的那雙手，如今什麼也抓不住，只會不停顫抖。因為沒有親眼見到，所以能夠相信它至今仍未改變。但倘若情況真是如此，又該怎麼辦？

那麼，就不得不放手一搏，試著去相信尚秀的心了。如果是尚秀，也許能下定決心和那樣的趙老師一起工作。敬愛認為，尚秀的心處於不特定的某物與某物「之間」——每當必須參加大家齊聚一堂的場合時，就會緊張地尋求鎮定劑的那種懦弱，以及為了正大光明地向主管提出真的很像空降部隊會提出的要求，因此推開主管的辦公室大門，但根本沒有人期待他有任何表現的霸氣之間。身為業務員的他，在只有自己與敬愛的辦公室裡寫下不切實際的目標業績，寄情於「公司辦得到，我們就辦得到」等強調勤奮價值的句子，同時又不惜一切想做出成績、到處拜訪工廠，最後得知業務負責人想要的是賄賂或招待時感到灰心喪氣。

到頭來，尚秀就像燭火般左右擺盪，但敬愛覺得那種衝突之中自有一套倫理。他並不像大家所說，是蠻不講理的利己主義者或蠢蛋，反倒是個內心有秩序的人。他只不過是不擅於和外人分享那種倫理罷了。那麼，在趙老師無法控制的一雙手之中，說不定也能找到那種「介於兩者的感覺」。

「我是說手。」

敬愛擱下湯匙，靠在椅背上，看著對面的尚秀好一會。鍋子裡有著從俄羅斯近海捕獲後被冰凍起來，如今切成一節一節後，放在敬愛與尚秀之間沸騰的明太魚，另外還放了蘿蔔，在瓦斯爐上被熬煮得非常軟爛。這時敬愛再次張開自己的手，對尚秀說了聲：

「手。」

尚秀也停下手上的動作，疑惑地看著敬愛伸到自己眼前的手，然後不自覺地伸出了手。儘管敬愛的本意不是如此，但仍像握手般抓著他的手晃了幾下。

兩人繼續狼吞虎嚥，但單憑握手這個動作，就讓他們覺得好像彼此交換了什麼。此時，換尚秀開始思索自己斬釘截鐵地對敬愛說的「不是害死了他嗎？」那句話。

他想，來到「姊姊無罪」的無數女人，雖為了荒謬無比的愛情而受盡煎熬，但仍會登入臉書、在上頭說話、吵鬧、繼續過著日常生活。若是問她們，「以愛為藉口的壓榨，最後不會害死妳嗎？」是否會得出「已經死不了」的結論？那麼，無論敬愛和那個自私的昔日情人關係變得如何，她也終究會存活下來。

也許她會觸礁，也許她會漂流，但最終都會接觸陸地。只不過……尚秀想，他並不希望這成了與自己毫不相干的事，既然已經知情，既然敬愛發送了SOS的訊號，他便希望能發揮憐憫。倘若不這樣做，自己反倒會被某種失落感的洪流沖走，四處漂流。

走出餐廳後，敬愛認為自己有必要針對「手」這件事多加說明，但又覺得只要見到趙老師自然就會知曉。接著要進門前，她心痛地想起自己要山柱以後別再聯絡時，山柱像是責怪她似地，帶著怒氣說：「終究妳還是做了這種選擇啊。」

「什麼選擇？我現在做了什麼選擇？」

「讓我當壞人，然後拋棄我的選擇。」

敬愛一時語塞。當初說要分手的人，不就是多年前那個夏日的山柱嗎？當時他們之所以無法當對方死了般疏遠，還能問候彼此、維持關係，靠的全是敬愛的努力。敬愛必須忍受記得他們交往過的人不經大腦思考所丟出的玩笑，指著敬愛說她是純情派或好萊塢明星之類的話，同時又必須與不得不見面的學姊兼山柱的新女友有這樣的對話——「沒關係吧？我不想和妳打壞關係。」這類假裝成好意卻猛力搖晃她的話語。

某個冬日，學姊甚至還找她一起看電影、喝茶。敬愛與學姊很努力避免提到山柱，只討論她們看的法國電影《潛水鐘與蝴蝶》。電影的主角是名全身癱瘓、只剩下左眼能夠活動的男人，他將自己無法控制身體的處境比喻為被大海淹沒的潛水鐘。學姊唸出電影訪談的報導內容，「雖然我們的肉體被封印，但想像力和記憶能帶我們擺脫困境」。沒有人知道，當時敬愛有多麼拚命地緊抓著「封印」兩字不放。在深愛某人的方式中，有超越肉體的東西；有些愛靠推動靜止的記憶就能延續；有了記憶，失去的人就能在人生中再次復活。

那個冬天，敬愛看著一起喝茶的學姊與山柱通電話，同時離開要去見他的那一幕，覺得自己被推入極為苦澀的羞辱中。但即便是在那種情況下，她仍為山柱就在學姊電話的那端而感到安心。那的確是一種安心感，同時也成了後來她不惜一切想避免徹底失去山柱的理由。

當然，在見完學姊、轉身踏上歸途時，她腦中也不時浮現「就到此為止吧？」的念頭。乾脆做個了斷吧？當他一開始就不存在吧。但她覺得自己不可能選擇這樣的結局。把山杜當成死去的人般，若無其事地繼續生活，這對於曾經在自稱「被造」的時期失去某人的敬愛來說是不可能的。

山杜過去經常會問：「E是個什麼樣的人？」但這並不是因為他對E產生好奇，而是認為敬愛想要說關於E的事，而且非說不可。山杜知道敬愛將關於E的事封存在部落格中，當然，因為部落格是公開的，所以會計算訪客數，但他們都是不知前因後果的他人，所以就和沒人特地登門拜訪的部落格無異。山杜並沒有對此感到不高興，也知道敬愛不希望他去看部落格，所以不會刻意去看。只不過，如果是非記錄不可的記憶，那他希望敬愛能說給自己聽。畢竟，獨自珍藏關於某人的記憶太孤獨了。所以，敬愛也說過這樣的話：

我曾經想過，E可能會是我第一個上床的對象。

我覺得自己會是個很不錯的床伴。

是喔？以什麼為根據？

不是嗎？和我做不怎麼樣嗎？

不是，當然不是。

其實，我也曾對E說過這種話。

邀他上床？

說有一天我們會上床。

那他說什麼？

他說，「那應該會非常溫暖。」

還有，「那該會有多溫暖啊？」

我有一段時間無法說出「溫暖」兩個字，因為會想起他。

有些言語好像會被記憶奪去，我無法使用它們。

但我心想，如果不是日常生活中必須使用的說法，而是別的話就好了。好比膜拜，這種說法本來就不常用，自然不會有任何不便，但「溫暖」就沒辦法了。比如，這碗飯好溫暖啊。但E過世之後，想到「溫暖」時，我再也不覺得溫暖了，就好像自己不該有這種感受。

接著我想，如果我不說出來，而是把話嚥下去，把說法修正為「飯的味道不錯」，那麼身體會有什麼變化？火災現場有個三度灼傷、勉強保住性命的工讀生，他抓著自己的母親說：「媽媽，我好痛，我都痛成這樣了，為什麼還死不了？人究竟要多痛苦才能死呢？」可是，E不是死了嗎？他不是經歷了痛不欲生的感覺嗎？學長，我只要想到這點，就會覺得無法原諒任何事。可是我不曉得自己不能原諒什麼，我到底該原諒什麼，應該向誰發火，又有誰會在那裡？

當敬愛那樣說的時候，要是山柱能摟住她，或將她拉向自己，那麼一定會很溫暖。就像觸摸某隻龐大溫馴的狗身上的毛或草葉的細刺時，那種親暱、鮮明與細密的感覺。

但是，就像尚秀說的，假如記憶可能害死某人，假如那是一種退化又該怎麼辦？敬愛沉浸於自己的思緒，一個勁地往前走，直到過了斑馬線，才發現尚秀沒有跟上來，被紅燈困在馬路對面。尚秀討厭陽光直射頭頂，所以走到行道樹的陰影下躲避陽光。平時就算去吃午餐，他也總會在出門前仔細擦防曬乳，所以這幅情景並沒有什麼特別，不過敬愛卻對落在尚秀身上的樹葉影子印象深刻。由於明亮對比非常強烈，尚秀看起來就像被困在稀疏的光網內。

尚秀取出手帕擦汗，同時說已經遲到了，揮手要敬愛先進去。敬愛原本要先進去，但又改變主意，打算邊抽菸邊等尚秀，便取出一根菸銜在嘴上，這時尚秀再次舉起雙手，比出一個「不行、絕對不行」的大叉叉。敬愛心想，抽菸這麼久了，從來都沒被抓到過，正打算假裝沒看到，但看到尚秀心急如焚地搖晃手臂，只好作罷。接著，她又忍不住想，小小的違規又不是多了不起的事，有必要那麼激動嗎？到底有什麼好不行的？接著，她像是打招呼般也朝尚秀揮了揮手。

在住家附近咖啡廳見到的趙老師確實如日英所說，狀態看起來很差。儘管他一如過往穿著有口袋的襯衫與夾克，但因為看起來實在太新了，反倒顯得他很緊張也很不自在。敬愛心想，自己在趙老師的眼中看起來是什麼樣子？會從她身上感受到一種未被解僱，而且還很厲害地撐到現在的人會有的穩定感嗎？應該不會吧，因為趙老師在敬愛遞出名片後，看到上頭印著「主任」的職稱，彷彿嘆息般反覆唸了好幾次。

對話如餅乾——隨茶附贈的比利時蓮花脆餅——般動不動就破碎，收到新工作邀約的人沒有該有的興奮，另一邊也沒有訴說往後計畫的抱負。另一方面，對話之所以破碎，也在於各自都承受了過多的情緒。尚秀雖然知道趙老師和過去不一樣了，但仍忍不住想，怎麼會有這麼大的變化，很努力想像過往一樣對待變得骨瘦如柴、氣色很差的趙老師。

過去，當尚秀對世事意興闌珊，默默希望可以湊和著上班，而時間也能大把大把揮霍時，就是趙老師告訴他，此時他要做的不是守護莫名其妙坐上的職位，而是一個人能以人性的方式付出的勞動。

無論是半島縫紉、在越南或在中國，總之縫紉機依舊在世界的某處運轉，同樣的，趙老師也依然提著許久前時時帶在身邊的公事包前來，坐在尚秀面前。那麼，只要大家齊心協力不就好了嗎？

見到趙老師之後，敬愛的臉色也變得很難看，彷彿沉浸在某些往事中，於是尚秀開始胡謅一些有的沒的。

「主任又怎麼了？最近都省略主任，直接使用代理這個職稱，但我覺得這是個問題。所謂的主任，就是擔任主要工作的人，事情就是沒有經過主任之手才會發生。那些當代理的人啊，大概就跟他們的職稱一樣吧，真不曉得他們怎麼會對成為祭品和攀關係這麼感興趣。我們小組啊，趙老師、朴主任，我這人非常簡單，也很正直，沒有必要走後門，也不需要競爭。」

尚秀努力想讓氣氛變得輕鬆點，雖然他也知道趙老師和敬愛都不想再提過去那場罷工的挫敗，可以繼續向前走，但既然大家重聚且復職了，如今不也該放下陳年的情緒和悔恨，懷抱其他的夢想了嗎？

一想起夢想這個詞，尚秀的心就變得澎湃不已，不禁想像自己在胡志明的工廠裡大搖大擺的模樣。這樣的想像，已足以趕走秈稻、戰爭、霧氣、孤立等對越南的既有印象。尚秀在 Google 地圖上搜尋胡志明，拿給趙老師看，趙老師也連聲附和：「我當然好啦，能夠再領到薪水，當然好了。」但他卻不停搓揉手掌，四處張望。接著不到一個小時，突然問：「我們要不要換個地方？」

「換地方？去哪裡？」

尚秀問完，趙老師彷彿猛然回神，退讓地說：「沒什麼，繼續在這裡也無妨，請繼續說吧。」直到走出咖啡廳，進了一家居酒屋，才曉得趙老師之所以看起來如此焦躁不安，是因為酒的緣故。

下酒菜還未上桌，他就接連灌下燒酒，也才像是擺脫了什麼般，看起來自在許多。

「老師，您之前不是只喝三杯清河嗎？您不是說這樣就夠了嗎？」

「的確足夠，的確。」

儘管嘴上這麼說，趙老師卻好像覺得不滿足般，再次將酒杯推向尚秀。尚秀替他斟酒，自己卻放下酒杯沒有喝，這時在醉意當中放鬆下來的趙老師露出深邃的眼神問：

「不喝嗎？」

他的語氣中不帶有悲傷或惆悵。那並不是因為對方做出了什麼舉動，而是內心兀自墜落深淵的一種茫然。就像常見的醉客，無論對方是否舉起酒杯、是否和自己一起買醉都無所謂，只要黃湯繼續下肚，就會慢慢走向只有自己的世界。但問題就在於敬愛也不斷替自己斟酒，逐漸有了醉意。

這種彼此的孤立感逐漸加深的飯局很難應付，以眼下這種氛圍，別說是胡志明，就連前往機場的一小時巴士都上不了。如此一來，敬愛就會繼續待在韓國，無論怎麼想擺脫爛桃花，仍會有好一段時間被前男友糾纏。如果沒有順利組成有一名技術人員、兩名業務的小組，一起跨出步伐，這種禍事就會發生。

尚秀將用來當下酒菜的細麵推向趙老師。

「老師，您的生活過得如何？」

「生活是一碼子事，問題出在酒。」

「酒怎麼了？」

「問題就在於會喝個不停。」

「您不是寶刀未老嗎？不是還沒忘掉技術嗎？」

聽尚秀這麼說，趙老師夾起細麵吃，露出了微笑。這雖然是見到尚秀與敬愛後他第一次露出笑容，但越來越像是生存意志被奪走般的微笑。那是尚秀經常從自己母親臉上看到的。尚秀有時會沒來由地想起和過世母親的對話，其中一段話就是當他問：「媽媽覺得什麼很難？」母親就會露出淺淺的笑容回答：「今天很難。」

今天為什麼很難？

因為必須度過今天，所以很難。

度過今天是什麼意思？

就是要熬過今天。

熬過今天是什麼意思？

就是今天不會消失的意思。

今天不會消失是什麼意思？

就是不知道明天會怎麼樣。

不知道明天會怎麼樣是什麼意思？
就是明天也可能會消失的意思。
明天也可能會消失是什麼意思？
就是不能熬過明天的意思。
如果不能熬過明天，那會怎麼樣？
就會無法度過明天囉。
如果不能度過明天，那要怎麼辦？
那麼……就可能會變簡單了。

當母親說可能會變簡單時，尚秀心底一沉，有種自己在移動的感覺，但並不像季節或黑夜白晝自然變化，而像是內心被物理力量強制改變位置。這與母親可能會永遠消失的不安不同，內心變得極為冰冷。他有所「覺悟」，覺得自己對母親來說並不重要，而且就像有人推了他的肩膀一把，他必須退後一步，默默到別的地方。那是一種準備好被驅逐的覺悟。

那個時期的尚秀，是個下雨時也會無端把雨傘留在教室的孩子，當雨水從山坡上嘩啦嘩啦流下時，他會腳踩 NIKE 的拖鞋，逆著水流往上走，內心充滿徬徨。那雨水的觸感至今仍很鮮明。他忍不住心想，孩子拖著緩慢無比又虛弱無力的步伐，一雙腳碰觸到都市中的各種垃圾、塑膠袋、大大小小的樹葉、細繩、碎裂的塑料雕塑、不斷流下來的沙土時，那種毛骨悚然的冰冷，也許與覺悟這個字眼是最為貼近的了。他認為覺悟就像這樣，在不怎麼重要的東西被拋棄後，又有某樣東西凝著另一樣的心情。因此，當他在日本聽到母親臨終的消息時，逆著冰冷雨水行走的步伐頓時彷彿停了下來。

「走吧，老師，現在那裡有一名技術人員，似乎和您一樣是上了年紀的人。聽說那裡不像這裡這麼操，工作還做得來，不會有罷工，我也不用削髮。我都三十五歲了，剃髮還能看嗎？孔組長是個正直的人，所以沒關係，不會有問題的。」

聽到敬愛如此稱讚，趙老師也朝著尚秀點了點頭。「孔尚秀先生的確是個罕見的人。」

「可是，我好像去不了。」

聽到趙老師最後下了這樣的結論，敬愛也無話可說了。趙老師說自己有個讀中學的女兒，現在才十六歲，所以沒辦法去。

「我必須在韓國工作，但半島縫紉無法提供這裡的職位，我得到越南才有用處對吧？但我要是去了越南，沒有媽的孩子要怎麼一個人過活？當然不行了，我不是她的父親嗎？」

走出酒館，敬愛與尚秀攙扶著酩酊大醉的趙老師回家，三人經過了烤肉煙霧瀰漫的小吃街，以及小飛蟲成群在空中飛舞的下水口旁。趙老師的家位於多世代住宅的二樓，拉開不透明的玻璃門後，裡頭傳出了一聲「爸爸？」一個身穿學校體育服的女孩猛然打開了門，是趙老師的女兒。

「原來喝酒了啊，又喝酒了。」

女孩很熟練地讓趙老師坐在玄關，不時地拉他一把，避免他完全往後倒下，同時脫下他的鞋子。

「英書啊，這是曾經和爸爸一起工作的同事，我們半島縫紉的員工。」

聽完趙老師介紹，叫做英書的女生輕輕地點頭致意。她的臉頰上有雀斑，看起來有些淘氣。接受問候後，敬愛和尚秀正打算打道回府，趙老師卻拉著兩人，堅持要大老遠跑來的他們坐一會再走。

「要是就這樣道別，我們會過意不去。雖然很簡陋，但先進來吧。」

英書說了一聲：「啊，家裡亂七八糟耶。」隨即跑進房間，敬愛與尚秀見狀，於是表示他們要離開了，這時又聽到英書大喊：「沒關係啦，請喝個養樂多再走吧。」

「謝謝。」敬愛接話，脫掉了鞋子。家裡分成三個房間，客廳沒有另外隔開，而是將一個房間門拆下來，兼作客廳與廚房使用。白色油漆嚴重剝落的門框映入敬愛的眼簾，處處是屋子已經很老舊的痕跡。

從小和媽媽兩人一起住在舊房子的敬愛，內心想的不是屋子好老舊，而是屋子正在逐漸老去。比起外部的影響，內部的消耗殆盡才是屋子產生變化的原因。

英書把晾在餐桌椅子上的襯衫與毛巾等移開，從小小的熱水壺中倒出養樂多。陽台上放了一袋洋蔥，還種了香龍血樹與虎尾蘭花盆。因為沒有修剪，所以枝葉長得參差不齊，但它們的生機盎然儼然為這個屋子帶來了活力。

「看看花盆，長得真好。」敬愛說。英書也立即回答：「因為陽光很充足！」

「太陽一整天都會照進來。」

「真好，好喜歡這種屋子。」

家中有螺鈿櫥櫃，擺放了貌似趙老師夫人遺像的照片與香火，物品大多老舊，但都整理得井然有序，與一路來到這裡的喧囂嘈雜相比，舒適得不像真的。過了一會，英書拿著養樂多過來，她說自己最近正在減肥，所以經常喝。

「老師，老師您怎麼這麼瘦？我好羨慕瘦的人喔，您不怎麼吃東西吧？」

「不用叫我老師，叫我姊姊就好。姊姊剛喝了一整瓶燒酒，現在又喝養樂多，超級想吐。」

「沒關係，反正這裡就有廁所。」

「說不定會堵住喔。」

英書笑嘻嘻地說：「姊姊好好笑喔。」這是尚秀數十年來首次到別人的家中拜訪，所以很不適應。儘管他渾身不自在，但被英書這個小女生的活潑給感染，心情穩定許多，還插嘴說：「她哪有不吃？朴小姐每餐都吃得很飽。」英書笑著說：「每次聽到什麼某某小姐的說法，就覺得好搞笑喔。」

「英書啊。」

趙老師背對躺著，喊了一聲。

「他們要爸爸再去工作，英書怎麼想呢？」

「這樣不就能賺錢了嗎？當然贊成啦，賺點錢回來吧。」

英書一邊確認手機的訊息，一邊漫不經心地回答。

趙老師沉默了好一會，「可是那裡太遠了，在越南。」

聽到越南兩個字，英書抬起頭，看了一下趙老師穿著皺巴巴襯衫的背部，手指隨即又開始忙著傳簡訊。

「爸爸要去嗎？想去吧？」

「沒有，一點也不想。」

「我沒差，反正阿姨也在。」

英書將碗盤收好，走向水槽。在她打開水龍頭清洗的時候，趙老師百感交集地說：「英書的媽媽在三年前的冬天過世了。」原本心臟就不好的太太，那天像是早就有預感般，全身無力地送他出門，對他說：「路上小心，就算我不在了，你也要好好照顧英書。」

「爸爸，趙文澤先生，現在別再提這件事了。」

英書將趙老師攙扶起來，把他推進浴室洗澡。趙老師進入浴室，尚秀和敬愛表示他們要離開了，英書也跟著來到外頭的階梯，接著詢問那份工作的薪水有多少，是否只要去越南就能重新成為公司員工。

「這不是好事嗎？對爸爸來說是好事吧？那麼當然要去囉，總比當警衛好嘛。請把爸爸帶到那裡吧，拜託你們了。」

敬愛表示自己不是做主的人，並指著身旁的尚秀說：「這位是組長。」

「他是組長的話，那我爸爸呢？」

英書可能覺得尚秀看起來很年輕，突然擔憂了起來。

「爸爸是老師，公司的人都稱呼他為老師。」

「可是爸爸不是老師啊，為什麼要叫他老師？」

尚秀與敬愛一時語塞。過了一會，敬愛才回答：「因為妳爸爸是個非常棒的人，所以公司現在還會尊稱他為老師，這種事是不會改變的。」

搭著地鐵回家時，尚秀與敬愛怔怔地看著兩人在窗戶上的倒影。敬愛想，現在兩人這樣並肩坐著也不覺得尷尬了。

「趙老師會答應去越南嗎？」

快到驛谷時，尚秀問。

「不曉得耶，但你要怎麼向公司報告？」

「不需要特別報告啊，就說要一起去。」

與其說是敬愛聽到這句話，不如說是它輕輕流進了耳朵更為貼切。

「沒關係嗎？」

「妳指哪件事？」

「沒什麼。」

「那妳沒關係嗎？」

「哪件事？」

「所有事。」

尚秀望著敬愛在地鐵燈光照射下的臉孔，看起來很清澈明亮，不禁感嘆真的好久沒有這麼近距離看一個人的臉了。但很快的，他又有所警覺，心想自己可以這麼做嗎？他想盡可能遠離敬愛的側臉，於是將目光固定在夜晚的車窗上，但上頭又映照出敬愛在對話中斷後戴著耳機聽音樂的模樣，讓他感到很為難。他覺得這樣不行，將視線轉移到周圍的乘客身上，偏偏地鐵上有一個不知道在跟誰通電話、悄聲說著「當然想你啦」的女生；一個每當女友低頭看手機時，就會替她拂起滑落在臉上的髮絲的男生；還有一對牽著手的男女，在聽對方說話時會說：「是喔？天啊，真的假的？」不管把視線放在哪裡，都只會讓他感到更焦慮。

「那個，敬愛。」

為了緩和一下心情，尚秀覺得自己應該開口說點什麼。敬愛摘下耳機問：「怎麼了嗎？」

「妳在聽什麼？」

敬愛將一邊的耳機遞給他，要他聽聽看。是海灘男孩的「Kokomo」。「這不是電影《雞尾酒》的主題曲嗎？」尚秀說。敬愛回答：「是啊，是海灘男孩。」

湯姆克魯斯，

牙買加，

羅傑．唐納森，

逃離。

「妳也看了不少電影呢。」尚秀說。

「別看我這樣，國高中時，我可是 HiTeL 上很有名的電影同好會成員。」敬愛沒好氣地說。

「你不知道他們有影謎吧？就是電影猜謎，我可是選手之一。」

「哎喲，我怎麼會不知道？我也混過的好嗎？」

「是喔？」敬愛瞪大了眼睛。尚秀心想，既然講到了拿手領域，當然要好好表現一下，於是轉向敬愛那側，卻突然想起某件事。

被造、仁川、地鐵、電影同好會，一九九九年的一切串聯起來，在尚秀的腦海中形成的不是影像，而是聲音——只說了一句「也太冷了吧」，就沒再講下去，任憑沉默蔓延的聲音；恩寵過世之前，在恩寵的語音信箱聽到的，每次都會以「靠，我被造啦」開頭的女生聲音。

我是姊姊。基於個人因素，暫時無法快速回信。很抱歉沒有辦法答覆大家寄來的故事，想必會有為數眾多的姊姊問：「那怎麼辦？我們怎麼辦？」但既然柯布拉扎、愛情火鍋、濕透的感覺等有實力的姊姊們都有經營個人臉書專頁，如果急著尋求戀愛諮詢意見，我認為向她們請教也是可行的。

最後，有一封早就收到卻來不及回信的電子郵件，信中問我要怎麼樣才能拋棄自己的心意。

那個人曾經對妳說：「我想像過去一樣，和妳溫暖地睡上一覺。」妳做出了決定，走進浴室，但出來時，他卻說自己要回家，甚至衣服和襪子都穿好了。妳沒有搭上那人說要送妳一程的車子，而是搭上沿著江邊北路奔馳的計程車回家，妳說，頓時覺得自己四分五裂了吧？

那王八蛋是怎麼回事？想要試探我嗎？到底要用什麼髒話罵他才好？雖然妳想說出非常高檔、能亙古流傳的穢語，但妳不用拋棄心意也沒關係。請別拋棄妳的心意，心不是那種能夠只丟棄一部分的東西。我們的心雖會些微受損，但並沒有四分五裂，我們隨時都能一個人在江邊北路一路奔馳回家。

妳一定要健康，好好吃東西。吃肉雖然很好，但偶爾也要攝取蔬菜。不，總之好好生活，這是我們最後要做的一件事。

冰涼的夏日

聽說母親居住的札幌，是個一年內積雪足足有六公尺高的雪國，但尚秀記憶中的札幌，則是一座放眼望去盡是馬鈴薯、玉米、紅白蘿蔔等農作物的城市。那個城市有著小巧玲瓏的日式房屋，也是醫院所在的地方。尚秀曾經舉起指尖細數那有白有綠、表面光滑的醫院磁磚，但被淚水沾濕的手掌感覺到的，卻是面無表情的牆面。當時阿姨希望能將母親的遺體送回韓國，父親卻想要在當地處置。

阿姨的韓語說得很好，但只要情緒一激動或動怒，就會不由自主地說起日語，就連聽不懂的尚秀也能感覺到，阿姨的言詞之間充滿了憤怒。經過防腐處理後的母親遺體，再次回到阿姨的家中度過兩日。殯葬業者進進出出，由於舉辦的是日式葬禮，尚秀得以在近處細看母親遺容。直到入殮之前，母親就像還活著的人一樣，躺在平時使用的棉被上。

「叫一聲媽媽看看，不知道小玉會不會應答。」

母親身穿一襲綠色套裝，裡頭搭配了一件白色雪紡紗襯衫，聽說那是母親最喜愛的衣服。阿姨說，母親用生平第一份薪水買的那件衣服，八成是在「明東」或「二支路」[7]買的。聽到阿姨的日本腔發音，尚秀覺得連自己熟悉的地名都有了微妙的不同，變得如此陌生，而暗自討厭起這個令自己不安的異國，所以他並沒有依阿姨的期望，用任何溫柔的稱呼叫喚過世的母親。大哥尚圭將不知在哪裡撿來的橡皮圈反覆纏在手上又鬆開，呆呆地倚靠牆面，然後用膝蓋跪著走過來，端詳母親的面容。

雖然是看著照片上妝，但殯葬業者畫的妝仍比尚秀記憶中的母親臉孔更加白皙，嘴唇也更加紅豔，宛如一張下起雪的臉龐。

由於此時正值夏季，無論將目光落在何處，放眼望去的一切事物——街上的白楊樹、玉米田的葉子或每一小片草葉的生長，都彷彿受到了祝福，母親卻望著它們聯想到冬季與死亡。

「媽。」

尚圭喊了一聲，手上忙碌地抓著橡皮筋，然後又放開。

「嗯、嗯，尚圭。」

阿姨彷彿搖身變成了自己的妹妹，不知道是在應答或是在激勵尚圭。但尚圭沒有辦法再說下去，只是一個勁地哭著。處於變聲期的男生無法痛快地呼喚母親，如低聲嘟囔般哽咽的聲音，聽起來更像是在刮東西。尚秀看著大哥，心想自己是不是也可以哭，或者現在應該要哭，接著看到開門進來的父親甩了大哥一巴掌，嚇得連忙往後退。

「為什麼打我？為什麼！」

尚圭怒不可遏。

「哭什麼？我明明叫你別哭了。」

「為什麼，為什麼要打我！」

即使在殯葬業者與阿姨那邊的親戚過來將尚圭帶走時，他仍不停地追問原因，父親卻只是不發一語。或許，這個問題就連父親都無法回答。那天晚上，尚秀來到廚房，接過阿姨遞給他的果凍。他心中雖想著，母親都過世了，自己不應該滿腦子想吃的，但仍

7 指首爾的「明洞」與「乙支路」。

無法抵抗甜滋滋的味道與清新的檸檬口味，一口氣吃個精光。阿姨再從冰箱拿了一個果凍遞給他，他也遵循母親一直以來的教導，禮貌地說了聲謝謝，接著用茶匙挖起果凍吃。尚圭則是打算什麼都不吃。

「還記得你們住在釜山的時候嗎？」

尚秀搖了搖頭，而尚圭依然憤恨不平地用拳頭不斷揉著瘀青的臉頰，稍稍將頭轉向阿姨。

「你們歐卡桑最喜歡的就是那時的夏天，就是你們爸爸經常徘徊於在野黨主席家門口的時候。因為在首爾時有全斗煥從中阻撓，所以不管你們爸爸開什麼辦公室都不行，不論是掛經濟研究室或掛招牌什麼的通通禁止，所以你們媽媽才會說要收拾行囊回故鄉釜山生活。一下子找工作，一下子又做了什麼，最後開始做起遮陽傘租貸生意。你們的媽媽說：『姊，我把遮陽傘插在白沙灘上，結果那年夏天颱風來襲，損失非常慘重，整個沙灘都被席捲一空，徹底完蛋了，但我卻好喜歡那時候。』」

將亡者入殮，擱置一日的那天，阿姨突然提起母親經常唱的歌曲。尚秀也曾聽過，因為每逢家庭聚會，大家就會要求母親唱那首歌。母親歌唱實力堅強，十幾歲時曾參加合唱團，後來甚至透過別人介紹，錄了冰品廣告歌曲。阿姨說，那是一首叫做「蔗田」

的歌曲，哼唱了一小段，還說副歌的日語「Jawawa」是搖曳、蕩漾的意思。

輕輕搖曳、輕輕地，
廣闊的甘蔗田，
輕輕搖曳、輕輕地，
風一過，
在觸目可及之處，
蔚藍的大海也波濤洶湧，
在夏日的烈陽下。

彷彿全身被雪球砸中般變得僵硬冰冷的母親，以及令人聯想起大海、海浪破碎的白沙灘等的那首歌曲，微妙地將夜晚的空氣一分為二，秋日與夏日的時間就這樣並存在那個家中。但實際感受到的，卻是日本的夏天，所以等於夏季交疊在了一塊。

已經不記得舉辦葬禮時，父親是什麼樣的態度。好比說，他是否做了什麼動作來表達內心的悲傷。尚圭表現得就像隨即會爆炸的球，就像某樣東西已經滿到了極限，卻還不斷往裡頭灌注，因此很快就會徹底解體般。儘管尚秀的內心也盛裝了同等體積的悲傷，但他並不像大哥，用熱氣和能量讓那悲傷膨脹、形露於外，反倒有種內心原有的東西全都排空、逐漸輕盈的感覺。猶如幽靈般沒了身體、沒了心，每當必須接受母親的死成為既定事實時，反倒覺得自己彷彿跨越了時空，來到極不現實的世界。

因此，尚秀會很認真地想像《印第安納瓊斯》或《七寶奇謀》之類的電影中，主角被惡人追殺，或洞窟的盡頭突然出現懸崖峭壁，隨著瀑布墜落也絕對不會送命的畫面，以及痛苦突如其來地結束，惡人消失不見，主角搖身變成英雄的故事。他想像著 Galaga[8] 的蜜蜂不斷下降，他發射子彈打下蜜蜂，最後成為 Galaga 之王，又或者俄羅斯方塊持續掉下來，他不斷消除方塊，最後在俄羅斯方塊稱霸之類的遊戲，就像自己坐在遊樂場的圓椅上操縱遊戲桿般。

只要持續回想在首爾生活的日子，失去母親的真實感也會變得淡薄。

關於母親的死，能夠做出解釋的人只有阿姨。因為阿姨說話時穿插著聽不懂的日語，尚秀聽得似懂非懂，但在那東缺一塊、西缺一塊的故事中存在著貨真價實的悲傷。它的質感，有別於尚圭、尚秀兄弟倆和父親所展現的情感。

父親希望一切流程都能精準無誤，想知道靈車是否能夠準時抵達火葬場、弔唁者前來時如何招待他們用餐、明天在日本是不是凶日、母親過去曾經短暫上過教堂，舉辦佛教葬禮會否不妥，並且很慎重地確認：

「不是自殺吧？對吧？」

「不是，是病逝。」阿姨想也不想就回答了，但或許是心懷怨懟，便又語氣尖銳地問：「怎麼？覺得有愧於小玉嗎？」父親則是冷冰冰地回答：「我哪有做什麼愧對她的事？」

「你關心過她嗎？除了把她趕到這裡，你還關心過她什麼事？她生病時，你又做了什麼？只把生病的她丟在一旁。」

尚秀這時才知道，即將成為繼母的人，不單純是來看護母親的。雖然無法準確得知這番話的意思，但他從阿姨譴責的語氣、輕蔑的眼神知道父親的行為有多壞。

「大姐，別說這些了，只要說『不是自殺』就夠了。」

「是不是自殺又怎樣？妹夫你是擔心會對你不利嗎？」

8 「Galaga」是日本 Namco 推出的射擊遊戲，被玩家暱稱為「大蜜蜂」。玩家必須控制畫面下方的太空戰機，射擊上方的大蜜蜂，並閃避牠們的攻擊。

「沒這回事。」

父親猛然站了起來。在陰暗的燈光下，他的影子拉得好長。

「假如是自殺，我就無法原諒她了。我要怎麼原諒做出那種事的她？又為什麼要原諒？」

到底是誰該原諒誰啊？

日本稱為「通夜」的守靈夜就是這麼度過的。前來弔唁母親的人寥寥無幾，但後來才知道，那些都是母親經常光顧的麵包店、肉鋪、魚販、茶館、編織品專賣店和藥局的老闆。聽說母親從來不曾跨出小小的社區半步，就這樣過了整整一年。

晚上，阿姨離開客廳稍作歇息，尚秀雖然覺得有點毛毛的，但仍走進了放置母親遺體的房間。

「媽，消失不見是什麼意思？」

點燃的線香燃燒著，簌簌地往下撒落。

「是今天消失不見嗎？」

尚秀想起母親過去說過令他大受打擊的話，再次詢問。

「那麼明天呢？」

輕盈而空無一物的心突然一陣疼痛，它並非集中在某處，而是零星地分散各處，直到最後，疼痛感占滿整顆心，沒有半點空隙。

尚秀沒有在火葬場目睹母親的骨骸。殯葬業者表示，太過年幼的孩子不能看。尚圭看完後，平白無故地猛力打了自己的眼睛好幾次，看到大哥用手掌啪啪啪地打自己，尚秀覺得身上似乎也隱隱作痛。

「大哥，別打了。」

開口阻止後，尚圭打得更用力了，原本好不容易復原的臉蛋又腫了起來。尚秀很討厭看到大哥那副模樣，極力勸阻他，最後兩人打起架來，但這一次不是只有尚秀單方面挨揍。

兩人的拳打腳踢在大人的阻攔下停止，被拉開的他們癱坐在火葬場的庭院調整呼吸，將自己的衣服拍打乾淨。他們背對著彼此，各自望著不同的地方。火葬場的煙霧裊裊上升，拿著骨灰罈出來的人們腳上穿著黑皮鞋，蜻蜓四處飛舞，蟬鳴聲充滿了活力。尚圭揮舞著樹枝，在沙地上亂畫一氣，接著瞪著尚秀說：「爸在說謊。」尚秀忍不住心想那是什麼意思，但是因為實在太氣大哥了，所以並沒有轉過頭，只是張大耳朵，留心聽他說話。「他說謊！」尚圭再次大吼，「全都在說謊！別忘了，爸說了謊。」尚秀試著想要搞清楚這番話是什麼意思，但冰冷的悲傷已侵入內心深處，他只能帶著全副心思迎接母親完全消失不見的今日。

妳有妹妹嗎？

　　敬愛很喜歡胡志明的某些景象。當完全掌握都市流動的摩托車上了街，就連像平常一樣戴著耳機走路，也無法蓋過它們轟隆轟隆的聲音。不過，這種喧鬧的感覺卻不壞，讓人覺得很有朝氣。半島縫紉的胡志明分社有負責管理代理商與銷售的分社長、金部長、吳科長、越南員工海倫娜與技術人員金昌植。海倫娜精通英、韓語，已在分社工作七年。

　　金部長在許多韓國人居住的富美興都市區置產，剛開始三人在那裡住了一段時日，後來趙老師率先說要和昌植一起住，接著敬愛和尚秀也各自有了公寓。雖然和辦公室所在的市區有二十分鐘距離，但公寓是全新的建築物，有房間、客廳和社區專用的小游泳池。敬愛每次都會以不敢置信的心情眺望游泳池。泳池總是擠滿了韓籍的孩子們，她雖然也想找機會去游一次泳，但這樣就必須先買一套泳衣。穿上泳衣前，還得先除毛，加上她不會游泳，所以要先學游泳……光是想到這裡，她就已經意興闌珊，乾脆就當游泳池不存在吧。敬愛將這件事告訴尚秀，他回了一個不知是同意或評論的回答──「這樣也好，如果當作不存在，就可能真的不存在了。」

辦公室的同事都以各自的方式歡迎他們的到來。金部長帶著尚秀上胡志明的各大高檔酒館，但不曉得究竟在那些地方做了什麼事，自從尚秀大鬧了一場，大家就決定用媲美高價晚餐的聚餐來謀求彼此的團結。敬愛很喜歡看著年幼、年輕與年邁的越南女人們坐在摩托車上發動車子，絲毫不把公車和計程車的喇叭聲當一回事，在車陣中穿梭自如的模樣。她們戴上安全帽，後頭載著自家兒子或物品，要是碰上下雨，就穿上雨衣，面無表情地繼續騎車。她們身上散發一種灑脫豪邁的氣質，這點讓敬愛很喜歡。包括海倫娜問她事情的態度也是如此。

那一天，所有員工都外出了，只剩下海倫娜和敬愛一起吃午餐，兩人先是用韓語對話，接著海倫娜冷不防地問：「對了，所以妳完全不會說越南語嗎？」敬愛被外派的事來得太過突然，事前沒有時間準備，加上為了山柱的事心煩意亂，就連簡單的自我介紹都來不及學會。敬愛突然意識到，自己來到這裡後，一直都很自在地與人交談，是不是太把對方宛如熱情款待的韓語視為理所當然，因而忍不住感到愧疚。

「既然是以韓國人為銷售對象，不會說越南語也不要緊，不過如果會說幾句當地的語言，會讓人倍感親切。在西貢是這樣的。」

海倫娜平時看起來像是個很少顯露自己情緒的人，沒想到一開口就一針見血。海倫娜的英語實力比敬愛出色，可以依員工的要求自由切換英語或韓語模式，也就是說，她並不是為了自己，而是為了敬愛著想才提出建言。敬愛到書店買了一本教材，從相同的越南語會隨著聲調差異而有不同意思學起。比如說「ma」這個發音就有母親、可是、魂、墳墓、馬、稻秧等六種意思之多。儘管意思各不相同，但想起這些詞，就會覺得它們具有關聯性，發音相同也必有它的道理。

敬愛花了很多心思和海倫娜拉近關係，因為她認為海倫娜是整個辦公室最值得信賴的人。其他韓國員工都和尚秀、敬愛和趙老師保持距離，從競標開始就明顯表現出彼此並不是什麼合作夥伴，而是和其他公司的業務毫無分別的競爭對手。來到胡志明一週，尚秀向一間韓國公司投標，並和分社長商量投標價格，後來才知道金部長也投了標，還拿下了合約。尚秀口沫橫飛地說「怎麼可以這樣！同一個公司的人，怎麼可以用這種方式拿下合約！」時，分社長只是一臉稀鬆平常地回答：

「在這裡，每個業務都是自營業者。」

嚴格來說，等於當地已經有業務部了，卻又派了另一組業務人馬過來，既然尚秀他們人都來了，所以也沒辦法說什麼。這種雙重競爭搞得員工身心俱疲，但對公司而言並沒什麼損失。也就是說，公司是採取一種亂槍打鳥的策略。

「是有回扣吧？到頭來還是靠回扣定勝負吧？」

尚秀完全沒預料到會發生這種內部競爭，一直感到忿忿不平，但趙老師表示不見得如此。

「你想想看，假如我是在對方公司任職多年的員工，要是有人給我回扣，而我也收下了，就等於是自投羅網、被抓住把柄，我當然不會傻到做這種事。會收回扣的人，大部分都在這裡蓋完工廠就跑了。公司也會這樣，先派那種人來設廠，後來再換掉分社長。雖然那種情況才算是達到回扣的標準，但也不盡然，總之世界並沒有這麼單純。」

「不然是什麼？如果不是靠回扣的話。」

要是話題轉到這邊，趙老師就會靠一句「身為技術人員的我怎麼會知道？」全身而退，不過他仍稍微暗示了一下尚秀。

「人心都是相同的，孔組長通常會在什麼情況下被打動？請別把『人』這個要素去掉，就我來看，任何事都是這樣的。」

在敬愛看來，趙老師之所以說要和昌植一起住，是出自一種憐憫。昌植是個沒有職稱的技術人員，原本在中國工作，後來聽說越南有空缺，才急急忙忙移到這裡。那已經是五年前的事了，雖然不知道究竟是來了才變成這樣，又或者原本就是以這種狀態被外派，但總之他的生活一團糟。最大的問題在於酒，其次是賭博，最後則是他擁有一顆無比脆弱的玻璃心。

從大家稱呼他為「金昌植先生」就可得知，分社的員工並沒有給予他與年近花甲相符的禮遇。他似乎每件事都做不好，因此經常被金部長叫去訓話。「天啊，金昌植先生，你連別人的一半都做不到嗎？腦袋只帶一半來嗎？為什麼事情處理成這樣？」每次挨罵後，昌植總會覺得痛苦不已，但他表達自己情緒的方法有別於一般人。當趙老師為了安慰他，邀他一起吃午餐——雖然尚秀和敬愛並不怎麼樂意——一行人去吃辣呼呼的牛肉河粉時，他會表現得像個孩子般，語帶哽咽地說金部長會不會討厭自己，還說自己講了公司的壞話，會不會被炒魷魚。要是追問他究竟什麼事沒做好，他就會欲言又止，識相地閉上嘴巴。

「我不能講這種話，這樣是背叛，我不能背叛別人。」

「到底是講了什麼，連背叛這麼重的字眼都搬出來了？」

尚秀主動關切，但昌植的嘴巴閉得更緊了，接著又耍賴說想喝酒。替他點了啤酒，黃湯下肚後，他卻突然連聲稱讚起金部長。

「可是啊，他終究是個好人，就和全斗煥一樣。」

「和全斗煥一樣的好人究竟是什麼意思？」尚秀問。「原來孔組長不懂什麼意思啊。」昌植皺著的一張臉綻放出笑容，彷彿把剛才哭的事忘得一乾二淨。

「如果說『做生意的風格真像全斗煥啊』、『啊，那個經營者簡直就是全斗煥』，就是指那人是個真男人。全斗煥怎麼到現在還這麼屹立不搖啊？怎麼做才能像他那樣，至今還有一大票死忠的人追隨？就是因為能夠有福同享啊。金部長就像全斗煥一樣，是個真男人。」

趙老師來到越南後，首次向公司提出的建議也和昌植有關——他希望大家不要直呼昌植的名字。他說，敬愛和尚秀從一開始就稱呼他趙老師，在總公司時也是如此，所以分社的員工跟著喊他老師，卻稱呼做著相同工作、年紀也相仿的昌植為金昌植先生，這樣感覺很不公平。

「他的名字就叫做金昌植啊，不然要怎麼叫他？公司又不給他職稱。趙老師，『先生』也是一種敬稱，不是貶低他。」

金部長很不爽趙老師的態度。

「那也請這樣叫我吧，這樣比較公平。」

「好啊，就如您所願囉。」

就這樣，大家開始稱呼趙老師為趙文澤先生的時間點，和趙老師從金部長家搬到金昌植先生的家是一致的。老師說那裡很好，不僅離辦公室很近，房租也很便宜。反倒是敬愛很擔心趙老師要和一個連走路都險象環生，在胡志明氣溫二十度不到的清晨也會喊著頭痛、身體不適的慢性酒精成癮者生活會不會有問題。想到趙老師的狀況可能變得更糟，敬愛突然萌生一種「都來到這裡了，不能最後全軍覆沒」的危機感。她開始想要做點什麼事，而這也是因為離開韓國時和英書約定好了。

出國前，英書打電話過來，說了句「爸爸就麻煩您了」，敬愛問她人在哪裡，兩人見面一起吃了飯。英書難得來到首爾一趟，不管看到什麼都覺得心花怒放，接著，她拿出散發強烈玫瑰香氣的化妝品送給敬愛，說是在路邊小店買的。後來敬愛才知道，英書是為了拿到喜歡的藝人海報，才不得不選擇這份禮物。

那天一起吃過晚餐，敬愛打算送英書到地鐵站時，英書問：「姊姊妳有妹妹嗎？」敬愛說沒有，英書則是笑嘻嘻地說：「剛好耶，我也沒有姊姊。」

「爸爸應該會過得很好吧？」

「姊姊會監視爸爸有沒有喝很多酒。」

「姊姊，喝酒沒關係，喝了之後心情不是會變好嗎？」

「什麼？妳怎麼會知道？」

英書只是笑而不答。

趙老師拉著一只帶到胡志明的行李箱移動，就等於搬完了家。那間房子位於由旅人的街道組成的民丹區，所以每天都擠滿了人。看著趙老師和昌植穿越人群行走的模樣，就會覺得他們是在漫長的旅途中掉隊的人。這永無止盡的移動、疲勞、不安與孤獨感究竟是旅行的臨時性過程，抑或是擁有明確永久性的日常，都變得無關緊要。他們看起來就像選擇了與目的地或抵達這些字眼毫不相關的人生，看起來格外衰老、衣衫襤褸。

不過，敬愛擔心的事情沒有發生，趙老師反倒把昌植當成支架，建立起生活的雛形。位於民丹街的房間沒有任何稱得上家具的東西，昌植的物品雜亂不堪，因此趙老師便先從打掃開始。

「你說故鄉在哪裡?龜尾嗎?」

趙老師開始打掃後，昌植也說要幫忙，卻表現得像是不曾做過清掃工作的人那般，跟在趙老師後面走來走去，把周圍的物品拿起又放下。

「是金泉啦，金泉。」

「有誰住在那邊嗎?」

「有啊，親戚們都在，有祖墳，也有田產。」

「多久沒回去韓國了?」

「一次也沒回去啊。」

「所以是家人過來探望囉?」

「沒有，我沒回去，他們也沒來。他們要我別回去。」

「那只有匯生活費回去給家人?」

「沒啊，我賺的也沒多少，沒辦法匯錢回去。但如果我對老婆說很對不起，沒有辦法匯錢回去，她就會說自己沒指望這些，叫我就是死了也別跟她聯絡。」

昌植之所以沒錢，不單是因為薪水少，還因為花了不少酒錢。不過，這也不是唯一的原因，最大的問題在於賭場。不知是金部長原本就出手闊綽，又或者分社每次都能賺取豐厚利潤，舉辦聚餐的次數非常頻繁。雖然有時會帶上敬愛他們，但大多時候都沒有他們的份，不過只要一聽說有聚餐，昌植就會眼巴巴地盼著，因為他不僅能喝酒、抱女人，還能盡情玩吃角子老虎機。跟著別人上那種場所的樂趣似乎已完全滲入昌植的體內。假如昌植還保有所謂的自我意志，那麼至少還能說他一頓，或者給點建言，但在他身上看不到這種東西，不免讓人對他心生憐憫。這無疑是在助長昌植的揮霍無度，但金部長本人卻經常冷酷地喝斥：

「想想看，要是在韓國，那種人會變成什麼？變成四處遊蕩的街友吧？就是因為在這裡，所以才會給他工作、舉辦聚餐、以禮相待，不是嗎？因為這裡是越南，就像七、八〇年代一樣充滿人情味，所以碰上客戶要結婚，還會招待金昌植先生，他也才能在這種關係中生存下來。」

胡志明分社的員工很頻繁出差，卻總是隱瞞究竟是要交貨給哪間公司。縫紉機交貨後，就會由昌植負責安裝，但向他追問細節，他卻說不上來，只一個勁地說：「我很忙，朴主任，忙到天昏地暗了。」

敬愛忍不住心想，這些人是不是忙著在賣其他公司的縫紉機？工業用縫紉機並不完全一樣，有些品牌會根據衣服的種類而客製化。光是薄布用縫紉機與皮革或厚布用的縫紉機，JUKI、三菱等其他日本製的就很出色了。這裡的韓國紡織廠主要替歐洲或美國品牌代工，但也不必因為個人偏好，就堅持使用半島縫紉的機器，因為有時還會碰上訂貨方指定縫紉機品牌的情況。聽到客戶需要哪邊的機器，業務就要想辦法替他們找來，這樣才能建立信任、維繫關係，再說這樣還能有額外收入。所以，大家說「到了國外，人人都是自營業者」，這話並沒有錯，只不過不知道誰牽涉到什麼程度或是否身不由己，所以敬愛沒有把自己的想法告訴任何人，也沒有告訴尚秀。因為上一次罷工時，她就深刻體會到，提出問題並與他人分享是多麼危險的事。

在這一個月的適應期內，敬愛與尚秀各忙各的，甚至幾乎沒有一起下班的時候。兩人首先必須面對的任務，就是找到能獲取情報的管道。這種事不會憑空掉下來，必須未雨綢繆，平時就事先建立互助關係。唯有先建立起關係網，才有辦法獲取情報。因此兩人不斷進行著目前沒有明確目的，但往後說不定會用上且能留給他們後路的會議。

如此一來，就需要靠想像力和有勇無謀。這正是尚秀自小就珍藏起來的能力，所以對他完全不構成問題。尚秀去拜訪了提到工廠時會聯想到的各種相關業者，神奇的是，韓國人住在胡志明的目的竟能細分成這麼多種。雖然尚秀不是忠清道人，但仍加入了忠清道人在胡志明的網路社團，還出席了他們的聚會。因為他聽說某發電機公司的人會參加聚會，也聽說他們最近和某地區的公司開始進行交易。這些地區包括芹苴、前江、丐皮等，對於目前對胡志明還很陌生的尚秀來說，都是發音很難的地名。每次向分社的越南籍司機湯尼打聽那些地方，都會聽到相同的回答。

「都是鄉下，very very 鄉下，什麼都沒有。」

湯尼是辦公室唯一的司機，若要用公司車去實地考察，就必須事先跟他約好，但只要金部長一有事，十之八九會被取消。有一次，尚秀事先和湯尼約好，最後金部長仍帶著湯尼出門去了，於是尚秀包了一台計程車，親自去探訪那些聽說在蓋工廠的區域。半夜回來時，他在能看見游泳池的大樓長椅遇見敬愛。「怎麼樣了？」敬愛問，「真的就只有一個貨櫃和旗子。」尚秀回答。

這句話並不誇張，尚秀花了往返六小時所發現的，就只有來自忠清道、姓馬的工廠用地管理員，以及標示那塊地的旗幟。在完全沒有打地基的土地上，究竟何年何月才會有建築物、引進縫紉機，那些縫紉機又要到何時才會開始運作？尚秀感覺自己就像把頭頂在地上，但他仍費力地承受挫折感，和管理員打了照面。管理員猶如待在無人島的魯賓遜般，難掩激動地歡迎尚秀，他說自從被丟到這個沒有半間像樣酒館的鄉下後，自己已有幾個月沒有和韓國人交談了。尚秀和守著那塊看來格外荒涼的兩千坪用地的管理員交換了名片。直到天色漸暗，某處飄來了米飯香，只剩下狗兒汪汪吠叫的夜晚來臨，他才肯讓尚秀離開。忍受著孤單的他，想多說點話，也想聽別人說話。正好孤單是尚秀的拿手領域，因此他一下子就得到了做生意的訣竅。

「把所有在胡志明的韓國人都想成是孤單的人就行了。孤單，正是決定我們經商方向的照明彈。」

孤單？敬愛暗自詫異。在她看來，尚秀好像連自己的孤單都不知道怎麼應付。

「吃過飯了嗎？要不要吃點東西？辣炒年糕之類的。」敬愛問。

「這大半夜的，辣炒年糕店怎麼可能還開著？」

富美興就像是把韓國某個新都市搬過來般，炸雞店、辣炒年糕店、漢堡店、美容院、各種補習班、房地產公司等應有盡有，而且雖然沒有江，但仍像韓國一樣，以大馬路為中心分為江北與江南。以高級公寓林立的「江南」來說，房租就與敬愛住的「江北」差了三倍以上。想到即便身在異國，母國的生活模式依舊陰魂不散，敬愛不由得感到苦澀。大部分在胡志明的韓國人都是公司外派的員工或各種工廠的管理階層，但據說他們和越南人建立關係的態度很消極，加上韓國人根據居住區域、職業和所得，階級劃分得很明顯，所以彼此也很少往來。

「神殿辣炒年糕之類的店當然是關門啦，要是家裡沒東西可吃，就來我家吃吧。」

敬愛說這話時一臉淡定，反倒是尚秀不由得心頭一驚。在電影中，邀請對方到家裡吃東西——比如說吃泡麵、巧克力、水果或喝咖啡——的舉動，不都具有雙重涵義嗎？當然，敬愛肯定不是那個意思。儘管她不曾向現實生活中的尚秀表現出越界的親近感，她吐露自身故事的對象是那個被稱為姊姊的人，但聽到敬愛這麼說，尚秀突然變得極度想吃那個甜甜辣辣的點心。雖然回答得越遲，對方就越容易覺得他可疑，但尚秀的腦袋中頓時出現了太多想法，只能任時間一點一滴流逝。

就在這時，大樓管理員走了出來，一邊撈起漂浮在游泳池表面的樹葉，一邊哼唱歌曲。雖然聽不懂越南歌詞，但那浪漫旋律帶有輓歌的氛圍。輓歌是一種帶著某種強烈的懷念，卻佯裝不是如此或裝傻時所唱的歌。雖然歌詞很露骨，唱的時候反倒要放掉力氣，用纖細的鼻音去哼唱。不過，這樣的輓歌卻很適合今晚，在尚秀無法對敬愛說出內心話，敬愛也無法對尚秀說出隻字片言的此刻。

得知與敬愛之間有恩寵這個共同朋友後，尚秀依然只能按兵不動。有一天，他想藉由電影和 HiTeL 同好會的話題，順水推舟地提起這件事，卻沒有勇氣談得更深入。窺視某人的傷口，並沒有讓他覺得自己和那個人關係匪淺或很了解對方而引以為傲，反倒感到虛脫無力。

雖然很想和敬愛稀鬆平常地談論關於恩寵的事，一起回想恩寵曾把敬愛視為多麼特別的人，心中懷有多少情意，但因為不知道敬愛是用何種方式總結這件事，所以他無法這麼做。以尚秀對敬愛的了解，即便是任何一個記憶，她也不會隨隨便便推到一旁。如今他明白了一件事，對某人來說可以隨著歲月流逝自然淡去的事，對他人來說未必如此。尚秀用敬愛的帳號搜尋，讀了幾年前的電子郵件，不經意看到敬愛在某一天提到了「封印」這個字眼。雖然指的是山柱的事，但關於恩寵的事八成也是這樣。敬愛戴著 Uber 司機遞過來的安全帽，坐上摩托車，在胡志明的馬路上一路奔馳到辦公室前[9]，尚秀看著她充滿朝氣地下車，默默期待著一天的開始，以及有別於昨日的今日，同時也不禁心想，那道封印何時才能解開？可以憑著那股活力打開嗎？

敬愛把行李集中放在公寓的一個房間內，客廳和另外一個房間都空無一物。

9 二〇一六年起，Uber 在越南推出摩托車接送服務，並提供司機統一的制服和安全帽等。

「房間怎麼這樣？為什麼只用一間？」

「已經習慣了，只用一個房間比較自在。」

這是尚秀第一次走進女人的家，所以碰到一點點小事也會受到驚嚇。自從以姊姊身分在臉書上活動，尚秀不斷透過文字呈現女人的日常生活，實際上也花了不少錢在化妝品或沐浴用品等上頭，但敬愛的東西讓人感覺很不同。好比說她使用後丟棄的化妝棉、用到最後並捲成螺旋狀的護手霜、沒有綁起來而直接敞開的吐司袋及寫有今天要買的東西——燒酒和培根的便條紙等，要是沒有住在一起，就不可能知道敬愛這些面貌。

這些物品並不具備崇高的象徵意義，也不具有重要性，所以不用為此太過感性，要是這麼輕易被這種任誰都會使用的普遍消耗品牽動心緒，那就成了一部喜劇了。雖然這樣想，尚秀卻強烈地感受到敬愛的存在。包括敬愛把辣炒年糕調理包放入微波爐，使微波爐發出「噹」的一聲，還有裡面的魚板、蔥和高麗菜完全被加工成乾料，乾癟到也不知道到底有沒有放，但不需要耗費體力，只要七分鐘就能輕鬆解決的消夜也很符合敬愛的風格。整個家的敬愛風，在在刺激著尚秀的感官。

既然敬愛遞了過來，尚秀也順勢將浮在很稀的醬汁表面、如牙籤一般細，甚至讓人覺得有些於心不忍的年糕撈起來吃。這強烈地喚起了身為重考生的他在一片漆黑中吃下泡麵調味料的記憶，但不同的是，此時的尚秀察覺自己的情感柔軟地蕩漾著，甚至不由自主地想像著將敬愛擁入懷中的畫面。既然腦中出現了想像，那也只能接納它，但那擁抱並不是激情的，而是更接近輕輕拍肩的感覺。敬愛說，姊姊，**我以為自己四分五裂了。我究竟是期待著什麼，才會做到那一步呢？**當敬愛在電子郵件中那樣詢問時，尚秀也同樣感受到羞愧與悲傷。

「不好吃嗎？」

「沒有，還不錯。」

尚秀怔怔地往上看著牆面上大衛．林區的《穆荷蘭大道》電影海報。

「妳喜歡大衛．林區嗎？」

「不，不怎麼喜歡……」

「那為什麼要貼海報？」

敬愛也往上看著海報。

「是我朋友喜歡……我也不知道，只是把在韓國時貼在牆上的東西帶過來而已。」

朋友想必指的是恩寵。雖然敬愛的語氣聽來像在講活著的人，但聽到她那樣暗示恩寵的存在，尚秀的內心出現了認同兩人曾經很親近，但又不想接受的矛盾心情。就在擺盪之間，尚秀衝動地說出自己多年前在大衛·林區特別展看過《穆荷蘭大道》的事。

「我家應該還有DVD，如果需要的話可以給妳。當時看完電影出來，好像在舉辦什麼活動，所以我就參加了，結果抽中了DVD。我連包裝都沒拆，聽說在二手拍賣市場，如果沒有拆封、完好如初的話，價格就會飆高。」

「DVD嗎？」敬愛看著尚秀好一會。沉默拉長之後，氣氛變得很尷尬，於是尚秀將碗盤拿到洗碗槽去洗。用柔軟的菜瓜布一刷，隨即冒出一大團泡沫，但一打開冷水，它們就失去了蹤影，最後只留下水漬。

「您原本就是這個體格嗎？」

尚秀意識到，敬愛是盯著自己的背影問這句話，突然覺得很難為情，所以即便已經沒有碗盤要清洗，也不自覺地揉起被丟進洗碗槽的抹布，同時回答「不是」，並說自己在二十幾歲時很胖，胖到連敬愛都難以想像。

「有多胖？像傑克·布萊克一樣嗎？」

「傑克·布萊克那樣還算是好的了，那不叫胖，只是事先儲存體力罷了。」

尚秀抖了抖抹布，轉過身，敬愛的表情和剛才有微妙的不同。他突然想起去看《穆荷蘭大道》時，自己因為父親砸的籃球而破相的事。那是一段充滿不幸與屈辱的日子。

敬愛歪著頭，像是要在勉強只能聽見冰箱嗡嗡運轉聲的情況下揪出其他聲音般皺著眉，但很快便又若無其事地問尚秀，回來的路上怎麼樣，會不會覺得很累。

「會啊，畢竟不是一般的路。」

先不說別的，因為車子在沒有鋪柏油的馬路上行駛，一路顛簸，導致尚秀的腰部和臀部都痛得不得了，而且往返的路上還經過四個車禍現場——也許是因為一個孤單的韓國人被獨自丟在這荒蕪之地，所以加倍悲涼——使得夜間的奔馳之路更顯孤單。甚至，其中還有死者身上蓋了白布，被漫不經心地擺放在熱帶行道樹底下。

之所以會覺得那幅風景很悲涼，一方面是因為尚秀從吳科長那裡聽說了一些事。吳科長與野心勃勃的金部長不同，是個心腸非常軟的年輕員工。他可能擔心走漏風聲，所以幾乎不和尚秀他們說話，只有偶爾提到胡志明與當地人等一般話題時才會插嘴。他好像把胡志明當成了消除疲勞與壓力的對象，大多說的是壞話。

金部長說胡志明的人民重情義、凝聚力強、有人情味，但吳科長並不認同，說他們冷酷又勢利眼。發生車禍後，就算是有人死了，只要給予賠償，處理速度就快得像什麼一樣。但在尚秀看來，這不是胡志明人民原有的速度，而是資本主義的速度，也就是說，這種事在其他城市同樣俯拾即是。胡志明與近郊有七萬多的韓國人口，除了從韓國調過來的之外，更有從瓜地馬拉、塞班島等過去美國企業下游工廠所在地，以及中國、馬來西亞等亞洲國家湧入的，聽到這樣的事，尚秀不由得心想，面對這些異鄉人，胡志明自然只能戴上冷漠無情的面具。因為要不是為了討生活，這些人根本不會在這裡，支撐著他們的，是否認這裡是定居地，一心想要離開的心情。金部長在胡志明居留超過十年，但子女都在韓國，沒能和吳科長一起過來的家人也都在韓國，而分社長只要任期一到就能閃人，所以對管理分社以外的業務漠不關心。

敬愛搭著電梯下樓，送尚秀離開。即便尚秀推說沒關係，她仍說「想出去吹吹風」而跟了出來。此時游泳池附近沒有半個人，在燈光下更顯幽深湛藍，深邃如某人的心。

「組長，您說二十幾歲時體格要比現在魁梧，鼻梁也曾經斷過吧？」

「是啊，重考時真的完全不成人形。」

兩人說完後就互相道別了。正打算回家的尚秀突然納悶起來，自己曾經對敬愛提起鼻梁斷掉的事嗎？他的確是聽到敬愛那樣說才回想起自己當時的模樣——雖然他本來話就很多，沒辦法記住所有說過的話，但連那種事都講了嗎？敬愛為什麼那樣說？她是怎麼知道的？尚秀想著想著，最後因長時間奔波的勞累，連夾克都沒脫掉就進入了夢鄉。

把孤單當成做生意的利器，這的確很像尚秀的風格。他邀請被困在鄉下地方的客戶到胡志明市區，帶他們四處觀光，與他們一起用餐。唯獨一點，就是酒類一概只喝啤酒，因此起初理所當然地抱持期待的客戶，也很不是滋味地咂嘴：

「好純潔啊，太純潔了。」

即便敬愛在場，也有人這麼露骨地表示。他們之所以前來，大部分是期待能拿著幾十萬元到飯店、酒館和按摩店玩樂。「我們不就是為了活得像個人才開工廠的嗎？」起初尚秀搬出趙老師傳授的那套勞動精神，但可能發現不管用，後來便選擇用嚇唬他們的方式。「這樣會惹禍上身的，次長，這裡可是共產主義國家，要是賭博、從事性交易、吸大麻，之後會被公安抓走的。您在電影中看過這裡的監獄長什麼樣吧？《惡魔島》出現的監獄就是越南的監獄啊，被關在裡面的人還抓蟑螂來吃呢，您知道吧？」雖然這種做法意外造成了效果，但這些人對玩樂一片丹心，最後興致缺缺地斷了聯繫。從某些角度來看，尚秀也許是被調到胡志明的業務中唯一的浪漫主義者。

得知尚秀與敬愛是同一組後，許多人暗自猜測兩人關係匪淺，或者總有一天會談起戀愛，但每次尚秀都會連忙搖手，激動地站起來說絕對沒有這回事。他越是強烈否認，大家就越會覺得「他們倆之間真的有什麼吧」，甚至有一天敬愛還直接規勸尚秀：

「跟其他人一樣，不當一回事就好了，為什麼要刻意強調『不是那樣，真的不是』？」

聽到敬愛親口說之後，尚秀更加驚慌失色了，再次表示「不是，絕對不是」。

「所以為什麼不是？談辦公室戀情也不無可能啊，為什麼要否認？這樣反倒更讓人起疑。」

「因為實情就不是這樣啊。」

「是啊，我也知道不是這樣，但總之請您表現得自然一點。您這麼正經八百，看起來好像真的有什麼一樣。」

有什麼……尚秀忍不住思索起來。

一下子排山倒海地接收關於某人的資訊是一種奇妙的經驗，但這並不是指尚秀對敬愛反感或討厭她。在「姊姊無罪」的專頁上發布那種公告後，「冰凍的法蘭克斯坦」自然沒有再次聯繫，但尚秀依然很想幫助敬愛。只是，這份心意有別於以姊姊身分收信、回信的時候。

當時，他就像對待透過臉書寄信給他的會員般，認為自己比對方優越、知道得更多，更強韌也更清醒，但如今那種想法逐漸失去了力量。敬愛不再只是個匿名的臉書會員，而尚秀自命不凡的想法也消失得無影無蹤。

他沒有辦法幫助敬愛。在敬愛認為自己四分五裂、寄電子郵件過來時，他無法像平時一樣說：「清醒一點吧，這就跟踩到狗屎沒兩樣，男人都是這副德性，只要能滿足性慾，什麼花言巧語都說得出口，還自以為是詩人里爾克在寫詩呢！」只能想像敬愛面對衣衫整齊、就連襪子都沒脫下的山柱時的屈辱感，暗自忿忿不平。他就像當下的敬愛一樣瑟縮，心像被潑了一盆冰水般瞬間收縮，變得垂頭喪氣。所謂的理解某人，就是與那人一同墜落。

在此同時，尚秀開始對當年的火災事件窮追不捨，仔細追查它究竟是怎麼發生的。對尚秀來說，重要的只是恩寵不幸喪生的事實，而對火災的全貌一無所知，因此下班回到家後，他在網路上搜尋舊新聞，調查事件的來龍去脈，但光是看到報導標題，心情就變得很沉重。

仁川商家大火，五十六人死亡

無處可去的孩子？青少年休閒活動緊急檢討

唯恐收不到錢，封鎖出入口

大型人禍，火災意外日誌

「這不是真的」，悲慟的校園

「把進貢給警察和區廳的錢交出來！」啤酒屋店長與娛樂業者賄賂

質疑高層包庇，對啤酒屋服務生進行調查

要如何補償受害者？

仁川火災啤酒屋店長自首

尚秀在收賄名單上發現與父親交情甚篤，甚至到清平與龍仁家族旅行時也同行的國會議員名字。後來尚秀開始想像，換作是恩寵，他又會怎麼幫助敬愛。只是都已經過二十多年了，所以想像對尚秀來說有難度。兩人確實很親近，但印象深刻的也只有他們為了拍短片而四處奔波時，恩寵從家裡帶零食一起吃的記憶。當時吃的是只塗美乃滋的玉米吐司。除此之外，尚秀完全想不起恩寵的父母是什麼樣的人，有沒有兄弟姊妹，有沒有上補習班，成績又怎麼樣，只不過每當尚秀毒舌地批評自己的父親時，恩寵會靜靜聽著，然後說：「至少你算幸運的了。」「那你算不幸的嗎？」尚秀問，恩寵就會回答：「當然沒有啦。」

恩寵很少發脾氣，只有一次他表現得咄咄逼人。那時去仁川經常會碰到被解僱的汽車工廠員工排成長長的集會隊伍，某一天，尚秀說：「解僱員工不是難以避免的嗎？」因為父親看電視時，大部分都會給予「難以避免」的評論。當時恩寵不禁感嘆：「原來你不懂失去珍貴的東西是什麼滋味啊。」

「你不曾因為被奪走什麼而感到憤怒吧？」

尚秀想起這件事，在筆電上打下「恩寵是個曾經感到憤怒的人」。

回首過往，同時也是用有別於當時的框架檢視自我的人生。尚秀因此走出自己認定的悲傷、苦難與傷口，重塑過去。

他又打了一行字──恩寵認為孔尚秀很幸運。

敬愛也為了建立人脈而四處見客戶，但她並不像尚秀那樣莽撞。在海倫娜的介紹下，她去拜訪了曾和半島縫紉交易，但因為數量不大而被丟在一旁的客戶，又或者是和金部長磁場不合而鮮少往來的客戶。海倫娜鉅細靡遺地在那些人的名單上寫下性別、背景和特殊事項，包括故鄉在哪裡、是公司外派的管理人員或是被聘用的當地員工，這樣敬愛就能事先做好準備。由於後者是不知何時會被裁員的臨時員工，因此對訂單合約起不了太大的作用，不過，有些管理人員對工廠的事興趣缺缺，只求能夠平安無事地運作，所以當地員工也反倒可能造成很大的影響。敬愛也發現，被稱為韓國管理人員的並非都是韓國人，其中有許多是中國同胞[10]，他們在國籍上被歸類為中國人。

依海倫娜的認知，管理人員偏好的話題除了酒與金錢，還包括家人安好與泡菜。她說，有些業務會在每次回國時拜訪客戶在韓國的家，親自將要寄到越南的物品帶過來，其中甚至還有重達十公斤的白菜泡菜和蘿蔔泡菜。

這麼一看，海倫娜的筆記等於是過去待過胡志明分社的業務們的行銷備忘錄，同時也是某種親切、情誼、挑戰、員工生存法則、阿諛奉承、說服、抱負與野心的紀錄。

海倫娜將筆記本交給敬愛，並且表示這不是免費給的。敬愛納悶這是什麼意思，原來海倫娜希望敬愛能提供自己的妹妹一份工作。她說妹妹馬上就要大學畢業，英語流利，就是當旅行社導遊也不成問題。

「海倫娜，我現在的職位無法僱用任何人。妳也知道的，我是最基層的人員。」
「私人聘用不就好了？」
海倫娜說服敬愛，妹妹來上班的薪水換算成韓元是二十萬元，無論是尚秀或敬愛，應該都能負擔這點錢，並表示有了專職會計人員後，對業務也會帶來莫大幫助，而她也會積極幫忙。
尚秀他們確實無論什麼資源都必須和金部長那組共享。公司提供的辦公費都會由分社長經手，最後落入金部長的手中，海倫娜和湯尼等越南員工也都要先處理金部長他們的工作後，才能幫忙尚秀他們。不過幸好沒像金宥靜忠告的那樣，和趙老師一起過來之後，因為技術人員派遣問題而起衝突。昌植幾乎每天都很忙碌，似乎真的沒有餘力做其他事。先不論海倫娜的筆記能起多少作用，要拒絕她的請求並不容易。在多數胡志明的韓國工廠，就業都是透過這種方式進行，由於家人或親戚在同一家公司工作的情況很常見，甚至有些公司還明訂推薦人數上限。
「敬愛，妳有妹妹嗎？」

10 指朝鮮族。

海倫娜可能是想要動之以情，將自己的手覆在敬愛的手上。敬愛表示自己是獨生女，沒有兄弟姊妹，海倫娜輕輕地嘆了口氣：「要是妳有妹妹的話，就能體會我的心情了。」雖然沒有妹妹，但光是聽海倫娜說日常生活發生的事，就能夠充分理解情況了。胡志明嚴重通貨膨脹的問題存在已久，失業率也很高，當地人大多都還是維持大家庭的型態，住在狹小的房子裡，光是海倫娜的家中就有八個人，其中還包括了哥哥與嫂嫂。只要去湄公河附近，就會看到一家子擠在小房子生活、缺乏兩人甜蜜時光的夫婦在河濱公園約會。海倫娜開玩笑地說，他們在那裡度過了非常火熱的時光。

尚秀原先就對金部長有諸多不滿，便先口頭答應要以「個人名義」僱用海倫娜的妹妹。因為他認為，答應這種請求，海倫娜就會對尚秀的小組產生好感，有人打電話來詢價時，也會私下轉給他們。就眼下來說，即便是小量訂單都至關重要。

海倫娜的妹妹收到消息後，隔天就來上班了。她的英文名字是艾琳，擁有一頭烏黑的長髮，臉上掛著微笑，是個很有魅力的人。艾琳選了個在姊姊對面的座位，逐漸熟悉工作。因為是自己的妹妹，海倫娜自然也很積極地教她做事。金部長不知道是否起了戒心，冷不防丟了一句：「哦，該不會哪天就自己開了一家公司吧？」

剛開始艾琳只在辦公室做些接聽電話或影印之類的工作，後來便跟著敬愛出去跑外勤。雖然大部分交涉對象都是韓國人，但在觀察工廠氣氛時，會說越南語的艾琳便能派上用場。

艾琳很喜歡騎著摩托車載敬愛去跑外勤的時光。該怎麼說呢？她在辦公室時看起來垂頭喪氣、緊張兮兮，但一到街上，就好像被釋放般，恢復二十二歲的小姐該有的模樣。艾琳很好奇為什麼敬愛不結婚，因為每次在電視上看到漂亮的韓國女人，她們身邊都有個會做菜又體貼溫柔的男人。聽到敬愛說不怎麼想結婚，艾琳隨即表示自己也是。

「我不打算結婚，我要存錢。」

「存錢做什麼？」

「買房子啊，我必須買房子。」

「沒錯，要買房子，要有房子才行。」

「主任，妳有房子嗎？」

「沒有。」

艾琳很想和敬愛聊聊自己喜歡的韓國偶像團體ＢＴＳ，發現敬愛是第一次聽說這個團體時，她簡直不敢置信，竟然會有韓國人不知道ＢＴＳ。艾琳對ＢＴＳ的歌詞瞭若指掌，親自哼唱了〈血、汗、淚〉這首歌，好勾起敬愛的記憶。見識到艾琳唱的不知是饒舌還是抒情歌的歌唱實力後，敬愛忍不住笑了出來。艾琳也很好奇首爾的雪景是什麼樣子。

「艾琳，要是妳以後要在冬天來首爾，一定要穿上最厚的衣服來喔。」

「因為下雪很冷嗎？」

「不是，下雪時不冷，反倒會因為熱能而溫暖一些。但在下雪之前，大氣會變得非常寒冷，所以才會下雪。」

「所以說，下雪之前會很冷，但下了雪就不冷了？」

「嗯，會比較不冷。下雪之前是最冷的。」

「那要看到美麗的雪景，就必須先經歷寒冷才行呢。」

「不過，變冷之後，只要吃炸雞配啤酒、喝燒啤，就不會那麼冷了。」

「為什麼韓國人要把燒酒和啤酒混在一起喝？」

「為了快點喝醉。」

艾琳騎著摩托車，仰頭大笑。

「這也太好笑了吧，醉了之後想做什麼？」

「當然是想早點回家。」

「要是沒有家呢？」

「這真是個好問題。」

敬愛雖然很喜歡艾琳，但會提醒艾琳不必對她這麼無微不至。每次吃飯時，艾琳都會事先幫她挑掉魚刺或剝好山竹等水果，但有一天敬愛拒絕了艾琳，要她不必這樣做。

「不只是對我，對辦公室的任何人也都別這麼做，因為沒必要這麼親切。」

但這句話似乎引起了艾琳的誤會，她以為敬愛拒絕的是自己，連著好幾天都對敬愛分外生疏。敬愛並不討厭艾琳的貼心，只是擔心她的心意會遭其他員工惡意利用，直到海倫娜詢問：「我妹妹哪裡惹妳不高興了嗎？」敬愛才發現其中有誤會。

「艾琳，對不起。」

儘管艾琳也隨即說「沒有啦」，但豆大的淚珠仍在眼眶打轉。因此，有好一段時間，敬愛刻意更頻繁地帶艾琳跑外勤。她們有時會在中國城下車去逛當地市場，在無數食材之間發現青蛙時，敬愛嚇得魂不附體，這時艾琳就會逗她：「怎麼了？很好吃耶。」敬愛驀然覺得，和艾琳相處的時光很「明亮」，就和她充滿好奇的眼神相似。兩人就像一對姊妹般，成為如影隨形的好搭檔，即便遇到韓國人，艾琳的存在本身——儘管還很年輕——仍因其越南人的身分而幫了不少忙。

按照吳科長的說法，越南是個關係網無所不在的社會，甚至一個人參加的集會往往多達數十個。由於大家的關係密不可分，關於某個人的評價瞬間就會傳遍，所以必須謹言慎行，也因此韓國的管理人員對艾琳有些提防。

有一天，敬愛和艾琳一起拜訪工業區，出來時恰好有人降下豐田汽車的車窗，用越南語大聲說了什麼。艾琳也用越南語回答，接著替敬愛翻譯。「主任，妳知道嗎？她問妳是不是韓國人耶。」

「怎麼了嗎？」敬愛回答。

「我是JUKI朴，妳是半島縫紉的新業務吧？聽說過我吧？」女人也立刻問道。

敬愛確實聽過這個名字。在胡志明苦撐二十年的韓國人很罕見，有位業務女王卻從韓國工廠一窩蜂進駐的IMF時期就赫赫有名。究竟要賣多少台日本製的JUKI縫紉機，才會被人冠上「JUKI朴」的別名？但她似乎也不覺得丟臉，帶著印有別名的名片到處發放，氣勢絲毫不輸給男人。不過敬愛回答「聽過」或「沒聽過」似乎都不太妥當，因此只簡單說了聲「您好」。

「改天一起吃飯吧，我再打電話給妳。」

敬愛還來不及回答，她就一副兩人已說定般兀自答腔「那就這樣」，然後驅車進入工廠。艾琳可能是出自擔心，隔天便說自己去打聽了關於JUKI朴的傳聞。根據海倫娜和任職於其他韓國工廠的家人所言，JUKI 朴是個可怕的女人，多年前擔任 NIKE 下游工廠的管理人員，卻以浪費鞋子原料為由，要越南工廠員工排成一列，用鞋子甩他們的頭和臉，最後導致員工憤而罷工。不過後來她依然沒有離開胡志明，改任聯繫縫紉公司與工廠的經理，現在則乾脆當起了代理商。

JUKI 朴真的打電話到辦公室來了。敬愛在胡志明以景觀優美聞名的ＡＢ塔高空酒吧與她見面。JUKI 朴是個熱愛自吹自擂的人，就連自己是多年前引發胡志明眾所皆知的罷工運動的罪魁禍首都毫不隱瞞。

「他們太懦弱啦。」

JUKI 朴如此作結。

「這又算不上什麼大事。朴小姐，妳也知道我們在七、八〇年代被迫服用興奮劑工作吧？聽說過全泰壹[11]這號人物吧？」

JUKI 朴是個愛好杯中物的酒徒，接二連三地點了威士忌，在醉意漸濃的同時，說話

11 勞工運動家。一九七〇年，二十二歲的全泰壹手持《勞動基準法》，在漢城（今首爾）和平市場示威抗議，表達對朴正熙政府的不滿、抗議惡劣工作環境與雇主對勞工的壓迫，並以自焚來表達自身決心。

也越來越粗魯。接著，她問敬愛做了多少準備。

「做生意就要沒心沒肺，不然成不了事。」

酩酊大醉後，她好像一點也不在乎敬愛在不在自己面前，只是一個勁地唱著沈守峰的歌，反覆吟唱「不恨、不恨、不恨」。敬愛不懂 JUKI 朴為什麼要叫自己來，直到道別時她才說：「金部長和吳科長都在吧？向公司告發那些人也無所謂。」

「這是什麼意思？」

JUKI 朴露出饒富興味的表情，賣了一下關子才說：「他們不賣半島縫紉的東西，賣的根本就是其他家的縫紉機，光明正大地拿著公司給的辦公費去做自己的生意。」

走出酒吧後，JUKI 朴說要送敬愛回家。雖然兩人住在不同區，但都位於富美興。JUKI 朴都醉成這樣了，要怎麼送自己回家？沒想到豐田汽車上坐了一位越南籍司機。

「朴小姐，要不要我告訴妳一個做生意的祕密？我當妳是妹妹才說的喔。」

「是什麼？」

「在這裡啊，絕對不能表現得好像隨時要離開一樣，因為西貢已經厭倦了轉身離去的人，就算只待一星期，也要裝得好像妳會待上二十年。」

「我明白了。」

「不過，妳知道內心要怎麼想，才能在這裡撐下去嗎？」

「要怎麼樣才能撐下去？」

「妳要想『我可以在兩、三天內就打包行李回韓國』，不然就撐不下去。」

敬愛的視線越過 JUKI 朴的臉，凝視著她背後的胡志明夜景。

「好的。」

「很好。」JUKI 朴像是聽到了滿意的回答般突然拍了一下手，接著要司機播放音樂。即便已經凌晨了，前往富美興的胡志明街道上依然燈火通明，在絢麗的招牌、酒吧與摩托車的浪潮中，歌手悠悠地唱起了「不恨、不恨、不恨」，「從前從前，當我從某顆星來到世上，聽見一個小小的聲音，要我交付愛情」。

也顧不得自己受傷，還笑個不停

回到公寓後，敬愛坐在椅子上環視家中空著的地方，思考尚秀問的那句「為什麼空著其他地方不用？」他詢問之前，敬愛完全沒發現自己的家是這個樣子。她想，尚秀應該就是那個在活動明信片上寫下E、整顆頭包得像木乃伊卻哭得稀里嘩啦的大塊頭年輕人。尚秀與敬愛之間有個共同朋友，搞不好並不算是多了不起的偶然，畢竟人生總有那麼一、兩次，會在出其不意的情況下銜接起人脈。只不過敬愛很害怕因此提到更多關於E的話題，擔憂它會造成某些毀損。

那種感覺，就像是敬愛記得的一切，必須通過某人的試煉一樣。

敬愛用通訊軟體和美宥、日英搭話，但只

有日英傳了一句「幹麼」。敬愛輕描淡寫地說「沒什麼」，日英回說她一定是犯了思鄉病。

「喂，妳感覺很多愁善感。」

「那我平常是怎樣？」

「平常喔？嗯，就像法蘭克斯坦啊。」

「妳讀過《法蘭克斯坦》？他的名字不是法蘭克斯坦啦。」

「妳嘴上說不是，卻知道我在說誰，那就睜一隻眼、閉一隻眼吧。」

可能是休息時間結束了，日英沒有再說什麼。如果不等她回答，就只能闔眼睡覺了。敬愛看著空蕩蕩的公寓，心想也許剩餘的空間裝的是孤單，感覺就像以前在媽媽的美容院時。當時，敬愛也和媽媽住在一個房間，剩下的空間是媽媽工作、使用剪刀與散發刺鼻化學藥水味的染髮劑替女人們上髮捲的美容院。白天被女人們坐滿的美容院，到了晚上卻只剩媽媽呆呆地坐著看電視，日間的手忙腳亂消失了，水泥地板竄起一股涼意。按照媽媽的說法，那是個即使在夏日也有些「涼颼颼」的地方。

當時的媽媽是否感到不幸呢？

若是糾結在不幸兩個字上頭，公寓剩下的空間彷彿也被那一類的東西給占據了，就好像失去聯繫的山柱就坐在房間的某個角落。敬愛經常自問，雖然拒他於千里之外，卻無法從腦海中完全抹去，這樣的自己不也很不幸？

美宥說，如今我們分手了，她總算能夠安穩地睡個好覺了。美宥的女兒之前有夜驚症，每到了十一點左右就會分毫不差地哭鬧，但她說，我與學長來往的這段時間，要比那時候更加難熬。孩子竟然會察覺特定時間的到來，用盡全身力氣嚎啕大哭，不覺得很羨慕嗎？我們依然是相同的人嗎？二十歲時，一整天躺著聽音樂，直到有人肚子餓了，才起身煮泡麵的我們，以及上個季節在漢江看著鴨子船的我們，是否是相同的人？那晚各自搭著車，在江邊北路上馳騁的我們又是如何呢？也許早已被毀壞了吧？也許這就如同把徹底封印的東西拆開，將它們弄得一團亂吧。

每當產生這種疑問，我便後悔自己那一天去咖啡廳赴約。我不該問他有沒有帶傘，也不該擔心他為什麼衣服穿成那樣，不該說「我也想抱學長」，也不該相信學長說「我想像過去一樣，和妳溫暖地睡上一覺」，應該問他：「過得好嗎？不覺得不幸嗎？」又或者「不幸？你很真切、很徹底地感到不幸嗎？」

但這些話語累積得再多，也無法在山柱面前如實傳達，只能把不幸如毛球般悉心捲好，孤零零地擺放在這個空間。

敬愛很喜歡媽媽說的幾個兒時故事。雖然沒有親眼見過，回想起來卻總歷歷在目。敬愛的媽媽十幾歲時，經常會在故鄉的瓜棚底下，和鄰居朋友們一起分享結霜的西瓜，吃到很晚才結束。有一天大家笑得人仰馬翻，結果那簡陋的瓜棚就這麼坍塌了。打從敬愛還小的時候，媽媽就喜歡說這個故事，敬愛也會等著媽媽說「結果瓜棚坍塌了，我們當下還覺得好好笑，也顧不得自己受傷，還笑個不停」的那一刻。「也顧不得自己受傷，還笑個不停」這個故事高潮，成了敬愛長大的過程中，最想從媽媽口中聽到的話，只不過等敬愛來到當年媽媽的年紀，受了傷後卻怎樣都笑不出來了。

在探訪胡志明的工廠時，敬愛內心想的依舊是媽媽的模樣。學習美容美髮的技術之前，媽媽是在工廠工作，有時因為肚子實在太餓了，就把工廠拿來製作膠水的麵粉帶回家，和宿舍的朋友一起煎來吃。那個榻榻米房間的牆面薄如紙片，每當冬天的冷風吹來時，就像隨時會捲起來似地，而媽媽就在裡頭煎工業用的麵粉。不過，媽媽對於那段日子深感自豪，因為她並不是在任何人的強迫下來到都市，而是出於自身的選擇。認為自行選擇橫跨世界的人，臉上有一種明亮的光采。在敬愛的想像中，有時他們的臉上會有一種仲夏明月足以震懾整片田地般的明亮。

在做什麼？睡了嗎？

通訊軟體那頭的日英再次問。

還沒睡。

我可以體會妳現在有多寂寞。

多寂寞？

因為我在十二月的最後一天，也就是跨年的那個十二點，就像現在一樣在物流中心加班。

因為妳說有加班費，老是在那時間加班。

沒錯，而且我當時也一起倒數了。十、九、八、七、六、五……噹！結果有商品掉下來了。立即配送的商品早就已經包裝完畢，放在倉庫裡，等到有人用電腦訂貨，就搭著輸送帶送過來。我一看，發現一百件都是夾鏈袋。我替它們刷條碼，一邊放一邊想：哇，妳也是個超級寂寞的人啊，新年才剛過，第一件要做的事竟然是訂夾鏈袋。人都是孤單的，就像一百件夾鏈袋，大家都很孤單。

敬愛覺得日英說的話很有趣，也為她帶來了安慰，忍不住看了好一會。或許，「也顧不得自己受傷，還笑個不停」說的就是這樣吧。這時，筆電出現新信件的通知，是臉書專頁的姊姊寄來的信。自從姊姊發布公告後，敬愛就再也無法寫信過去了，只不過姊姊要她不要拋棄心意的囑咐，比長期以來給的任何建議都更能激起她的鬥志。這與敬愛放棄一切日常、躲在房間裡的時期不同，為她注入了克服不幸的意志。不管其他人怎麼樣，至少「姊姊」說的話讓她感覺自己的心意是無罪的。

敬愛坐在書桌前，點開了電子郵件。寫著「漂亮姊姊的集合地」的標題語氣，和過去姊姊寫的「趕緊睡吧」、「別忘了要吃飯」截然不同。一點進郵件，隨即出現了數十個成人廣告視窗，還自動連結到色情網站。敬愛把那些網站關掉後，它們依然沒有消失，視窗反倒像繁殖般繼續增加，各式人種的女性擺出煽情姿勢的動態圖檔占據了整個畫面。敬愛連忙關掉那些視窗，這時又收到一封信，標題為「會員緊急公告——請別打開『姊姊』帳號寄來的電子郵件」。會員「愛情火鍋」在郵件中公告，「姊姊」的帳號遭到駭客入侵，為了防止災情擴散，暫時會將臉書專頁關閉。

雨水不斷滴在我頭上

那是個令人感到乏味的梅雨連綿不斷、進行著某種冒險的夏日。多年前，敬愛曾與E一起漫步到凌晨時分，兩人的目標是到仁川的皮卡迪利電影院看大衛．芬奇的電影《火線追緝令》。不知什麼原因，那家電影院同時上映了《火線追緝令》與前一年最賣座的《鐵達尼號》，《火線追緝令》卻被歸為限制級。

起初電影上映時，E說自己是國中生，不管打扮再怎麼像大人也無法闖關成功，但即便心存疑慮，敬愛仍因為不喜歡E獨自前往，所以跟著去了。

敬愛很討厭E一個人去看電影，因為知道看電影是一種在播放時間上頭行走，逐漸步入內心祕密角落的行為。每當E熱切地談論只有自己看過的電影，敬愛在意的通常不是電影內容，而是E獨自沉浸的時光與心靈動線，並為此感到失落。對敬愛來說，那就像是E轉過身，去了某個地方後回來。兩人甚至為此吵了架，但其實敬愛只要說：「好失落，這就像你摸了某種我感覺不到的東西，心情變得好奇怪。我討厭在討論這件事時，你又彷彿再次去了那裡。」但年紀輕輕的她不懂這種心情意味著什麼，瑣碎的問題逐漸擴大成衝突。有時，就連炸醬飯也能成為導火線。要把炸醬和炒飯全部拌在一起吃，還是三不五時淋著吃的問題太過重要，起初兩人只是開玩笑，最後卻演變成一場爭吵。

要是全部拌在一起，米飯就會變得濕濕的不好吃。

不喜歡的話，拌飯前講一聲不就好了？

講了啊，講了多少遍。

又沒關係，這沒什麼，幹麼發這麼大的脾氣？

你為什麼每次都說沒關係，到底是怎樣沒關係？

這只是兩人聊天內容中猶如碎屑般無足輕重的記憶，卻成了留存最久的回憶。換作是現在，無論炸醬要拌或不拌應該都無所謂了，只要兩人能一起吃東西就好。敬愛忍不住心想，有時候，這些記憶是不是將E的死或者悲傷包裝得更加朦朧了呢？但當她繼續思考有關華麗包裝紙的事，想法卻在某一刻停住了。儘管起初斷然認定悲傷也需要那種東西，但產生這種想法本身卻引發了令人難以忍受的憤怒。因此，敬愛經常會在內心大聲吶喊：包裝一件事，並不是在裝飾它，而是把它藏起來，只要湊近細看，就會發現其中有更深層的悲傷與痛苦。但是，這番話究竟是對誰說，又有人會豎起耳朵聆聽呢？

要是沒有特別的事，E就會在仁川搭乘地鐵，一路送敬愛到九老。因為走出月台就必須再掏錢出來買票，所以他們會坐在月台上繼續聊天。地鐵票的有效時間是三小時，所以他們有一小時半左右的時間。當然，這段期間可能會根據末班車的時間而縮短。聊天時，不斷有地鐵停在E和敬愛前面，無數人潮傾瀉而出，兩人聊天的時光也因為那些匿名的人群而顯得更加特別。直到必須離開時，E和敬愛會在剪票口約好下次見面，然後分道揚鑣。對他們來說，剪票口就像彼此居住的巷弄或自家門前一樣，因為他們總在那邊道別。兩人分開之後，會有好一段時間無法得知對方展開了何種日常。當敬愛說「我走囉」並轉過身時，E就會回答：「好喔，慢走，妳會獲得恩寵的。」敬愛就會再度接話：

「那份恩寵何時到來？」

E並不是刁鑽難搞或貪得無厭的人，不過如果敬愛在兩人分開後沒有回頭，他就會感到無比失落。轉頭看一次是必須，兩次是剛剛好，三次則是還不賴。在敬愛推開鐵製把手走出去後，E就成了與敬愛置身於不同空間、必須留在月台上的人了。每當敬愛回頭，E就會一如既往地站在剪票口前緩緩揮手，但當年的她並不知道，那不是能一再重複的畫面，也不是天經地義的事。

看完《火線追緝令》和《鐵達尼號》後，兩人見面的時光並未就此結束。敬愛與E的心情猶如去了一趟天國與地獄，走出電影院後沒說什麼話。電影中有依據《聖經》的七宗罪而殺害別人的殺人魔，也有為了拯救深愛的人而在冰冷海水中凍死、擁有崇高人格的傑克。電影院沒什麼人，加上只有一個年邁的警衛坐在椅子上用單手收票，所以入場時沒有碰到什麼障礙，敬愛卻莫名有種一整天被毀掉的感覺。外頭的世界竟然有如此駭人的事情在等著我們，無論是罪惡或犧牲都同等可怕。換作是其他時候，她就會直接回到車站去搭地鐵，但那天兩人卻在街上走著。

敬愛想要轉換一下心情，向E提議去遊樂場。雖然玩了雷電和快打旋風，但不管怎麼死命出拳、引爆炸彈，心情也不見好轉，一直有種遺憾堆在心頭的感覺。遊戲變得很乏味，肚子也餓了，但一想到電影中那些死者的模樣就胃口盡失。在徘徊的這段時間，過去敬愛沒留意到的世界風景鮮明地掠過她的身旁。閃爍的文字、五顏六色的燈光、KTV、啤酒屋、汽車旅館、夜店、生魚片餐廳、烤肉店、酒吧等，都不再只是尋常風景。眼前來來去去的人群，無論是肩膀蜷縮、腿部彎曲、臉部不對稱、雙腿不穩定地顫抖，都帶著略微傾斜的身體活著，只要想起《鐵達尼號》，就會覺得每個人的重量都如此沉重，但一想起《火線追緝令》，又會覺得他們是無法避免荒誕懲戒、脆弱又不幸的生命體。電影果然是種很可怕的東西，但搞不好人生也是這樣。

兩人經過體積足以媲美一般建築物的圓柱狀麵粉工廠倉庫，走進了相似老舊房子聚集的社區。E說，這就是我住的「花水洞」。聽到這句話時，敬愛才感覺自己看到了位於剪票口後方、E真正的生活。率先映入眼簾的是內臟已被清理乾淨的鮮魚，牠們被放在步道或店門口的漁網中，在陽光的照射下逐漸失去水分。兩人經過了販賣釣魚竿和釣魚網的小店，裡頭有許多插了各種針的物品，看起來有些古怪，但老闆本人倒是好整以暇地坐在遮陽傘下方聽著DJ DOC的歌曲——筷子拿得好才能吃飯嗎？想跳舞時就盡情跳吧。

E指著馬路對面說是中國城，中國人都群居在這一帶。孩子們都上華僑學校，中國男人都學一種叫做八卦掌的武術，E經常光顧的中國餐廳的廚師大叔還是黃飛鴻的弟子。

「那他在那裡做什麼？」

「什麼做什麼？」

「那種精通武術的人在炸醬麵店做什麼？」

「能做什麼？當然是做菜啦，像是擊碎洋蔥、剁雞肉。大叔說，他光是用雞就能做出超過一千道菜。」

敬愛怎麼都不相信雞肉可以做出這麼千變萬化的菜色，因為她吃過的雞肉就只有炸的、水煮的和燉的。天南地北地聊天之後，看完電影後一團糟的心情似乎也平復了下來。空氣聞起來很混濁，從海水灌入後又退潮的河溝散發出腥味、刺鼻味與石油般的味道。因為那裡有很多工廠，只要風一吹來，惡臭就會飄散到附近。

「被造，妳住在什麼樣的社區？妳們社區是什麼樣子？」

敬愛並不想談論自己住的社區，因為她住的地方是以牆面的一連串號碼來區分住家的「蜂窩區」。雖然自己就住在與店面相連的房子，不過社區內一家四、五口窩在一間小房間的情況也不少。朋友們只要一踏出家門就不想回家，大多在街上消磨時間。他們玩數十次一二三木頭人的遊戲，沉浸在靜止不動和自由跑跳的刺激感中，接著玩起跳繩，跳過一圈又一圈，等到開始覺得頭暈目眩，就會跑去霸占小朋友玩的溜滑梯。

每當到了夏天，孩子們不會感覺到時間在流逝，而是自己像冰淇淋般在融化。也就是說，經過那些時日，他們不會覺得自己年歲漸增、變成了大人，只會覺得人生在不斷磨損下慢慢消失不見。在那個社區，敬愛是個有些特別的孩子，因為她只會窩在家裡看電影。朋友們都覺得很神奇，甚至像是挑釁般問她：「喂，妳在那裡幹麼？」

敬愛與E坐在能看到對面餐廳寫著大大的「彈塗魚湯」的停車場，天空彷彿快下雨般晦暗。敬愛心想，幸好在那一刻，雲層厚重的天空降得比明亮高聳的天空更低，所以感覺就像伸手就能觸及。

「我們那邊有個叫做容昱的孩子，不久前在作文比賽得了獎，他寫了一封信給老天爺。」

敬愛故意沒好氣地說。

「有在聽我說話嗎？」

「當然有，我一直都很喜歡聽故事。」

「為什麼？喜歡故事的人會變窮耶。」

「笑死人了，喜歡故事的有錢人超多的。」E嗤之以鼻。

「誰？」

「不是有《天方夜譚》嗎？〈一千零一夜〉中不是有個故事聽到一半就隨便殺害女

人的王嗎？」

「真是個壞人耶。」敬愛說。

「不過，那個王叫什麼名字？他有名字嗎？」

「不知道，沒印象，果然那種惡人的名字都不會流傳於世，大家只會說曾經有那種壞蛋存在。」

「他的名字被罪惡掩蓋過去了吧。」

恩寵回答，手在蜻蜓飛舞的空中揮了一下。

「被造，妳記得剛才的電影中殺人魔的名字嗎？」

「不記得，不過看完電影後，不覺得這世界很可怕嗎？」

「可怕啊，妳也這麼覺得？」

「嗯，好可怕，罪惡很可怕，殺人魔也是。」

敬愛說起了容昱小時候寫的一部分作文內容。

老天爺，我們住在蜂窩區，我們家有外婆、媽媽、妹妹容淑和我。我們家就像外婆說的，只有泡麵箱那麼大，睡不下四個人，所以在九老二洞的餐廳工作的媽媽都睡在餐廳，凌晨才回家。爸爸在一個叫做青松監護所的地方，但媽媽都跟別人說他已經死了。

兩人又茫然地發呆了一會，接著繼續聊天。

「你知道這種感覺吧？」

「當然，我不怕殺人魔，也不怕罪惡，這種才可怕。」

E邊說邊用運動鞋踢了地面好幾次，地上因此揚起了塵土。可怕兩個字與漫不經心地將塵土踢向空中的動作形成了對比。後來，敬愛忍不住心想，或許E的真實面貌就藏在那句話與動作之間。

變天後不久，真的下起了雨，E說自己家就在附近，可以回去拿雨傘。接著，兩人就像被某種真的很嚇人的東西追趕似地，邊跑邊發出「嗚——」的聲音。E的家有藍色的大門與屋頂，沒有院子，只要打開鐵門，不消幾步就會出現進屋的玻璃鋁門，就連一百七十公分左右的E也要彎腰才能走入。家裡的燈都關著，但E說有人在家。

「奶奶在家。」

E悄悄地說，彷彿要展示什麼珍貴的東西、自己的小妹妹或貓咪似地。「您在睡覺嗎？」他邊說邊打開門，奶奶也起身迎接，「回來啦？恩寵回家了。」打開燈之後，一個身子要比路上看到的任何人都蜷曲、臉龐滿布皺紋的人手持扇子——但是沒有搧動——出現。「您好。」她看著敬愛，彷彿對待大人般問候，接著問E：「是教會的朋友嗎？」E說對，向奶奶介紹了敬愛，然後打開門，讓敬愛看自己與弟弟們共用的房間。用綠色膠帶劃分空間的地板令人印象深刻。E說，因為兄弟之間經常吵架，所以爸媽想出了這個辦法。雖然彼此都會千叮嚀萬囑咐，要對方不要越界，但等到睡著後，手啊、腳啊就會自動跨過來，甚至直接橫躺著睡覺。

唯一的書桌擺了高中參考書到所有的小學科目，以及E喜歡的「SCREEN」和「ROAD SHOW」等電影雜誌。其中還有一台老舊的底片相機，看起來價格不菲。E說是朋友送的，但打算還給對方，因為怎麼想都覺得自己不該收下。

「幹麼要還回去？向對方道謝，高高興興收下就好啦。」

「我用不到，也拍得不好。」

「不過他是有錢人嗎？為什麼會送你相機？」

「嗯，是有錢人，不過他經常哭。」

「為什麼？」

「不知道，覺得害怕時不是會哭嗎？」

「既然是有錢人，有什麼好怕的？」

奶奶打開洗碗槽的水龍頭，表示「該吃晚餐了」。即便E說：「奶奶，我們要出門了。」奶奶依舊說：「就算要出門，也吃飽了再出去。」將鍋子放在瓦斯爐上。奶奶都這麼說了，E也不再堅持己見，一邊說「坐一下再走吧」一邊要敬愛坐下。

奶奶的身體圓得像顆球，雖然是因為駝背太過嚴重的緣故。敬愛看著奶奶把小魚乾折成對半，摘掉頭部之後，漫不經心地丟入鍋子。奶奶打開鍋子，白色水蒸氣隨即四處瀰漫，接著放入馬鈴薯和麵片，煮起了麵疙瘩。

飯菜上桌後，敬愛吃了一口麵疙瘩，但只覺得好鹹，沒有其他味道。可能是放了很多醬油，所以湯頭看起來黑黑的、味道鹹到不行，還散發某種霉味。E湊近敬愛的耳旁，告訴她吃不完也沒關係，但敬愛很努力想要多吃點。

「這下怎麼辦？忘記禱告了！」

奶奶取出泡菜，切成細條狀，吃了一口後大喊。

「恩寵啊，趕快禱告。別再吃了，禱告要緊。」

「奶奶，由我來禱告嗎？」

「嗯，好，你來。」

敬愛還記得E所說的餐前祈禱文。主啊，感謝祢賜給我們日用的食糧，今天有朋友被造一同用餐，所以更加心存感謝。主啊，請祢露面，賜予所有人恩惠與安康。

「恩寵的朋友，妳覺得味道怎麼樣？」

麵疙瘩吃了好一會，奶奶突然問敬愛。「有點鹹。」敬愛原本打算說很好吃，卻不由自主地實話實說。

「我也覺得有點鹹。很鹹嗎？這下怎麼辦？」

「沒關係，是因為我吃得比較清淡，沒關係的。」

奶奶說，可能是年紀大了，最近連食物是什麼味道都不曉得，所以醬油一匙接著一匙放，就煮出了這麼一道漢江水。敬愛覺得漢江水這個說法好復古也好生疏，忍不住噗哧笑了出來。

「年紀大了，就連舌頭也跟著老了，全都老了。」

「奶奶還不到那個年紀啦。」E輕輕地抓著奶奶的手臂說。

「什麼還不到？早就到了，是時候去見天主了。」

「不行，天主不會歡迎您的。」

「會啦，祂會在天上歡迎我去。」

敬愛還記得E家中的味道、奶奶的語氣、三兄弟共用的房間、從屋簷滴落的梅雨等，記得用完餐後，E的父親回到家，坐下時問了一句：「新朋友？」還有一邊忙著把麵疙瘩吃完，一邊翻閱「區政雜誌」的事。那些畫面帶有一種牧歌般的氛圍，沒人在意敬愛的存在，就連E也沒有刻意照顧進入自己空間的朋友。一切是如此祥和，每個人都只是靜靜地做著自己的事。過了三十歲後，敬愛心想，幸好那天看到了E的家。要是沒有那些畫面，敬愛能夠追憶E的空間，就只有電影院、地鐵站月台和充滿不友善人群的街道，就只能看到E的一部分而已。我看到了那樣的E。只要這麼想，就能產生一種自信，足以哀悼、懷念E的自信。

• • •

大半夜被排山倒海的訊息吵醒後，尚秀看著被不忍直視的成人廣告和穢語占滿的臉書專頁，以及某人侵入後到處亂翻、發送群組信件的電子信箱，瞬間發出了痛苦的慘叫聲——儘管實際上並沒有真的這麼做，但那想像中的高分貝吶喊大概可以從胡志明越過中國大陸，直達韓半島的首爾。駭進電子信箱和臉書帳號的人連密碼都改了，所以尚秀有好一段時間沒有辦法登入自己的帳號。看著各種淫亂的貼文彷彿在嘲笑「姊姊無罪」的專頁，尚秀束手無策，只能用單手摀住右耳，痛苦地忍受那一刻。賤貨、幹、抹布、凌辱、處女、吸血蟲等猶如怪物般的語言，彷彿搖身變成極為醜惡的飛蟲，貼到尚秀的耳邊發出嘈雜的聲響。

經過本人認證後，尚秀好不容易才登入，修改了電子信箱的帳號，也把專頁設定為非公開。關閉臉書專頁後，「您所點擊的連結錯誤或頁面已被刪除」的通知與纏上好幾層繃帶的大拇指標誌一同出現。槍聲不斷的戰場上，彷彿突然迎來了奇蹟般的沉默。

信件內容不知道外流了多少？

訊息視窗中的「濕透的感覺」說。

是一人所為，還是有同黨，看來根據情況會有不同。

既然已經說明了帳號被盜，公告應該還是要由姊姊來寫吧？

這是姊姊無罪有史以來最大的事件，是不是該見面討論啊？

我們設定的概念就是不見面，姊姊每次都只傳背影和手部的照片，就算路上碰到了也認不出來。

但除了姊姊之外，我們幾個每次都會透過臉書照片看到彼此的模樣，都可以像昨天才見面一樣打招呼了。

沒錯，我們是這樣。

不過，反正姊姊在國外也沒辦法來。

啊——原來如此。

在會員們對話的這段時間，尚秀連根手指頭都沒辦法放在鍵盤上，心臟彷彿被緊張感大卸成好幾塊。平時他都以「姊姊」自居，把「由姊姊來做」、「姊姊想這樣告訴妳」、「今天的姊姊呢……」當成口頭禪，如今卻需要十足的勇氣來做這件事了。由於被揭發真實身分的可能性很高，所以從此刻開始，他就等於在吐露明確標上有效期限的謊言。

我們姊姊大概是嚇壞了，都沒說半句話呢。

尚秀發現自己不能再坐視不管，於是說現在還沒有會員的信件外流的證據，也幸好在半小時內就迅速解決，暫且靜觀其變，同時表示，既然臉書專頁和電子信箱同時被駭客入侵，想必是某些討厭專頁的人所為，但畢竟無法得知對方的目的為何，希望他只是想嚇唬一下或讓姊姊吃點苦頭，不會發生任何事就好了。

姊姊加油。

姊姊，沒關係的。

姊姊沒有錯，是那些駭入別人帳號的傢伙有錯。

那一刻，尚秀有種離別的感覺，就像同甘共苦的人們離去，自己獨自留下來那般。「休息一下吧」之類的日常問候，也感覺像在「揮手說掰掰」，尚秀鬱悶地關掉了聊天視窗，就這麼悵然若失地坐到要出門上班為止。雖然點進了網路搜查隊的網站打算檢舉，但從證明本人身分開始，一股羞愧感便湧了上來，因為在輸入前半段的出生年月日後，後半段為首的數字1便透露了自己的性別。事情演變至此，過去經營專頁時的自信、抱負、使命感剎時消失得無影無蹤，腦海中頓時湧現各種想法——怎麼做才不會讓事情惡化、才能少挨點罵？要是運氣好，是不是能夠繼續偽裝下去？

管理戀愛諮商網站久了，回覆那些故事並公開於專頁，免不了會妨害到別人的名譽，因為沒有提及真實姓名，所以不會吃上官司，但知道是在講自己的當事者會很激動地抗議，因為有時委託的女性會把尚秀的回信和會員的留言給對方看，並對他說：「看吧，你是個渾球。」那麼對方就會說要告他妨害名譽，罵他「賤貨」等髒話，還有「我絕對不會放過妳」。最近惡意回覆的人增加，所以經常要強制驅逐那些人，刪留言也刪到累了。做出這件事的人，會在這些人之中嗎？

尚秀心想，要不趁這次關閉專頁，乾脆停掉帳號？反正彼此不曾私下見面，也不能向他追究責任……但他無法這麼做，因為這樣就太輕易地抹去人生某個時期的痕跡了。

一早尚秀就傳訊息給敬愛，說自己下午才會去上班，接著完全沒有進食，繼續坐在電腦螢幕前，盯著早已背得滾瓜爛熟的網路搜查隊的資訊頁面，最後才走出家門。

設定的播放清單剛好播放起《星際大戰》的電影原聲帶，倫敦交響樂團將〈穿越星空〉（Across The Stars）演奏得壯偉恢弘，尚秀一邊聽著，一邊忍不住心想自己究竟為什麼會受到這種攻擊。從富美興的公寓開始的苦惱逐漸加深，讓尚秀把叫計程車或 Uber 的事忘得一乾二淨。眼見距離說要去上班的下午一點越來越近，他卻下定決心要走到先前不曾用兩條腿走到的地方。

在大提琴的深沉與小提琴的淒楚旋律中步行久了，尚秀開始感到飢腸轆轆，但別說是餐廳了，這荒郊野外只看得見道路，能稱得上建築物的也只有掛著可口可樂廣告招牌的工廠。好茫然的人生啊，想到素未謀面的人卻握有自己的生殺大權，內心不免憤慨激昂。那些必須眼睜睜地看著自己好不容易才開闢的世界遭到壓制、摧毀的人，就是這種心情吧？胡志明的人民不也曾經歷過戰爭嗎？是啊，之前發生過越戰吧？在某部電影中，羅賓．威廉斯每天早上都會播放〈美麗的世界〉（What a Wonderful World），大喊：「越南，早安啊！」話說回來，在《星際大戰》中遭到帝國軍侵略的外星種族也是相同的。不過，至少《星際大戰》中有叛亂軍和莉亞公主，我身邊又有誰呢？若是真相大白了，會有人與我站在同一陣線嗎？這時，雄偉的交響曲揚起耐人尋味的旋律，更增添了悲劇氛圍，就在尚秀傷心得忍不住流下淚水時，敬愛傳來了訊息。

您還不來嗎？

尚秀確認訊息後，按掉了手機。先前為團隊合作打下的基礎又有什麼用？根本毫無意義，以敬愛這麼衝動又具有正義感的性格，八成會站出來向「姊姊」興師問罪，她才不會因為對方是尚秀就心軟原諒，反倒會因此更加怒火中燒吧。尚秀很想逃跑，加上有一股強烈的不祥預感，認為自己終究無法對往後將要發生的狀況負起任何責任，最後開始暗自埋怨包括敬愛在內的所有會員。為什麼要向他尋求有關愛情的建議？其實起初開設粉絲專頁時，他並沒有任何意圖或目標，只是貼文偶然引起眾多迴響，想要回應一下大家而已。

不來了嗎？

再次收到了訊息。不去、不去，尚秀心煩意亂地想著，身體逐漸發熱，最後脫掉了毛衣。他有氣無力地走著，卻不小心踩了個空，跌在鋪好的水泥地上。未乾的水泥還很黏稠，而他腳上穿的又是涼鞋。尚秀苦惱著是不是該掉頭回家，最後帶著自暴自棄的心情繼續走著，後來碰上一個沒有任何招牌、直接在涼棚底下擺桌做生意的小吃攤老闆搭話，要他洗完腳再走。尚秀雖然覺得就算不清洗，好歹拿餐巾紙擦一下，但來到越南之後還不曾光顧那種小吃攤，因此連聲說「空騷、空騷」，向老闆表示沒關係、不用了，而老闆拿著不知連接到哪的黑色塑膠水管，也和尚秀一樣說了「空騷、空騷」。就這樣，雙方不斷空騷來、空騷去，最後尚秀心想，水泥乾掉之後對皮膚不好，這身狼狽樣也不好搭計程車，才心不甘情不願地坐了下來。

不知道老闆有沒有在做生意，還是已經過了用餐時間，整個攤位不見半點客人離去後收拾碗盤的活力。尚秀弄掉腳上的水泥，跟老闆要了幾張餐巾紙來擦腳，後來覺得就這樣走掉似乎不太好，恰好肚子也餓了，便點了一碗湯麵，結果上桌的烏龍麵上頭鋪了一層塊狀內臟，不知道是豬血還是牛血，另外還有香菜與竹筍。簡單來說，尚秀能吃的就只有麵條。

小吃攤老闆很熱情，每次和尚秀四目相交，就會笑著要他放輕鬆、趕快吃。看到老闆這麼親切，還大方讓自己清洗右腳，尚秀也只能勉強吃起價值三百韓元的湯麵。就在這時，手機響了起來。

「您到底在哪裡？」

「我還在家附近，也沒辦法搭計程車。」

「為什麼沒辦法？」

尚秀把自己的腳遭殃的事情說給敬愛聽，而且講得落落長，長到他希望老闆會認為這人忙到沒有時間把湯麵吃完。

「所以您沒辦法來嗎？」

「對，我沒辦法去，今天去不了了。」

敬愛可能覺得尚秀的語氣很激昂，所以沒多說，接著問他眼前看到了什麼。尚秀抬起視線，看到有一個小吃攤使用的紅色塑膠椅、被用到很舊的塑膠垃圾桶，路上還有初次來到胡志明的韓國人必定為之震懾的椰子樹、油樹、合歡樹等巨大行道樹。午後，手上端著一碗湯麵，呆呆地抬頭看著那些樹木隨風規律搖曳，白天的熱氣、躁動的心情、一路走來時變奏為宏偉交響曲的情緒、埋怨、悲傷、孤單、不安、敵意與憤怒等，都隨著這單純一致的晃動輕緩地化解了，就像在湯頭裡鬆開的麵條般。

「我在吃湯麵，很快就進公司。敬愛，不好意思。」

「原來您在吃湯麵啊。」

敬愛回答後，像是在和旁邊的人說話，回了聲「好像是那邊吧」。過沒多久，湯尼駕駛公司的車子，載著艾琳、敬愛與趙老師一起現身了。他們說去了一趟叫做東洋物產的針織工廠。雖然尚秀也聽敬愛說過中國僑胞出身的工廠經理請求協助，她要和趙老師一同前往，但因為半夜發生的慘事而忘得一乾二淨。

尚秀沒有細問敬愛的計畫，或許是因為對方是中國同胞的緣故。工廠的中國同胞多半是約聘人員，就算是有經驗的，也沒有掌握實質的權限。從九〇年代末開始在塞班、哥斯大黎加、宏都拉斯、海地等南美國家設廠，後來又在印尼、孟加拉等地設廠，這些人一直如影隨形，若考慮到韓國的紡織業已是夕陽產業，無法再注入年輕人力，他們無疑是韓國紡織技術的最佳人選，但至今仍只領韓國人的一半薪水，無論工作再久，也無法升到主任、代理以上的職位。就算職等高一些，也無法對韓國員工下指示。

「我們也吃點東西吧，不是還沒吃飯嗎？」敬愛一臉精神奕奕的樣子。

「什麼，怎麼到現在都還沒吃飯？剛才去了哪裡？」

「就說去了東洋物產啊，因為地點在平陽，所以我們一早就去了。」

「怎麼不約下午碰面？」

「下午不行，金部長說要用車。」

敬愛說，「再不行的話，以後就買一台我們小組專用的摩托車吧」，然後點了一碗湯麵。看到艾琳點了將椰子醃製醬、新鮮蔬菜和炸春捲一起拌著吃的食物，尚秀忍不住心想，自己怎麼就沒想到要仔細研究菜單、好好點菜呢？

是啊，沒想到的事何止這件，在尚秀的人生中，總有預料之外的事發生，弄得他一身狼狽。人生的大部分時光，似乎都是為了讓尚秀宣告自己是失敗者的結論而存在——孔尚秀，你失敗了，點菜失敗、電子信箱保安失敗、姊姊的角色扮演失敗、單戀失敗、外派失敗、當組長失敗、徹頭徹尾地失敗。

「去了東洋物產，那裡不是有個劉東心主任嗎？趙老師幫了他的忙呢。」

敬愛將尚秀不太敢吃的那些食材全部混在一起，一邊大快朵頤，一邊說明。劉主任是東洋物產新上任的經理，但目前還沒適應環境，而且其他員工仗著自己是地頭蛇作威作福，也很讓他頭痛。對於當地人來說，被稱為中國同胞的韓國人明擺著更接近中國人，所以自然會有所提防。

幾年前中國和越南發生領土之爭時，反中情緒高漲，中國工廠受到示威群眾的襲擊，在韓國工廠工作的中國同胞也擔心他們會動用私刑而不敢外出。越南紡織業歷史悠久，如今還有當地出身的管理人員，在這樣的情況下，如果有空降部隊出現，當地人自然會不服氣。由於工人不是韓國人，沒辦法用位階來壓他們，加上韓國幹部不喜歡工廠吵吵鬧鬧，不願插手干涉，導致這種現象變本加厲。就算為了和越南員工混熟，跟他們去卡拉OK唱一首號稱越南國民歌曲的〈Bong Bong Bang Bang〉，但只要回到工廠，終究也只是會說韓語、但用字遣詞和語調都與韓國人明顯不同的中國人。這樣的他們，猶如不得不在中國、韓國與越南三國之間來回擺盪的衝浪手。

「今天趙老師幫了劉主任的大忙，不是有個叫做喇叭的東西嗎？趙老師用鐵板製作喇叭來幫他。」

「喇叭」是在替布料包邊時輔助固定形狀的工具，由於布料放入的那端寬，但出來的那端窄，形如喇叭而得名。雖然可以縮短作業時間，讓成品形狀更漂亮，但問題就在於工廠沒有準備這個工具。有好幾名越南員工向劉主任反映作業上有困難，所以他答應要親自製作，結果其他員工也接二連三提出請求。雖然只是一個如大拇指指甲大小的簡單零件，但對於沒有親自折過的人來說並不容易，劉主任無法一個人搞定，所以趙老師出手幫忙。敬愛一行人在公司時，有個人走過來看了一下，後來才知道是公司的理事。

說起這件事時，她的表情似乎懷著某種期待。

「單憑一個小小的鐵片會起什麼作用嗎？」

經過一整晚的煎熬，尚秀的口中實在吐不出什麼正面的話來，先前口口聲聲說「微小的緣分終究會以成果回報，讓我們成為胡志明最後的浪漫主義者，打動在胡志明的孤單韓國人吧」的雄心壯志，卻在今天完全凋零了。

「不過，孔組長，你哪裡不舒服嗎？看起來氣色很差。」

「老師，我沒事，可能眼睛有點充血吧？因為昨天一直在看電影。來到這裡之後，還是無法拋下看電影這個嗜好，所以熬了一整夜。」

「您看了什麼電影？」敬愛問。

尚秀試著回想片名，但腦中猶如嘴巴內帶著香菜味的湯頭般，充滿了內心抗拒的異物感，所以根本無法思考。

「就看了……主角陷入難關、遭到攻擊，在廣袤無邊的空間中反覆出現很壯觀的場面，有眼鏡蛇，還有愛情戲，主角覺得自己非常委屈的電影……沒錯，我看的是《星際大戰》。」

「《星際大戰》中有出現眼鏡蛇嗎？」

敬愛試著拼湊記憶。尚秀其實也不知道有沒有出現眼鏡蛇。既然《星際大戰》中有各種生物登場，應該也會有眼鏡蛇吧？好歹要有「這種玩意」出現，大家才會有危機四伏、主角陷入險境的緊張感。「這種玩意」要比任何東西敏捷快速、更冷血無情，而且劇毒可以滲透到體內，緩緩地纏住主角，結束他的生命。

想到這，尚秀不由得憶起昨日因公事而暫時被拋到一旁的悲劇，突然覺得好想痛哭一場。一想起昨天的事，迎著白天的微風，坐在小吃攤的安適自在、布滿使用痕跡的塑膠醬料罐、保存生春捲與炸春捲等食物，看起來完全沒有冷藏功能的玻璃櫃、撈麵條時筷子之間的縫隙、老闆戴在頭上的青綠色頭巾、敬愛拿在手上的花紋餐具等風景就變得非常不真實，彷彿只是後續悲劇的某種伏筆。每當感覺到這稍縱即逝的舒適自在有多珍貴，它隨即會被推翻的擔憂就會逐漸擴大。

被金部長叫去的湯尼率先離開，剩下的人則叫了Uber。敬愛對尚秀說，歐洲某個國家不知向東洋物產訂了什麼貨，所以會引進機器，要他拭目以待。她還開玩笑說：「不過這樣一來，老師就必須折更多喇叭了，沒關係嗎？」驀然，車窗經過的胡志明風景，與敬愛露出笑容的清澈臉龐勾起了尚秀的特殊情懷。他心想，敬愛好美。

「不過，趙老師，都過這麼久了，您還能做得出來，果然是寶刀未老。」

「寶刀早就生鏽了，只是記憶還沒生鏽罷了。」

「記憶。」敬愛靜靜地跟著說了一次。

趙老師說，只要敬愛能簽成合約，他願意助一臂之力，就是要他熬夜折喇叭也不成問題。敬愛說：「要是真能這樣，那該有多好啊。」

接下來幾天，尚秀猶如一座在辦公室漂浮的孤島般，成天魂不守舍，不是忘記約好要見面的事，就是資料沒有準時繳交。原本金部長就喜歡雞蛋裡挑骨頭了，這時又趁機斥責了一頓。甚至連到手的合約都被搶走了。從巡視工廠用地開始，尚秀就花了很多心思追著那些人跑，但等到真正要簽合約那天，對方只留下「今天很忙」的隻字片語，不願碰面，也不知道到底是在為難什麼。

換作是平常，尚秀一定會發揮他特有的執著，想盡辦法解決問題，但很不幸的，此時的他正忙著想像因「姊姊無罪」的事而必須經歷的恥辱，有氣無力地表示「電話聯繫不上，我也無可奈何啊」。人在韓國的南部長暴跳如雷，「孔尚秀，要是你解決不了，就自己看著辦吧！」但這些話並沒有牢牢地插在尚秀的耳朵上，反倒像一股煙霧般輕輕掠過。他覺得過去那些奮力掙扎的現實變得極為模糊，如慢動作般虛弱無力地流過，世上的一切都顯得如此虛無可悲。

說好要簽約的人延後見面時間，就此音訊全無，尚秀卻不知道在想什麼，晚上莫名其妙地將辦公室不用的電腦搬到昌植家，替他安裝花牌遊戲，況且這件事也不是昌植主動要求。總之，安裝完畢後，昌植按照尚秀的指示按了按鍵盤，說這跟他碰過的無數工廠機器不同，摸起來軟呼呼的——這並不算是一種比喻——接著，他說自己之所以會從韓國被調到中國，之後又被調來這裡，都是因為不會使用電腦化機器，要是開始玩這種遊戲，以後就知道怎麼用電腦了嗎？不知昌植是在開玩笑還是出自真心，但這番話讓尚秀覺得很感傷。儘管平時昌植放蕩不羈的生活方式讓他感到很不舒服，現在卻倍感親近。一想到「姊姊無罪」專頁被盜，自己可能會失去一切，就覺得彷彿在昌植那被拋棄且毫無章法、如鼻涕般瞬間被擤出來後到處亂流的處境中看到自身的模樣。因此，他帶著荷蘭少年[12]以身體支撐水壩、抵擋洪水的心情，心想假如那該死的投機心態是腐蝕昌植

12 荷蘭處於低地，長年飽受洪水之苦，因此修建了一系列水壩。據說有位勇敢的少年發現村裡的水壩有小洞，深怕海水會滲進來，於是用手堵住洞口，因此救了全村村民的性命。

內心的癥結，那麼替他在電腦中安裝花牌遊戲，應該多少能改善這個問題吧？不僅能減少支出——反正他對電腦不太在行，應該不至於為了買賣遊戲幣而引起問題——也能減少在賭場與人槓上，最後被揪住衣領趕出去的狀況。總之尚秀的用意是希望昌植能重建正常生活，是很罕見的利他行為。

「這樣做的話，我們就贏了六百萬元了。所以現在平日就玩花牌，週末再去那種地方吧。」

「六百……」

昌植喃喃自語，以深邃的眼神看著螢幕上標示的金額。玩了幾局之後，金額再次增加，雖然不是真正的錢，但因為他不曾在柏青哥或賭場贏這麼多，所以似乎也感到興致勃勃。

尚秀看著昌植在指導之下，猶如初次坐在書桌前尷尬地盯著螢幕，以單手抓著椅子邊緣的模樣。昌植不會用薪水買必需品或食物，卻把錢拿去喝酒、玩柏青哥和上賭場，要是生病了，他會躺在床上呻吟，彷彿在進行什麼難以避免的對決般咬著牙說：「我不去，怎樣都不去，我還不到去的時候。」當趙老師把從韓國帶來的正露丸或胃腸藥遞給他，並說「講太多話會沒力氣，別說話了，就算生病了也沒關係」時，他就會感激涕零地說：「謝謝你，大哥，真是感謝你。」

夕陽徐徐西下，唉唷、發牌、GO、無光牌、清盤、翻牌配對成功等遊戲音效響個不停。昌植聽到音效後，也很投入地逐一回答：「唉唷，嚇我一跳」、「當我是冤大頭啊？」、「贏了耶」、「哪有這種事？」，時間就在看昌植玩花牌中不知不覺流逝，隨著照進房間內的夕陽餘暉拉長，分數和金錢也逐漸累積，尚秀卻莫名有種坍塌瓦解的感覺。

「金老師，您何時回韓國？」

「怎麼回去？工作在這邊啊。」

「但還是得回家嘛。」

「我這輩子活著，靠的都是僥倖，沒有家，也沒人叫我回去。」

尚秀忍不住心想，自己和昌植終究又有何兩樣？昌植的過去就等於尚秀的現在，而他的現在不就等於尚秀的未來嗎？平時尚秀視為理所當然的位階之類的東西，正從各種角度逐漸崩塌。

他一定會變成一個大笑話。搞不好公司所有的人，甚至是孔孝相議員在重考補習班的同學、平時臉部肌肉不會有任何情緒起伏的會長也都會撫掌大笑。「孝相，你的兒子假裝自己是女人？天啊，都不知道夠不夠格到處宣傳自己是優質男人了，幹麼還裝成女人啊？喂，孝相，你兒子，不對，你女兒……到底應該怎麼叫才對？總之他幹麼做這種事？」要是會長這麼說，就算孔孝相議員每次都能在打高爾夫賭球上領先，恐怕也承受不住。幾乎等於斷絕的父子關係會斷得更加徹底，空洞的關係也會如竹片般四分五裂吧。沒有父親的進階版會是什麼？像大哥一樣，變得什麼事都不做嗎？

一想到大哥，尚秀就更絕望了，腦中自然浮現大哥帶著靠營養補充劑和無限體力鍛鍊練出的一身肌肉走來，趾高氣揚地說「像個娘們似的」的畫面。尚秀很討厭尚圭平時穿的超貼身運動服，但不知從何時開始，即便是在嚴冬，尚圭仍是那身打扮。這種炫耀體格的行為總令尚秀想起大哥行使的無數暴力，讓他感到很不舒服。那些記憶讓尚秀想起過去被吊在他家屋頂的，不是一隻小狗或動物，而是人，一個希望能考上法學院，從小島千里迢迢轉學到江南的少年，而他的脖子被勒住，代替尚秀被綁在那裡。

要是聽到尚秀在「姊姊無罪」的所作所為，大哥一定會笑到彎腰。人在笑的時候，身體會自然晃動，所以他修剪成平頭的頭部會最先晃動，接下來是肩膀，之後連三頭肌、二頭肌、小腿肚、用敏捷踢腿動作鍛鍊出來的阿基里斯腱也會跟著晃動。可是那種晃動會讓尚秀很不爽，他一定會受不了。若考慮到尚圭是他的大哥，兩人之間具有無法否認的血緣關係，不僅從小一起長大，一同經歷母親逝世，也共同有個未善盡責任的父親，那麼在這避諱與嫌惡之中，仍不免會參雜著一股執著的情感，只是這種情感散發出餿味，讓尚秀在無能為力之中直喊著：「好噁心。」這種噁心感，是否會有停下來的一天？

在昌植背後的尚秀兀自沉浸在各種思考中，直到敬愛將他拉回現實。敬愛知道尚秀特地租車到小城鎮看工廠用地，分享從其他廠長那兒獲得的當地情報，並盡全力提供專業知識，所以無法輕易就讓以不明理由拖延簽約的客戶回到韓國。敬愛心想，天底下哪有這種道理，然後想到如果對方從小城鎮上來、打算回韓國的話，就一定會在胡志明的市中心下榻，因此便打電話到對方可能會去的飯店找李先生。要是櫃台人員問她要找哪一位李先生，她才報上大名，並且補充「應該是明天退房」。符合條件的房客就只有一位，於是敬愛要尚秀立刻去堵人。

「敬愛，去了要做什麼？」

尚秀顯得很沒精打采，彷彿在玩花牌時無法招架皮牌不足與無光牌的局面，最後失去所有意志力般不滿地問。

「要跟對方談談啊，確認一下『專務，我們是不是做錯了什麼，所以您不跟我們簽約』啊。」敬愛提高了音量。

「確認了又能怎樣？這個世界就是這樣，只要心情不爽，不就能背棄一個人嗎？妳又何必抓著對方不放？」

「誰說要去抓李專務了？要抓也抓不到。」

「敬愛，妳還是下班吧，去逛逛街、吃頓好吃的晚餐。過去的事就讓它過去，每件事都是有意義的。既然都有這種歌曲了，就讓一切PASS吧。」

「拜託，組長，要是我們現在不去追問為什麼事情會變成這樣，最後就會錯失機會。那種人不會按照我們的想法行動，搞不好這一次的合約也會泡湯，如果不去確認，我們往後就無法工作。靠，要是連這傢伙都跟我們玩這招，以後還要怎麼做生意？所以去跟對方見面吧，不然就要變成窮光蛋了。」

尚秀被敬愛在激動之下脫口而出的「泡湯」與「窮光蛋」等話語刺激到，所以去了飯店，因為那聽起來就像是在警告他，要是不去的話，這個小組的氣氛就會變得烏煙瘴氣。儘管遲早都要面對那種局面，不過尚秀想盡可能延後它的到來。當然，能夠扭轉這種狀況的鑰匙並不在尚秀手中，而是在駭入帳號的幽靈駭客手中。

時間都八點了，李專務依然不見人影。坐在飯店大廳的兩人心想，與其在這裡苦等，不如去吃點東西，於是走進了可以看到入口的自助式餐廳。他們點了三明治和茶，尚秀又另外點了啤酒。要是歌手沒有剛好在這時唱起歌，這段時間會愉快許多。

歌手彷彿打定主意，要將那天晚上整個胡志明的浪漫情懷都傾注於那個狹小的大廳，以憂鬱又黏稠的歌聲唱著知名電影原聲帶的歌曲，從史提夫．汪達的〈只是想打電話說聲我愛妳〉（I Just Called to Say I Love You）開始，接著是惠妮．休士頓的〈我的愛永誌不渝〉（I Will Always Love You），最後延續到納京高的〈忘不了〉（Unforgettable）。

儘管當下的情況與這些情歌很不搭，而且敬愛與尚秀是為了攔截撇下他們一片善心的人才在這裡苦等，但平常總是對生活帶著模糊印象的尚秀卻對那懇切的歌曲有了反應，將目光固定在自己眼前的敬愛身上——敬愛大口咀嚼食物的有力下巴、鼻梁不時皺起的紋路等瑣碎細節，還有來到胡志明之後，因為很少上美容院，在不知不覺中蓋住眼皮的瀏海，以及不知為什麼不握著茶杯的把手，而是將杯子整個端起來喝的手臂動作。想到除了現在之外，這種敬愛的風格在一年前、三年前尚秀還不認識她時也都是如此，就不由得感到神奇。即便尚秀知道敬愛的心意的事曝了光，敬愛也依然會是敬愛吧？敬愛會為了生活而吃飯，必要時奔跑，有時發發脾氣，會哭泣，也會冷漠地轉過身吧？想到這裡，尚秀的胸口一陣發熱，這股平時不曾擁有的濃情蜜意，讓他不由自主地牽起了敬愛的手。此時歌手似乎也耗盡了力氣，打算讓嗓子休息一下，用把唱歌當成消遣的單調歌聲唱起〈雨水不斷滴在我頭上〉（Raindrops Keep Falling On My Head）。

尚秀並沒有察覺，自己牽敬愛的手代表何種意涵。那可能是「抱歉，我騙了妳」、「希望妳之後不會發太大的脾氣」、「救救我吧」，又或者是「辛苦了」之類。因為敬愛真的吃了很多苦。偶爾，人會因為想到某人辛苦的人生而頓時百感交集，不過就尚秀的情況來說，他多半是為了自己的人生。今天卻不一樣，尚秀牽起敬愛的手之後，依然魂不守舍，沒有絲毫真實感，直到敬愛用力握了一下手，他才隨即回過神來。剛開始是尚秀把手覆在敬愛的手上頭，這次換敬愛把手移到上方，握住尚秀的手。

沒感覺嗎？尚秀心想，像現在這樣輪流握住彼此的手，不會覺得腦袋一片空白、什麼煩惱都不見了嗎？不對，既然我還會想著「現在沒有想法」，就不算是完全空白。難道不覺得此時非常靜謐，宛如在宇宙傳播的短波音般「嗶——」了一聲，然後什麼都沒有了嗎？而這種腦袋空白的想法終究只為了一件事而存在。這裡有一隻手，是敬愛的手，敬愛的手是如此溫暖，上頭沾了三明治的醬料，手腕戴著皮革手環。敬愛再次握住尚秀的手，輕輕地摸了他的指甲，接著稍微使力按壓，細細感受尚秀的手掌，感受尚秀就在那裡。

「您哭了嗎？」

「我沒哭。」

尚秀為自己辯解，說連續熬夜了好幾天，才會眼睛充血。這不是在說謊。兩人鬆開手之後，整張桌子的空氣並沒有產生任何變化。愛就在這裡，愛在這張鋪有象牙白餐巾的桌子上。一想到這，尚秀忍不住淚珠盈眶，而這都是因為愛情的感覺來臨意外帶來了空虛感。當愛情來臨時，通常會感到激動、澎拜不已，此刻尚秀卻覺得好像有種東西快速抽離身體，感受到體內外截然不同的溫度。當冬日的窗戶體會到那種溫度差距，尚秀的內心就會被濕潤的悲傷所滲透。至少，在這一刻是如此。他很想哭，儘管他不能。

就在這時，李專務通過旋轉門後快速走入的身影映入眼簾。無論李專務怎麼樣，尚秀都只想繼續待著，甚至還萌生「有必要去堵他嗎？」的想法。不用想也知道，一定是其他用金錢賄賂的業務拿到合約吧？對方一定想盡辦法拉攏他吧？所以他就想直接打發過去吧？一定是把從尚秀這裡得到的各種方便當成了自己應享的權利吧？

「專務，我們是半島縫紉的朴敬愛與孔尚秀組長！」

認出他是誰之後，隨即跑過去的人不是尚秀，而是敬愛。聽到敬愛的呼喚，李專務轉過頭，露出充滿歉意的笑容，看起來有些為難與狼狽。接著，三人展開了要追究責任也不對，但又必然會有遺憾的對質。專務似乎想迴避話題，像是親暱的對話講到一半卻突然聊起天氣般，莫名其妙地提起北韓的話題，表示自己經歷了開城工業區的時期。對於韓國人來說，北韓就像是多功能的話題，對於到國外的韓國人更是如此。

「專務，北韓歸北韓，如果我們做錯什麼，您不是應該告訴我們嗎？」

敬愛插嘴問。

「沒有啦，沒做錯什麼，只是因為我們作業工程有變動。歐洲的訂單變少了，但羽絨衣的訂單卻進來了。能怎麼辦？只能先補充厚布縫紉機啊，但半島縫紉機做厚布時又不好用。」

「但又不是都不做薄布訂單了，為什麼要推遲添購薄布縫紉機？我們不是給了您方便嗎？支付票據的時間不也說要替您調整了嗎？」

「朴敬愛小姐，說到這方面，金部長給的方便更多，就連三菱的機器都替我們搞定了，全部就用一億元扯平。社長都親自說『ＯＫ』了，我還能怎麼辦？既然是同一家公司，大家就一起協調看看吧。我會記得和孔組長一起走遍隆安省的事，也會放在心上。年輕人這麼認真，一定會成功，雖然我沒辦法簽合約，但這點保證我給得起。」

「原來如此。」敬愛心想，這就等於尚秀在前面耍雜技，金部長在後頭收錢。敬愛正打算說「那麼至少簽約的事讓我們來吧」，但想到這樣就必須去找來三菱的機器。至少尚秀應該不會跟金部長一樣，像在做自家生意般販賣其他公司的產品。因為聽到李專務的說明後，尚秀沒有什麼反應，彷彿隔岸觀火般撒手不管，也沒有對李專務說「哪有一開始和我們談，最後卻和金部長簽約的道理？」或「我們也可以提供三菱機器」來說服他。

尚秀和敬愛帶著李專務「祝福你未來能成功」的空洞口頭保證走出了飯店，接著一言不發地經過可以買到各種贗品、只要五美金就能買到 THE NORTH FACE 背包的濱城市場，在街上走著。總之，合約沒有簽成讓人很不爽，但真正不爽的人好像是敬愛，尚秀則是一心留意著在人潮擁擠的街上行走的敬愛。

「我的天啊，堂堂一個在孟加拉都有設廠的人，現在居然說連自己需要什麼縫紉機都不知道，就忙著在找遷移的工廠用地？要掰也掰像樣一點嘛。」

敬愛邊說邊觀察尚秀的神情，深怕胡志明唯一的浪漫主義者會因此灰心喪意，但尚秀的反應卻很平淡。

「妳看，是胡志明的胡志明耶。」

經過人民委員會大廳時，尚秀指著胡志明的銅像說。這時，一直在說李專務不是的敬愛才抬頭看銅像。銅像下方放有花朵，胡志明呈現舉起右手問候的姿勢，大家都坐著聊天，觀光客則在銅像附近拍照。

由於天氣很濕熱，尚秀喜歡胡志明的夜晚勝過白天。胡志明是個不亞於首爾的不夜城，但也許是因為有眾多霓虹燈的照射，夜幕捨不得降下，這不斷變換為紅、黃、紫光的風景令尚秀傾心。

「敬愛，妳覺得擁有一個以自己的名字命名的城市是什麼心情？我是說，就像胡志明市的胡志明。」

「就像尚秀洞的尚秀[13]？」

「嗯，差不多是那樣，就像敬愛的敬愛。」

敬愛喝了幾口隨身帶著的礦泉水，忍不住笑了。

「孔組長，您現在是在討好我，是在搭訕喔。」

「我、我哪有搭訕？」

「您不是說『敬愛』的敬愛嗎？這兩個字含有尊敬與愛的意思呢。是啊，要是我們能夠相愛、互相尊敬，那該有多好呢？我是指從人類的角度。」

尚秀微微笑了一下，接著臉色又逐漸黯淡。

「這名字是誰取的？」尚秀轉移話題。

「應該是我媽吧。身邊就只有我媽了，沒有別人。雖然聽起來很像阿姨輩的名字，但我個人覺得還不賴。」

「這樣的名字更好。妳知道尚秀這名字有多特別嗎？每次上數學課時，老師都會點我，說『來求這題的常數[14]』。」

「所以，問題解開了嗎？」

「當然解開囉。」

「喔喔，資優生喔。」

「但有時解不出來。」

敬愛問尚秀知不知道，其實胡志明這個人擁有超過一百六十個名字。他在革命時期為了隱藏身分，以無數不同的名字生活著，直到擔任共和國第一任主席為止，而胡志明是他在中國當記者時使用的名字。

13 韓文中的「上水」與「尚秀」發音相同。

14 韓文中的「常數」與「尚秀」發音亦同。

「不覺得很有趣嗎？胡志明的胡志明，曾以一百六十個名字活在世上。」

尚秀突然很想道出心中的祕密，無論是關於身為姊姊的尚秀、身為尚秀的姊姊，又或者是關於尚秀稱為恩寵、在敬愛口中卻成了E的朋友，說出哪一個都好。但他沒辦法這麼做，只能默默祈禱夜色能緩緩地變深，因為他希望能不受這些事情的干涉，和敬愛兩人單獨坐在這裡。反正夜晚很快就會來臨，不想要天色完全變暗，也不算太過貪心吧。

・・・

敬愛無法理解「姊姊無罪」上傳的公告，所以連續讀了好幾遍。好奇怪，戀愛的煩惱與答案是每個人都會有的慢性毛病，也是極為私人的傷痛，怎麼能光明正大地放在其他網站上？「姊姊無罪」的經營團隊公告，目前正在確認有哪些會員的投稿內容外流，之後會私底下聯繫。但先不管公告如何，「姊姊無罪」的會員明顯減少了許多。敬愛覺得這就像停電的城市裡燈光逐漸熄滅的速度，原本超過兩萬名的會員在得知駭客入侵的事後，一早就有超過兩千名退出，到了下午又有五千名消失不見。敬愛心想，即便是在所有文章都被關閉，只剩公告孤零零在上頭的此刻，也有數百名會員正在收回讚。

不過，過了幾個小時，公告底下出現了會員們的留言。最熱門的是一名網路記者發表「姊姊，您為什麼拒絕採訪呢？」的內容。在記者寫著「您要出面，讓這件事成為話題，才有助於解決問題，不是嗎？」的留言底下，有數百個按讚的圖案和留言。記者還補充，姊姊不僅拒絕了當面採訪，連網路採訪也不願意，導致氣氛變得更糟了。後來，留言區出現了無法確認真偽的言論，指出姊姊曾經在提供戀愛諮商時要求費用，諮商後經常寄送化妝品和珠寶店的廣告信件、詢問個人資料，還說自己有廠商贊助，試圖銷售美容護膚優惠券。

姊姊被爆料的雙面人生活似乎看不見盡頭，主要都是跟金錢有關的話題，令人不禁詫異為什麼過去都沒有引起爭議。有人說他知道姊姊真正的ＩＧ帳號，說她提著香奈兒的包包拍照，接著有人抗議：「揹香奈兒包包有什麼問題？」「該不會寫這篇留言的就是本人吧？反應還真奇怪耶。」不過，在脣槍舌戰開始後，會員數莫名增加，很快地又逼近之前的會員人數，也不知道是哪些人按讚，又是基於何種理由。

敬愛認為事情不會輕易解決，也稍微擔心了一下，會不會自己的郵件內容也外流了？信件往來已經是幾個月前的事了，應該不要緊吧？但還是免不了會擔心。這時尚秀打電話過來，說自己可能無法參加今天舉辦的縫紉機教育中心開幕式，聲音像是被緊緊鎖住般有氣無力。

「哪裡不舒服嗎？」

「沒有，沒有不舒服，不對，好像不太舒服。」

「發生什麼事了嗎？」

「沒有，對，發生了一點事。」

尚秀一下子說不是，一下子又說是，讓人覺得很不尋常。接著，敬愛說要過去接他。

「妳要來接我？這裡還不到一個路口耶，何必過來接我。」

「對某個人來說，一個路口也可能不只是一個路口。站起來往外走有可能是爬聖母峰般累人的事。」

「沒關係，不用了。」但尚秀又說：「妳知道附近的湖吧？」開幕式位於檳知，從胡志明開車要兩小時。由於工廠完工後就要立刻運作，因此必須事先教導村民縫紉技術。尚秀和幾個月前一起迎接日落的寂寥、獨自待在工廠用地的管理員保持聯絡，也替對方優先購買了需要的縫紉機。雖然縫紉機僅有八十台，但尚秀是最先籌措到機器的人，最後也成功賣出去了，對尚秀的小組而言是不容小覷的成果。因此，他不參加活動確實說不過去。尚秀之前口口聲聲說，生產襪子與船型襪的小工廠立足、做出成績的過程，就和我們新創小組的命運是一體的，我們不是業務與客戶的關係，而是一同打拚的夥伴，所以趙老師和艾琳都要一起去，結果到了當天，自己卻突然說去不了。再說了，就連吳科長都說要參加，而且因為是同一家公司的人，所以金部長也以打招呼的名義說要跟去。儘管尚秀和敬愛忍不住心想，該不會他想像上次一樣，一發現是有利可圖的合約，就乾脆來個中途攔截，但也不能叫他不要去。畢竟惡意與善意總是如影隨形，到頭來哪一種比較好都說不準。

敬愛洗了澡，站在鏡子前用吹風機吹乾頭髮。來到胡志明後就沒上過美容院，現在頭髮已經長到能綁起來了。敬愛一邊心想，要是現在人在韓國，媽媽肯定會替她剪到滿意的長度——剛好到耳根的位置，一邊用毛巾搓揉濕頭髮。接著，她又想起自己在罷工落髮時，媽媽跑來替她整理頭髮的事。大家在那種地方用電動理髮器剃髮，頭髮必定會參差不齊，所以媽媽過來幫忙修剪。當時，敬愛並不想帶媽媽到工廠的人都在場的遮棚下，也不想在她面前剃髮，只好在工廠內走來走去，尋找沒人的地方。結果媽媽像是來參觀的人般說：「這裡是餐廳嗎？妳的辦公室在二樓嗎？」對眼前的一切感到神奇不已。最後，能夠整理頭髮的空間，就只有位於工廠後面、山坡斷面下方設有菱形低石柱，而且一年四季綠苔成蔭的潮濕角落，讓人感到很無言。敬愛最後坐在比地面高一些的人孔蓋上。媽媽把從家裡帶來的報紙摺疊起來，將中間撕成半圓形，穿過敬愛的頭，開始用理髮器整理頭髮。後來，媽媽摸了摸敬愛的頭頂附近。

「這裡本來有延髓，應該關上了吧。妳光頭的模樣，從妳嬰兒期過後就沒看過了。」

「延髓在哪裡？」

「在這裡啊。妳還小的時候，每次呼吸時，都能感覺到這裡的骨頭打開在呼吸。」

「不會覺得很奇怪嗎？想像了一下，那畫面似乎怪怪的。」

「一點都不怪，看到它用力的樣子，覺得很了不起啊，哪會奇怪。」

「為什麼它會關閉？如果腦袋也可以呼吸，應該很不錯啊，可以用腦袋呼吸，再換胸腔呼吸。」

「不行，腦袋不可以這樣開著。」

「現在應該完全關閉了吧？」

「當然啦，妳這孩子在想什麼。」

「幸好。」

直到頭髮整理完畢，媽媽才問：「不過，非得做到這一步才能工作嗎？早知道妳應該去考公務員。」敬愛順了順頭髮，像是不曾體驗般摸摸自己的頭部、額頭、鼻子、臉頰、下巴、肩膀、胸部和手臂。她很好奇一個人經歷某個階段的意義是什麼，當時會有一種「事情正逐漸好轉」的感覺嗎？會不會只有「熬過來了」的感覺？但卻不只是如此，因為有人敲了敲門，發出了動靜。握著尚秀的手時，敬愛有股想要更貼近他的衝動，也感受到能奮力將自己提起來的力量。不僅是自己，就連對面的尚秀似乎也能用單手抱起。但為什麼一想起尚秀，就會想到那股力量呢？難道這樣就能下定決心要擁有力量嗎？

連著好幾天，敬愛瀏覽自己的部落格，在與E相關的文章中尋找可能和尚秀相關的事件。儘管花了很長的時間拼湊記憶並做成紀錄，文章卻連一百篇都不到。當然，敬愛深信，那些與E要好的時光無法用計算單位來衡量。因為雖然和E相處的物理時間是三年，但有時記憶中的時間會無止盡地拉長，有時又會一口氣縮短。每次想要去感受記憶畫面的細節，就會覺得時間被壓縮，變得一文不值，但撇開那種具體性或鮮明性不談，單純集中在連貫性上，時間要多長就有多長。

敬愛仔細看著E所拍攝的短片《內心》的備忘錄。看來那個男生——獨自在教室聒噪不休的男生——應該就是尚秀。因為無法忍受半點沉默，總是焦慮得說個不停的特質，正是尚秀的正字標記。雖然電影中沒有出現男生的臉，但無法訴說刻骨銘心的情感，卻只能顧左右而言他、「消耗」那種迫切心情的模樣，與現在的尚秀很相似。這就像電影的最後一幕，鏡頭突然轉換角度，短暫拍到靈骨塔的畫面一樣，可以猜出那份情感與某人的逝世有關。敬愛知道，一旦內心懷有那種思念，就只能一直深藏心底。

敬愛直接跑到尚秀的公寓，按下電鈴，接著尚秀以憔悴的神情現身在走廊上。平時尚秀會把頭髮打理得清爽乾淨，使用適當的髮油和噴霧，讓髮型維持完美狀態，但今天卻不一樣了。他好像整個週末都沒洗澡，髮絲黏在額頭上，眼睛布滿血絲，加上因為沒有刮鬍子，散發出一種頹廢與嘲諷的氛圍。看到敬愛提著買來的越式麵包後，尚秀的表情依然沒有任何變化。

「我好像去不了了，我不想去。」

「發生什麼事了嗎？」

「敬愛，什麼事都沒發生。」

敬愛心想，現在到底是想怎樣？該不會是因為上次牽手的事，想要保持距離吧？但她盡可能將這種想法拋到腦後，把麵包袋拿到尚秀面前，「來吃午餐吧，是您喜歡的越式麵包」，但尚秀搖了搖頭。由於他一直盯著地板，沒有和敬愛對上眼，所以感覺並不像在回應，而是自己很沮喪地在搖頭。

「您是覺得有壓力嗎？您大可不用這樣。」

「我有什麼壓力？」

「上次我們雖然牽了手，但不需要把它看得那麼嚴重。」

尚秀頓時語塞，吐了一口氣。

「以我目前的狀態，妳可能會覺得有點糟。」

「是非常糟。既然都買了，一個人在家就吃一下吧，順便沖個澡。」

敬愛從便當盒取出一個越式麵包，交到尚秀手中，接著就轉身下了樓。她心想，尚秀確實可能覺得有負擔，因為他出乎意料地純情。既然尚秀強烈地單戀某個人，內心自然會覺得錯綜複雜，只不過這件事有嚴重到不能工作嗎？要是牽個手就這樣，萬一說要上床的話，他豈不是會被自責感給壓死？到時恐怕還得替他收屍。

雖然尚秀打來電話，但敬愛並沒有接。她必須收斂自己的心，好讓尚秀的內心能夠風平浪靜，若是不這麼做，搞不好那股壓力就會化為驚濤駭浪，將他徹底淹沒。

敬愛，

尚秀以簡訊呼喚敬愛。

可以等我一下嗎？我還是必須到場的。

看到這句話講得如此認真，沒有半個微笑的貼圖，敬愛更不知道要如何回答了。是要等什麼？只要停下走出公寓的腳步就行了嗎？

她轉過頭，發現尚秀走到陽台，一邊往下看著敬愛，一邊傳著簡訊。看著拿著手機靠在陽台欄杆上，就連洗澡這點小事都無法完成的尚秀，敬愛覺得好像能懂他的心思，又好像不太懂。不過，到底是想要我怎樣啊？她忍不住想。

敬愛走到在陽台上看不到的地方，坐在長椅上，吃起越式麵包。雖然這種在長棍麵包之間夾入火腿與蔬菜、淋上豬肝醬料的食物是從法國傳入，但在麵團中添加米粉的配方是越南獨有。添加米粉後，口感更有嚼勁，只是不管怎麼小心，依然會被麵包粗糙的表面磨破上顎，但至少吃起來很美味。

先吃麵包吧。

過了一會，敬愛才回覆訊息。

吃完之後呢？

吃完之後再傳訊息吧。

雖然不曉得尚秀有沒有照她說的吃越式麵包，但好一段時間都沒有訊息進來。敬愛一邊咀嚼另一半越式麵包，一邊看著富美興的街道。每次艾琳來到富美興，都會對這一帶的「乾淨」留下深刻印象，說這裡既沒有電線桿、沒有攤販，也沒有摩托車。在建設新市鎮的同時，電力設施全面地下化，所以在這裡看不到胡志明又窄又亂的街上宛如鳥巢般交錯纏繞的電線與電纜。敬愛對這番話很有印象，即便她就住在富美興，但也沒有特別覺得這個社區和胡志明的風景有何不同。那一刻她才領悟，原來缺少了這種「發現之眼」，用不同角度觀看人生的可能性就會等於零。敬愛很好奇，這在人際關係中也適用嗎？比如說，能不能幫助她理解一整個週末都窩在家裡平復情緒，接著突然說自己出不了門的人。

敬愛，我吃完了。

要洗澡啊。

是該去洗了。

至少先站起來吧，先走到浴室。不過，您到現在還是覺得內心很難受嗎？

敬愛，妳怎麼會知道？

因為我經歷過啊，不然怎麼會知道？「一看就知道」，這種事只適用於八〇年代。

妳也知道那個自動鉛筆筆芯的廣告流行語啊。

當然啦，這句流行語真是害死人了。

真的，哪有一看就知道的事。

根本沒有，我也做不到。

沒錯，敬愛，妳之前也很痛苦吧？

您說的是什麼時候？

……那個朋友，恩寵過世之後。

敬愛將橡皮筋重新套回空的便當盒時，尚秀的這句話透過通訊軟體傳了過來。敬愛心想，原來不是只有自己知道這件事啊，那麼在尚秀與恩寵有關的記憶中，應該也有能聯想到敬愛的環節吧？要是有的話，真想聽他說。想著的同時，不禁熱淚盈眶。

妳在吃辣炒年糕的那天發現的吧？

對。

妳曾經在 HiTeL 電影同好會跟我聊過天嗎？

不知道，會有嗎？您的暱稱是什麼？

……英東姊姊。

姊姊，您是走到浴室了沒？

沒有。

現在只剩下半小時了。

我很好笑吧？

不好笑。

不是很好笑嗎？

敬愛曾想過，如果認識E的人出現，想問他一些問題。她問尚秀，在E過世之後，他的人生變得如何，是否有什麼變化。

我變胖了，這不是在開玩笑，我變得更胖了。妳不也看到了？

是啊，啊，如果有拍照留念就好了。

為什麼要留下這種恥辱的紀錄啊？不過，當時妳怎麼樣？

敬愛停下在手機上頭敲打的動作。既然尚秀問了，她就想回答得更精準。為了組出某些用字，她的手指在各種子音與母音之間快速飛舞。但越是這樣，就越難從中挑出一句適當的話。過了一會，敬愛將所有言語都拋到空中，只打上了「當時覺得好冷」。

搭車抵達時，要比預定時間晚了足足半小時。將廢校重新改裝後的中心顯得小巧典雅，校門用英語和越南語寫了「技術合作中心」，也貼著寫有「歡迎蒞臨」的海報。敬愛一行人先與管理人員黃科長互相問候，接著又和公司幹部交換名片。桌上放了有「333」標誌的胡志明知名啤酒，因為越南語的數字3發音為Ba，所以又被稱為Ba Ba Ba啤酒。在放了好幾張膠合板的講台上，公司的相關人士正在致詞，艾琳注視著這幅情景，突然噗哧笑了出來，靠在敬愛耳畔說：「口譯好像很不想工作。」無論韓國人的致詞再長，最後都只會被縮減為寥寥幾句。也是，那種沒完沒了的激勵致詞聽久了，就連原本有的雄心壯志也會消失得無影無蹤。特地從韓國前來的理事表示，自家企業會開啟此處廢校的大門，再次領導各位走上學習之路，接著又有其他相關人士說，要讓各位的勞動力和韓國的先進資本發揮綜效，開發這個落後的區域。相較於韓國的相關人士緊張僵硬的模樣，居民卻顯得游刃有餘，有些人中途站起來安撫哭鬧的孩子，甚至還離開座位，說要回田裡工作去了。

結束這場先進資本緊張兮兮、勞動力卻顯得一派輕鬆的活動，過沒多久就是用餐時間，而村民也推來了唱卡拉OK的機器。據說是鄰近警察局長兒子的男人唱起歌來，麥克風也持續交棒給下一個人。

黃科長過來向敬愛一行人敬酒，而他就如尚秀所描述的，是個寂寞得不得了又多愁善感的胡志明外派人員，每句話後頭都會習慣性地加一句：「幫幫我吧，唉唷，就幫一下我嘛。」雖然實際上應該拜託的人是敬愛他們，但聽久了，也會不由得產生好像應該幫他什麼忙的錯覺。這時，有人說「黃科長也來一首吧」，將麥克風遞了過來。

黃科長走上講台，不知道是對舉辦活動感慨萬千，又或者是喝了太多酒，只見他仰望著昏黃的暮色，傾吐自己的姨丈和越南有很深的緣分，接下來他要唱一段姨丈經常在胡志明聽到的歌曲。

「部長，這首歌叫做『Saigon Dep Lam』，是『美麗西貢』的意思，大概就像韓國的〈首爾讚歌〉，您應該知道吧？」

黃科長像是從活動前幾天就開始準備般，用越南語唱起歌來。這是一首有著恰恰的快節奏歌曲，歌詞出現了隨風飄揚的越南長襖、玫瑰人生與充滿愛的西貢。

唱完歌，黃科長回到座位，趙老師問：「您的姨丈先前在這裡做生意嗎？」黃科長則是語帶苦澀地說：「聽說是在越戰時來的。」

「姨丈說他不是陸軍，而是軍樂隊，吹薩克斯風的。很奇怪的是，我從來都沒有看他吹過，但仍暗自希望他真的只有負責吹薩克斯風，因為他是酒精成癮者，大半輩子都耗在精神科。」

在這之後，韓國人充滿幹勁的激勵致詞依然看不到盡頭。儘管他們都表現得很有禮貌，盡量不讓居民對自己失去信任，但越是保證未來有多美好、越是夢想合作的公平性，就越容易透露出施捨的態度。聽著韓國人說的話，一位上了年紀的村民引用越南俗諺「Khong ai giau baho, khong ai kho ba doi.」來回敬。口譯說，這是「富不過三代，窮也不過三代」的意思。吳科長也隨即說：「是啊，所以很快就會被追上了。看看現在的胡志明吧，幾乎沒有韓國車，都是TOYOTA、Honda。韓國人的皮要繃緊一點了。」

等到韓國員工開始跳起歌手PSY的騎馬舞時，麥克風來到了尚秀手中。雖然敬愛知道尚秀今天沒有唱歌的心情，但還是先讓他握在手上，直到有人拿走為止。

「辛羅伊、辛羅伊，欽恩空必特叮逼欽特。」

尚秀以不流暢的越南語致歉，說自己不懂越南話，請求大家的諒解，結果居民很親切地表示也有韓國歌，替他播放被改編成越南語、一九八〇年代的人氣歌謠〈濕柴〉。由於小時候媽媽經常會在美容院放廣播，因此敬愛也知道這首歌。媽媽很喜歡那個有一頭捲髮的帥氣歌手，但覺得他離開當紅的樂團Songolmae，跑出來唱這種淒涼的歌很可惜。不知道對其他女人來說如何，但對自己而言，具昌模代表的是Songolmae的具昌模，不是唱「偶然邂逅的妳，擄獲了我的心，如今猶如罪人般的我，卻無法向妳靠近」的人。

升上國中後，敬愛在準備搬家之際，第一次看到了比較能看清楚父親長相的照片，而且覺得他和那位歌手長得很像。或許，媽媽之所以討厭那位歌手，不單純是因為他退出了樂團，而是必須和有著相似臉孔的人離別。即便如此，幸虧媽媽依然很支持「在偶然邂逅後墜入愛河」的情節，而之所以猶如罪人般無法向前靠近，也不像媽媽說的那樣，是因為被潦倒絆住了手腳。

看到尚秀唱到一半不知道歌詞，開始用「喔～喔～」來含糊帶過，敬愛接過麥克風，替他唱了下去。被搶走麥克風後，尚秀仍尷尬地拍著手，跟著唱了幾個小節，但後來大家唱越南語歌詞的音量蓋過了兩人。

教室內放了八十張縫紉桌，最前排綁著慶祝開校的紅色蝴蝶結。由於學生人數越來越少，這間學校在幾年前宣布廢校。家庭經濟能力不錯、上得起學校的孩子們都去了都市，至於剩下的孩子則是工作比讀書更重要。敬愛想起每天早上都會有個孩子到公司附近賣雞，年紀約莫十一、二歲。在越南，孩童外出工作是很稀鬆平常的事。

大家都出去了，只剩下敬愛留在教室看著窗外，尚秀則一副不知道在檢查什麼般，在縫紉機上摸來摸去，同時朝敬愛走了過來。

「會有多少人來這裡學習使用縫紉機呢？」

「聽黃科長說，會先分成上午班、下午班來上課。」

敬愛坐在縫紉桌前，試著踩了踩踏板，將尚未插入線的壓腳拿起又放下。尚秀在敬愛前面那桌坐下，轉過頭看。

「您曾經是什麼樣的學生？」

「令人倒胃口、不受歡迎的那種。妳呢？」

「猶如幽靈的學生。」

「感覺好陰森喔。」尚秀露出淡淡的笑容，臉上依然有一抹陰影。

「我不會問您剛才發生什麼事，反正您也不會說。」

尚秀直勾勾地看著敬愛，似乎感到很為難，於是轉過身看著黑板。這裡就像是被隔離的空間，與運動場上的喧嘩毫不相干，就如同十幾歲時的敬愛總是趴在桌面，教室的時間也依然持續流動。當時敬愛並沒有在睡覺，只是面向桌面，注視著雙臂和頭髮所圍起來的小小黑洞，而同學們則是跟好朋友一起做筆記、唱歌和吃飯。即便如自行隔絕般趴在那裡，聲音——喂、給我交出來喔、掰掰、打開課本、今天要趕進度、瘋子、班長、喊放學吧——仍流向敬愛的四周。不管貼得再靠近桌面，敬愛能夠創造的黑暗仍然有限，沒能完全變暗。透過手指或髮絲的縫隙，可以看到同學的長直髮、寫給某人卻只寫了一半的紙條或被掛起來的綠色體育服之類。然後，敬愛的心臟也開始稍微跳動，不由自主地期待起什麼，但期待的心經常轉變為祈禱的心。雖然敬愛看起來像是個只會成天趴在桌上、猶如幽靈般的學生，但並不代表她心如止水，反倒是因為內心過於波濤洶湧，才會呈現什麼都不做的靜止狀態。

敬愛暗自期望尚秀可以多說點關於E的回憶，越多越好，但另一方面又什麼都不想聽，只希望尚秀能繼續背對自己坐著。相較於與E拍攝短片時，尚秀的肩膀要比那時寬上許多吧。電影中，鏡頭堅持停留在男生肩膀上的拍攝角度至今仍記憶猶新，看久了，似乎也能明白為何E想要拍攝尚秀的肩膀，還有想透過這種角度留下何種訊息。敬愛看著尚秀，接著用拍攝時不會發出聲音的手機程式拍了好幾張照片，直到放下手機時，尚秀沒有轉過頭，說了一句：「敬愛，我不是壞人。」

「我知道。」

「我是說真的，我不是壞人。」

「知道啦，不用擔心。」

但在這之後，尚秀依然陰鬱地重複相同的話。每一次，敬愛都會回答「我知道，我也是這麼認為」。

在回到胡志明的路上，有好一段時間車子只瀰漫著滿滿的疲勞感。車子在未鋪柏油的道路上喀啦喀啦抖個不停。雖然來的時候也是如此，但只要過了一會，腰部就開始感到疼痛。

坐在副駕駛座的昌植突然轉頭看尚秀：「我覺得好像有人偷走了我存下來的錢，我很認真地用電腦玩花牌，足足贏了一億元，卻沒來由地一天一天減少。」

「您這樣會暈車的，請看前面，把安全帶也繫上。」尚秀叮囑昌植。

開車的湯尼也出聲勸阻，路面很不平坦，要是繼續那樣坐著，搞不好會傷到腰。

「我的腰為什麼由湯尼你來擔心？專心開你的車吧。」

「那個無法連上網路，所以不會有人拿走的，這是您的錯覺。」

「是喔？」昌植愣愣地看著尚秀，然後將身子轉了回去。雖然不知道能維持多久，但尚秀替他安裝的遊戲至今還有效果。之前每次去賭場就只會輸錢，沒錢了就在一旁湊熱鬧，現在這個遊戲能讓昌植在下班後待在家裡。雖然只是遊戲，但他說，因為家裡有人，很自然就會想回家。不過趙老師和昌植之間也不是沒有任何問題，無論趙老師對昌植再好，昌植卻老是突然鬧彆扭，動不動就找碴或故意頂撞，說趙老師有個一大早就用通訊軟體問候他的女兒，還有徹底戒酒的毅力。日子總是看似逐漸好轉，但又突然皺成一團，再度搞得亂糟糟，但趙老師說沒關係，昌植只是想過上好日子才這樣，至少這比像丟了魂似地，帶著想從部長身上蹭點酒喝的想法撐過每一天要來得強吧？因為他開始會嫉妒，也有了自己想擁有的東西。

「這也情有可原，確實是很可疑，因為這裡是個非常瘋狂的國家。」

吳科長突然開口。

「你們知道金部長的夫人吧？他們家不是老是在換女傭嗎？」

在國道上行駛時，若是半路碰上正在移動的牛群，湯尼就會熄火，等待牛群完全通過為止。因為牛群可能會被車頭燈嚇得到處亂竄。周圍暗下來後，兩邊都能相安無事。

「他們就是這樣一直被騙，被騙了肉錢、菜錢，不買的東西也買了，買了之後又不見了，他們都快被搞瘋，簡直要成了精神病患。」

大夥兒都知道，金部長的太太每天都會打好幾通電話抱怨女傭說謊。被有神經衰弱傾向的太太糾纏久了，金部長也開始想要離開令人生厭的胡志明，回到韓國。但對於一個超過十五年都在海外分社的人，總公司自然不可能安排好職位等他回來。金部長感到很焦慮，要是真的回去，可能就要開始準備退休生活，再也不必工作了。不過金部長是個反覆無常的人，等到心情一好，又會突然拿出幾十萬元的零用錢發給員工，做出莫名彆扭的激勵舉動。

同樣的，碰到太太充滿不安地打電話來，表面豪爽的金部長又會變得一臉陰鬱，但在陰鬱之餘，又不能像個其他情緒都麻痺的人般，機械式地接電話，因此他只能要太太檢查一下收據、仔細翻找皮包看看。

不管在胡志明的韓國人賺了多少錢，不安似乎都會讓某部分的意識麻痺。吳科長也受夠了這座城市，而那更像是一種偏頗的疑心。錢賺得越多、擁有得越多，就越無法擺脫異常的不安與破壞帶來的情緒起伏。心之所以會逐漸堅硬，或許並不是因為這裡是胡志明，而是「擁有某樣東西」必然會帶來的結果，就像昌植為了無法握在手上的遊戲幣而心急如焚般。

「你不也是這樣嗎？」吳科長突然朝著湯尼說。

「科長，我怎麼了？」

「我說：『喂，你為什麼老是遲到？』你就會說路上在施工，找了一堆藉口，但我也有經過那條路，知道路上沒有在施工，接著你才說其實是車子哪邊故障了，為了修理又耗掉了不少時間什麼的。那你為什麼不事先修理咧？接著你又會說汽車維修中心沒有零件，反正沒有一件事是你的錯。這就是越共的風格。」

「吳科長，您這樣說的話，胡志明的員工會不高興的。」趙老師輕聲告誡。

「您才來這裡多久，就已經在替他們說話啦？你們小組心這麼軟，能在這裡撐多久？我們部長打賭，看你們能不能撐過一年。」

「賭多少？」原本只是靜靜聽著的敬愛突然發問。

「朴主任，妳知道了又能怎樣？」

「我們也打算來打個賭，看總公司知不知道胡志明分社已經賣了好幾年其他公司的縫紉機。」

吳科長頓時語塞，停了一下才問敬愛在說什麼。

「如果您不知情，那就別再問下去。」

「不然是怎樣？朴主任妳現在是在威脅我嗎？」

「看來不是空穴來風囉？我也是聽說的。」

一回到胡志明市區，吳科長就說要下車。但那畢竟是一條只有幾家舊商店的暗街，所以他似乎是因為不想待在車裡才這樣。吳科長下車之後，湯尼依然熄掉車頭燈停在那裡，直到艾琳問為什麼還不走，他才回答說不定吳科長會掉頭回來。過了一會，車子發動，尚秀似乎很惋惜地對敬愛說：「怎麼可以在這裡說那種話？我也不是不知道這件事。」

「那你為什麼不追究？要是往後我們也被連累，那要怎麼辦？」

「別說了，哎呀，別再說了，朴主任、孔組長，那你們叫我怎麼辦？」

在前座的昌植搖了搖手。

「做兩份工作又怎麼樣？你們兩個還年輕，又是大學畢業，丟掉這份工作也無所謂，但我能怎麼辦？」

「老師，我也是個曾經為了工作而削髮示威的人，之所以做到這一步，就是為了保住這個飯碗。」

車內的氣氛變得很糟。昌植反覆說自己現在該怎麼辦，尚秀不發一語地看著窗外，湯尼和艾琳也像是不存在的人般沒有說話。雖然看不到趙老師的表情，但他鬆開十指相扣的雙手，又重新扣起來，同時調整了一下坐姿。敬愛看著窗外，突然對艾琳說：「今天聽到了各種莫名其妙的話吧？妳別因此壞了心情。」

「今天確實感覺有點怪怪的。」艾琳將頭靠在窗戶上，偷偷用斜眼瞄了一下全神貫注的尚秀。

「是啊，很怪吧，糟透了。」敬愛表示同意，又補充：「明天應該會更奇怪吧。」

「姊姊，不過，郊遊終究還是郊遊。」艾琳接著用越南語悄聲說「姊姊也終究是個好人」。敬愛雖想否認，但她只是張開手掌，然後豎起大拇指說：「感覺還不賴喔。」

回到家之後，敬愛接到了尚秀的電話，問她為什麼要把情報提供給他們。尚秀說，他已向韓國總公司報告金部長他們小組專橫跋扈的行徑，現在只要有更確鑿的物證，就能乾淨俐落地處理這個問題，但因為敬愛說了那種話而錯失了機會。「什麼機會？」敬愛邊聽尚秀說話邊問。

「這個機會是為了什麼？」

「要讓他們金盆洗手啊。」

「要洗什麼手？」

「讓他們離開分社啊，總是得換水才有新氣象。」

「這對我們有什麼好處？」

尚秀頓時啞口無言。這還用問嗎？除了之前被他們瞧不起之外，他們也犯了一些過錯，如果把這件事告知總公司，由社長來定奪的話，我們不僅可以除去生病的蛀牙，還有機會升遷，這不是一箭雙鵰嗎？妳是不懂才會接二連三地發問嗎？敬愛說，自己雖然還活得不夠久，但所謂的機會不會以這種方式到來。以他人的不幸為擔保所帶來的不是機會，而是一種考驗。

「為了那種考驗賭上我們的命運和未來，不覺得有點可笑嗎？」

「怎麼會可笑？敬愛，妳想得太天真了，妳看好了，總公司會採取行動的。」

雖然敬愛覺得，剛才白天時尚秀還一副死氣沉沉的樣子，現在卻熱血沸騰，看起來感覺還不錯，但總有一種事情會搞砸的預感。只不過對此時的尚秀來說，這種話似乎並不管用。敬愛沒有再多說，結束通話的同時，說了一句「但願你能迎來久違的恩寵」。聽到這句話後，尚秀有好一段時間沒有回答，最後才不明所以地說：「對不起。」

緊張感在辦公室裡瀰漫了一陣子。金部長依舊像平時一樣工作，沒有把尚秀叫去，替自己辯解或追問前因後果，他一如往常地斥責昌植，到了晚上就和吳科長一起外出應酬，同時不斷以高分貝接聽電話。和尚秀討論工作的對話也沒有不同，只不過無論是金部長或吳科長都不向敬愛搭話，把她當成了隱形人。

幾天後，總公司決定將敬愛調到她從沒去過的京畿道始興市，在半島縫紉的物流中心工作。告知敬愛這個消息的人不是身為組長的尚秀，而是金部長。尚秀很錯愕也很氣憤，因為公司沒有事先和他商量就做出了這個決定。會議一結束，他就打電話回總公司，部長只用「事情就變成這樣了，這件事就用這種方式處理了」含糊帶過。尚秀追問，為什麼被處理的不是金部長他們小組，這讓部長覺得很受不了。

「孔尚秀先生，你真的很不懂人情世故，公司的理事都諒解他們那樣做，連回扣也大家一起分，但你現在是在向誰打小報告啊？你只要按兵不動就好，我會讓朴敬愛小姐調職來收拾殘局。再怎麼民主化，在公司就是上命下從，但朴敬愛小姐的存在威脅到這個鐵則，懂嗎？你就別再替她說話了。」

尚秀暗自後悔，早知如此，就不該一五一十地向上頭打小報告，尚秀知情的事並沒有為理事們帶來威脅，但有罷工經驗的敬愛一出面，理事們便迅速地斬草除根。換句話說，大家都很願意變通。說得再精準一些，是大家做事都「很有彈性」。金部長的變通就等於外派員工的變通，變通帶來了收益，收益帶來了額外獎金、娛樂費及按時給理事們的回扣。和社長有親戚關係的理事們對於這種通融沒有任何意見，而尚秀跑來打小報告的行徑，他們也只當成是某個搞不清楚狀況、多年來發揮公司愛的空降部隊員工的慣性，但在吳科長與金部長的通報之下，敬愛卻被當成了問題人物。這名員工不怎麼懂得變通的事在幾年前就已經得到證明，問題就出在社長在經營方面也沒有半點「彈性」。看到姊夫、叔叔等人把公司營運當成免費服務，排隊坐在理事的位置上，社長覺得很不舒服，所以搞不好會惹出什麼事來。好比說，他可能會把整件事告訴只要被惹到一根汗毛就會怒氣衝天的會長。就算理事們可以接受那種變通，但會長絕不可能寬待。他可是一九五〇年代韓半島戰後重建都還分崩離析的局面下，替紡織產業開啟新氣象的神話人物。在那種神話中有勤勉、誠實與挑戰精神，但絕對沒有提供其他公司的縫紉機的「彈性」。彈性這個字眼與神話並不相襯。

使尚秀的處境變得更慘不忍睹的，是信件被公開、遭受波及的會員名單包括了敬愛。由於尚秀把敬愛視為很特別的人，所以將她的信件設為置頂，沒有移到其他資料夾，所以搞不好最先外流的就是敬愛的電子郵件。管理團隊每天不斷催促尚秀，要他好歹用書面和媒體進行訪談，不然親自站到會員面前也好，畢竟那些人談話的對象正是「姊姊」。尚秀別無他法，只能告知自己沒有向網路搜查隊檢舉的事，結果愛情火鍋表示「請別再讓我接受考驗了，要是再拖延下去，搞不好姊姊會從無罪變有罪」。

如果有地方可逃，尚秀很希望能躲起來，但不巧的是，他之所以不能這麼做，全是因為敬愛被牽連進來。尚秀雖不認為自己是個正義凜然又富有勇氣的明理人，但所有事情只要牽扯到敬愛，他就無法選擇卑劣的做法。只不過總公司的部長確實提出了嚴厲的警告，所以尚秀內心很掙扎。部長表示，這件事與過去尚秀所犯的小過錯——跑到大邱某個地方上演英雄救美的戲碼、要求升遷、和全世界的買家起口角——完全無法相比。

「事情再繼續擴大下去，別說是有靠山的空降部隊了，就是空降部隊的靠山來了也沒輒。」

「我要跟您說幾次才行？我不是空降部隊，也沒有和父親往來。」

「孔尚秀，我很認真在跟你講話，給我閉上你的嘴。」

「什麼？」

「我叫你閉嘴。孔尚秀，我老早就想跟你講這句話了，拜託你閉上那張嘴。」

尚秀真的閉上了嘴，但並不是震懾於總公司部長的威嚴，而是內心莫名感到抱歉使然。長期忍受尚秀、從來不曾叫他閉嘴的部長，就算再能夠變通，最後仍如茫茫大海的水平線般露出自己忍耐的底線。但部長可能覺得自己講話太重，結束通話時無厘頭地說自己這次進了網路佛教大學。

「從美夢中清醒過來吧，孔尚秀，反正世事終究是一場空，沒有什麼事為我所有，也沒有什麼證明我的存在。」

和部長的通話先是上演辦公室的狗血劇情，中途轉換成勾心鬥角的政治驚悚片，最後以洞察人生的電視劇作結。無論如何，唯一能肯定的是敬愛即將離開這裡。

辦公室變得死氣沉沉，敬愛請了半天假提前下班，只剩下艾琳語帶哽咽地和海倫娜聊天。坐在座位上折喇叭的趙老師則約尚秀一起去吃午餐。

離開辦公室的兩人來到米線專賣店。由於趙老師不是會到處說敬愛壞話的人，所以尚秀便把部長說的話一五一十地告訴了他。他像是在告解般滔滔不絕，直到米線都被泡爛，但在此同時，尚秀的想法很明確，就是不想悶不吭聲地接受這件事。這根本就沒道理啊，要追究責任也應該先從自己開始吧，為什麼把只是表明自己知情的人送到業務員根本沒必要去的始興物流中心？那裡不單單只有縫紉機，還保管了縫紉機邁入夕陽產業後，和日本總公司合作、莫名其妙開發的印表機和汽車噴油嘴之類的產品。在那裡，敬愛具備的特殊行事風格，包括慎重、善意、行動力、毅力、英語和日益增進的越南語實力全都無用武之地。這等於是要她回到在總務部工作、每星期五下午三點半到四點半看守備品倉庫的日子。因為不知道會被抓住什麼小辮子，只能盡可能做制式的工作，其他什麼都不做，有時再找個適當的地方抽根菸，看著卡車進來又出去的單調路徑，還有數著堆高機放下的紙箱個數。

不過，那裡沒有明確寫下自己想要卻非必要的文具、令敬愛感到頭疼的尚秀，沒有突然成為同一組、要求非必要的聯結的尚秀，沒有搭乘地鐵時想像著小時候擁有「被造」這個帳號的敬愛、當敬愛握住他的手時會悄悄心動的尚秀。尚秀再也不是過去被許多數學老師關注、永恆不變的常數，而是從敬愛的人生退出的空洞、零與未知數。

尚秀陷入情緒風暴之中，直到趙老師要尚秀吃米線、別把食物剩下的時候，他才勉強動筷子吃了幾口。接著，他向趙老師提出一個最讓人害怕的問題——敬愛應該會過得很辛苦吧？趙老師看著尚秀，只說了一句「是啊，會很辛苦」。

尚秀眨了眨眼睛，默默地流下淚水。無論再怎麼忍耐，都無法克制內心湧現的悲傷。但他為自己的樣子感到丟臉，「唉唷，我是怎麼了，老師，我最近碰到了一些不好的事」，但情緒依然沒有平復下來，後來是趙老師說：「我們出去外頭痛快地哭一場吧。」把尚秀帶了出去。接著，他們買了咖啡，在樓下的韓國連鎖咖啡廳面對面坐著。

「昌植他啊，剛開始一起住時，怎麼說都不肯打掃，要是我要他拿掃把掃一下房間，他就會呆呆地站在那，過了一會才突然問我：『大哥，是要從上往下，還是要從下往上？』」

「掃把嗎？」尚秀一邊用餐巾紙擤著變紅的鼻子，一邊問。

「對，他就像是第一次見到掃把一樣。我說，你愛怎麼掃就怎麼掃。結果他說，『從上往下掃，好像灰塵都往我這邊跑來了，但從下往上掃，它們又好像全跑光了』，一副猶豫不決的樣子。所謂的心也是這個道理，雖然這件事讓人很遺憾，但想必朴主任心知肚明。這種事只要經歷過就會有辦法，沒經歷過的人就難了。雖然敬愛會很辛苦，但她一定知道那裡適合自己。孔尚秀組長，你就相信那份力量，別再自責了。」

雖然趙老師如此安慰尚秀，但走回辦公室後，他卻坦承自己經常會思考，自己在罷工時要敬愛一定要撐下去、絕對不要離開公司的做法是否正確。每每從日英口中聽到敬愛覺得很痛苦，他都想要修正這番話，只是苦無機會。即便如此，看到敬愛能夠重新站起來，反倒主動來找自己，感覺就像是一個奇蹟。

「因為她就是那種人。」

趙老師先是主導話題，隨即表情放鬆下來，對尚秀說：「你現在的臉還紅紅的，多走一會再回來也不錯。」接著便先上樓回辦公室了。尚秀與絲毫不在意紅綠燈的胡志明的路人一起過馬路，來到午餐時間經常和敬愛跑來坐的市廳庭園。色彩濃厚、生機盎然的樹葉在頭上搖曳，閉上眼睛後，感覺就像置身海邊，這樣的日常風景讓敬愛與尚秀的心舒緩了下來。雖然兩人能講的話只有「那份合約真的沒辦法嗎？」而敬愛會心不在焉地回答：「被放鴿子啦。」但即便事情沒有按照兩人的想法發展，導致他們只能發出有氣無力的嘆息，但至少風景的色調是不同的。無論是初次在工廠後面的陰涼倉庫認出彼此，抑或是現在，儘管他們都沒有做出什麼成績，只能一再約定下一次要做出令人刮目相看的成果，但至少兩人的時間不是各走各的，而是一同流動著。

想到這裡，尚秀有了要針對敬愛被調職一事提出抗議的鬥志。在尚秀沉迷的電影與小說中，沒有一個人會順從命運的安排。在組長接到調職命令並為此感到煎熬時，組員不是還為了解決這件事，每天中午吃著自己不喜歡的解酒湯或河豚湯嗎？

尚秀抬頭看著使勁搖晃的樹枝，覺得有股穿透午後的靜謐風景、無法以肉眼看到的力量在暗示某種強烈的情緒，於是下定決心要做一件從他的角度來看是反抗，但在其他人眼中可能是白費力氣的事——親自回首爾去見社長。

社長很想透過談判或大膽的決定，向自己的父親和親戚們展現自己經營的手腕，所以應該行得通。尚秀馬上就開始搜尋回首爾的機票，也很急性子地預約了最早的票。接著，他傳了一封修改了許多次的簡訊給不接電話的敬愛。

敬愛，妳別擔心，我現在就立刻回首爾解決問題，我會導正這件不合理的事。

這麼重要的簡訊傳出去後，敬愛整個下午依然杳無消息。尚秀盯著手機等待聯繫，但直到快下班時才收到敬愛的回覆。

我會準備晚餐，你能來嗎？

一看到敬愛，尚秀覺得淚水就要奪眶而出了，但看到她與平時無異的表情，於是竭力壓抑波濤洶湧的情緒。只不過一進屋子，看到客廳的一角放著大型行李箱，壁櫥被打開，裡頭的衣服都被擱置在地上，他必須緊咬著嘴唇才能忍住湧上來的情緒。因為淚水可能隨時都會流下來，尚秀只好連忙將視線轉移到餐桌上的速食辣炒年糕，「上次也麻煩妳，今天應該由我來幫忙吧？妳應該很累了」，尚秀邊說邊撕開包裝。

「沒關係，我做了飯。」

敬愛走到瓦斯爐前面，打開鍋蓋，裡頭煮的是豆芽湯。

「不過，那個的確是需要撕開，我打算只把年糕撈起來，放進辣雞湯。」

敬愛說自己終於向每天來賣雞的少年買了雞。

「沒有去超市買嗎？」

「大概沒有一個胡志明人會去超市買雞。艾琳很早就跟我說過，那種工廠養的雞有多難吃。」

敬愛挑了一隻雞，少年說要先拿去別的地方屠宰再回來，所以敬愛就在原地幫少年看顧雞群。敬愛很高興可以在少年回家之前買到雞，也幸好可以做菜，但沒辦法自己一個人吃完整隻雞，以後也不會繼續待在這裡了，所以也沒辦法放進冰箱冷凍。她把事先醃製好的雞肉拿來炒，兩人就這麼一邊吃著雞肉塊，一邊看電影。

他們看的是敬愛喜歡但尚秀不喜歡的恐怖電影《驚聲尖叫》。然而並不完全是因為電影，而是因為沾得一身是血的畫面感覺與此時的食物有點搭，但又有些微妙的不對勁，讓尚秀吃得很痛苦。雖然尚秀這輩子沒有忍耐硬吃的經驗，但要是把這悲傷的雞肉料理剩下，不知敬愛會做何感想，所以他發揮神力全吃光了，甚至在盤底朝天時，敬愛還問：「您餓了一整天嗎？」

「我沒有誇張，這一整鍋辣雞湯，我只吃了三塊雞肉。」

「敬愛，我超喜歡辣雞湯，它是我全世界最喜歡的料理，什麼都比不上。」

電影結束，連續殺戮行為總算停止，敬愛說：「果然再刷還是很好看，太讚了。」她說從小就喜歡這部電影，因為在每個人的心中，都存有一邊喊著「Hello, Sidney」，一邊如惡作劇般想往前撲的殺意。尚秀飯後甚至喝了咖啡，就在他準備說明自己的激進計畫時，敬愛開口要他別說，並表示自己比較想聊關於E的事，因為要是聊聊彼此知道的事，他們就能更進一步了解E。

「到現在還有好奇的事嗎？」

「當然囉，我們一直活著，聊的事情也一直增加，但他沒有啊，所以覺得不夠。」

「不夠？」

「當然不夠啦，因為我到現在都還沒道歉。」

「妳不是道歉了嗎？」

「什麼時候？」

這一刻，敬愛以為提到了什麼與恩寵有關但自己不知道的記憶，所以很認真地發問，尚秀卻答不上來。因為如此一來，他就必須坦白多年前的冬天，在恩寵的語音信箱失效之前，他經常撥打電話進去聽敬愛說「對不起」的訊息，即便自己還記得那個聲音。他也必須說出有很多人懷念過世的恩寵，經常留下語音訊息。更讓他難以開口的，是恩寵有多麼珍惜敬愛的事。

「又不是妳丟下他不管，而是運氣好才活下來的。」

「是啊，我運氣很好，就只有我運氣好。」

尚秀帶著身為半島縫紉的組長，必須解決敬愛被調職一事的心情跑來，但敬愛想要的好像不是這個。她需要的不是身為組長的尚秀，而是能夠一起回想、分享記憶的尚秀。

尚秀說了拍攝電影那天的事。恩寵帶著社團使用的 Sony 攝影機跑到尚秀他們學校。那是一台放入八釐米錄影帶、現在不再使用的攝影機。雖然畫面上沒有出現，不過尚秀面前有一面鏡子，可以看到拿著攝影機站在後頭的恩寵。恩寵說：「想像我站在你面前，盡情吵鬧吧。」於是尚秀開始聒噪地說個沒完。雖然感覺很像在自嗨，但這也等於是在和後頭的恩寵對話。教室內有其他同學在場，而那所學校的學生們生性多疑，很在意當時還不流行的隱私，所以這件事很快就被傳到教務處。再說了，拍攝的人還不是同校的學生。

恩寵和尚秀被叫到教務處，班導師寫下恩寵的個人資料，要他先到外面走廊。接著，班導師問尚秀是不是出於自願才拍的。尚秀說：「當然囉，我打算靠它上大學。」

「上大學？」

「對，要是影片得獎，我就能保送大學了。」

班導師應了一聲，只叫他們要按照約定在晚自習前結束，就讓他們離開了。接著，班導師把這件事告訴尚秀的繼母，但幸虧沒有傳到父親耳中。繼母當時就已經知道尚秀未來的成就頂多是不像大兒子，不闖禍、不抹黑父親的臉，安安靜靜地過日子而已。拍片時，她並沒有干涉，後來才叫尚秀過去，說要看拍好的成品，因為擔心其中有什麼會造成問題的內容，妨礙到父親的前途。尚秀拒絕之後，繼母不知道使了什麼手段，從比賽負責人手中拿到了帶子。尚秀至今還保留的《內心》影帶，就這樣被繼母弄到手。原本約定好發生火災那天要拿最後完成版本，卻再也見不到恩寵。

雖然知道敬愛想聽到關於恩寵的事情，尚秀卻老是顧左右而言他。天馬行空原本就是尚秀的風格，不過就連本人也不知道究竟是因為這樣，還是自己對於提到恩寵的話題感到不自在。另一方面，尚秀又覺得，既然聊的是曾經那麼要好的朋友，到底有什麼好不自在的？只是當他端詳敬愛的表情時，心情又會變得錯綜複雜，不自覺地跳過恩寵的話題，講起自己的事。因此，尚秀說起了長期被父親忽視的母親在札幌離世的夏天、自己被帶到某個餐廳後，不斷拆解大醬湯泡飯幾個字以減少罪惡感的夏天，以及和恩寵一起拍電影的夏天。聽完這層層疊疊的夏天後，敬愛說：「夏天也許原本就是這種季節吧。」

「我也曾在夏天經歷過殘酷的離別。」

接著，敬愛平心靜氣地說起與山柱之間的事。都是尚秀已經透過魚雁往返所知道的內容，只不過她沒有提到最近重逢的事。

「所以那小子，不是，妳還心繫著那個人嗎？」
「對啊，某些時光並沒有繼續走動，而是直接融化、滲透在生活中，所以無法拋棄這份心意。」

雖然這是尚秀先前說過的話，但實際聽到敬愛這麼說，卻覺得無比心痛。透過「姊姊無罪」收到的所有信件都令他悲傷，但從不曾像這樣就連身體都感到疼痛。尚秀心想，跳脫虛擬的實體好可怕。了解一個人的過程，原來就是對某種形體注入生命，進而擁有那人的一部分嗎？所以過去尚秀才會對這種事如此敬而遠之嗎？儘管無法得知真相為何，但重要的是，如今在尚秀的心中，有個過去從敬愛身上擷取並逐一完成的形體，她會走路、會說話也會吃會喝。此時此刻，敬愛平心靜氣地詢問有關恩寵的一切，回想著某個夏天看著放進鍋子裡的玉米硬撐的日子，但無論表情再怎麼開朗，如何鉅細靡遺地評論尚秀不敢睜眼觀看的砍殺片，尚秀都能透過先前的信件字句得知她此時內心萌生的傷痛。

最後，尚秀說起拍攝《內心》結局的事，那天拍攝了尚秀搭公車到母親所在的靈骨塔的畫面。為了前往位於高陽市的靈骨塔，兩人在鐘路搭公車，而恩寵坐在尚秀後方，用攝影機長時間拍攝尚秀時有陽光照射的肩膀。接著，在靈骨塔那站下車時，恩寵不小心踩空，手上的攝影機因此掉落，而電影也在這一幕結束了。

「他在下公車時跌倒？」

「對，傷到了腳踝。」

想到過去認為很了不起的畫面，原來只是偶然拍到的角度，敬愛忍不住笑了出來。同時覺得，沒有賦予結局什麼深刻用意，只是盡全力拍到最後一刻的做法很有E的風格。E曾經說過，看電影時的重點在於播映的那一刻，觀眾與電影之間熾熱燃燒的時間。現在想起來，這的確很符合一個強調強烈的現在性、充滿雄心壯志的文青影迷風格。從這個角度來看，最後一幕等於將那一刻的E生動地記錄下來。E走下公車，E跌倒了，E的電影也因此畫下句點。敬愛不禁心想，要是能夠再次看到那個畫面，該有多好？

敬愛說她會回到韓國，尚秀則說不必這樣，事情可以解決的，同時也表示自己會回總公司去說明一切，但敬愛只是搖了搖頭。

「公司難道單純因為這件事才將我調職嗎？我回顧了罷工之後的這幾年，我不斷在避免什麼，是怎麼撐下來的，卻又變得多麼畏縮。」

尚秀看著敬愛斬釘截鐵、似乎不會改變想法的表情，接著移開了視線。沒想到還有這種離別的場面，用這麼充滿堅定意志的表情。

「那就沒辦法了，不過，如果是因為不信任我，大可不必這樣，我會想辦法解決，畢竟我們是同一組的。」

敬愛沿著桌面伸出手，想和尚秀握個手，但尚秀無法坦然握住那隻來到面前的手，只好無可奈何地輕輕握住她的指尖。敬愛慢慢加重力道，然後說：「組長，至少我們來到了這裡。」

「結局變成這樣，不是任何人的錯。」

姊姊無罪

看到回國後的敬愛整張臉都被曬黑了，日英忍不住問：「那裡是沒有防曬乳嗎？」敬愛則接話：「當然有啊，妳把越南當成什麼地方了？」日英又說：「還是妳在那邊的薪水太少？」敬愛又接著說：「少評論我的臉蛋。」日英說，既然從國外回來了，就去吃之前沒吃到的韓國食物吧，但知道敬愛之前沒有哪樣食物少吃，似乎顯得有些失望。出乎日英的意料，敬愛想吃的是連名稱都聽起來很生疏的越式麵包。敬愛找了一家好吃的越式麵包店，帶日英去吃。

用完餐後，日英與敬愛經過望遠洞巷弄之間的各種小店，往滯洪池的方向走去。望遠與合井有各種通往漢江的路線，但每一條都有不同的魅力。可能是因為在堂山鐵橋下方步行、穿越楊花津墓園的路線有住宅區，所以顯得很冷清，處處都有人們在祈禱默觀。公園的那一側接近城山大橋，有碼頭，同時具備遊樂場特有的輕鬆吵鬧的氣氛。敬愛下班後常走的路可經由抽水站到達，是運動和遛狗人士走的路線，並有籃球場與足球場觀眾席。每當敬愛想要感受一下清爽健康的日常氣息就會來這裡，如果看到有人在觀眾席打盹，或者把罐裝啤酒擱在面前和別人聊著天，內心就會變得很平靜。對敬愛來說，日英也會令她想起充滿健康活力的日常生活，但很奇怪的是，那天她卻一直在聊胡志明，聊另一個地方的事。她說起搭艾琳的摩托車經過的湄公河；每到下雨天，揹著背包的旅人就會在民丹的街道上慢悠悠地步行；由熱帶氣候的陽光與水所孕育、身處人類的城市卻依然能驚人成長的行道樹。後來，敬愛想起曾經在市廳的公園遇到不知為何哭泣的女人。那是她剛去胡志明不久時發生的事，但至今從未對任何人說過。

「她為什麼在哭？不過妳們應該語言不通吧。」

「當然不通，不過她一直在哭，腳邊放著一個水桶，但穿著打扮……」

「那她大概腦袋不太正常吧。」

「搞不好。她用一直拿在手上的手帕擦眼淚，還做出擰乾手帕的動作。」

「所以妳陪她一起哭了嗎？」

「妳覺得我像是會做這種事的人嗎？」

「對。」

「拜託，我當時在吃飯，所以當然就繼續吃我的飯啊，我沒有覺得女人在哭這件事和我認真吃飯有多大的不同。」

「是啊，是沒什麼不同。」

接著日英說偶然看到了報導，當時火災事件的啤酒屋店長去當了傳教士。雖然她只是突然想到才不經意提了一下，敬愛卻受到很大的衝擊，甚至將手中的罐裝咖啡擱在地面，反問了好幾次：「傳教士？」日英原本以為敬愛至今還沒忘記那件事，說不定已經看過那篇報導，沒想到她絲毫不知情，不禁心想自己是否不該多嘴。日英猶豫了一下，最後還是找出那篇報導給敬愛看。敬愛點進日英傳來的報導連結，快速瀏覽了一下，接著只說了一句「知道了」就關掉手機。

接著日英說希望生活能有點變化，像是進技術專門學校去考證照、上大學、在故鄉德積島開一家釣魚用品店或去結婚。「喔，感覺應該不錯啊。」敬愛邊聽邊說，但聽到結婚兩個字後立刻反問：「跟誰？」

「不知道跟誰。」

「喂，連個對象都沒有，還談什麼結婚啊。」

「妳怎麼知道我沒有對象？」

「啊？」

看到敬愛瞪大眼睛，日英長話短說：「才開始沒多久。」

「妳知道妳現在笑得很詭異嗎？」

「我怎樣笑了？」

「像馬臉一樣嘶嘶笑。」

「嘶嘶笑是怎麼回事？」

「真的啦，妳嘶嘶笑的樣子就像馬臉。」

「無言耶。」

春天再度來臨的消息，總是空氣最先來通報。每次呼吸都能感受到春意。仔細想想，這是再自然不過的事，因為就連剛出生、尚未睜開眼睛的嬰兒也都有呼吸的能力，它也是人類脫離母親的身體後最先適應的能力。人類能透過呼吸察覺空氣中的細微變化，能知道附近有什麼、沒有什麼。美宥的孩子之所以不需要看時鐘、每次都在同一個時間放聲大哭，是否就是因為感受到空氣的變化呢？想到這裡，敬愛不由得感到安心。

這件事她似乎也能做到。

告別的同時，日英問敬愛：「什麼時候要去始興？」敬愛回答自己不會去。日英明白這句話背後的涵義。

「不用值班的時候，我也會到場的。」

「妳在旁邊做什麼？這可是一人示威耶。」

「朋友之間講求的是道義嘛。喂，在野外時，狗也絕對不會獨自行動，都是群體行動的好嗎？」

敬愛希望回國後能先到總公司一趟，聽公司說明清楚，部長卻說沒有這個必要，要她直接前往始興就行了。來到始興後，等待敬愛的是保管國外出貨包裝材料的倉庫，沒有人告訴她應該在這裡做什麼工作，中心長反倒突然問她有沒有收到總公司的任何指示，甚至不知道是開玩笑或出自真心，問她是不是在胡志明貪汙了什麼。

第一天，敬愛把倉庫整理乾淨。為了讓自己能有個一坪左右的使用空間，搬來了書桌，也掛上了白板，並像尚秀那樣寫上「可以販賣商品，但不能出賣良心」。敬愛先是寫下自己喜歡的《法蘭克斯坦》的句子，接著寫下姊姊那些天馬行空的話語中的最佳名言「別拋棄妳的心意」，但最後都擦掉了。為什麼自己被趕到一邊之後，被安排的座位都照不到陽光呢？只要一坐下來，就連外頭是中午還是晚上都無法得知。敬愛試著忍耐一個星期，然後數了一下自己有多少假，一口氣請了十天。

每天早上，她會在家裡勤快地勞動，同時想起先前趙老師為了穩住昌植的心緒，要他開始清掃家中灰塵、洗洗衣服。幸好去胡志明之前沒有把房子退掉，不管去了哪裡，有個地方能夠回來是很重要的。無論跌到多深的谷底，總要有個最後的著地點。敬愛暗暗下定決心再也不放棄自己，這一次，不會任由自己隨著痛苦漂流。在身體勞動的同時，曾經全身無力到就連再簡單的小事都沒辦法做、猶如被喚醒的夏日記憶，也如同塵埃般飄到了空中。那時，在不知長相如何、也不知道從事什麼職業的姊姊鼓勵下，敬愛好不容易走出家門，到外頭買了玉米和啤酒回來。仔細想想，罷工結束後，即便在公司受到隱隱約約的排擠，卻仍能堅持下來，那也許不該叫做堅持下來，而是拋棄自己，任由自己置身於眾人的侮蔑之中。

當時，大家明顯透露出對敬愛的厭惡，包括公司發送新年禮物時會自動跳過她的辦公桌，就連一起參與罷工的工會對她的態度也很冷淡。雖然幾乎瓦解的工會重新凝聚起來，卻不允許她加入了。敬愛覺得無所謂，假如那個世界也以同一套秩序運作，那她才不感興趣。當時，她覺得這才是聰明的保身之道，但現在不這麼想了。如果碰到不公平的事卻不說出來，就無法救自己。她在始興的倉庫裡想著，救援不會安安靜靜地到來，只有吵鬧才會有糖吃。

白天時，敬愛會花時間整理周遭與外出，但到了夜晚，孤單便無可避免地向她襲來。她能深刻感覺到，雖然那些在胡志明的日子接連「推銷失敗」，但很奇妙的是，盛情款待的往來卻成了生活日常。敬愛的腦海中浮現的不是什麼多了不起的記憶。塞滿往返道路的摩托車與艾琳的小車燈、大樓管理員用鼻子哼唱歌曲的藍色游泳池、昌植巴望著下班後來杯啤酒的無聊表情，以及始終存在於每一幅風景中的尚秀。

在敬愛臨走之前，尚秀給了她一份特別的禮物——自家的鑰匙。看到現在竟然還有人不用按密碼的門鎖，敬愛覺得很神奇，也很訝異為什麼尚秀要給自己鑰匙，但聽到他說，進門後打開第幾個書櫃就會看到寫有《內心》的八釐米錄影帶，胸口頓時有種被堵住的感覺。尚秀雖然希望可以親自轉交，但要是敬愛想要先看的話，隨時都可以去拿——只要看到他家後不要評論東評論西就好。敬愛雖然收下了鑰匙，但她說自己不會去，尚秀說就算這樣，也請她先暫時保管鑰匙。

「這是什麼意思？想像上次一樣討好我嗎？」

「不是。」

敬愛看著尚秀認真回答的表情，收下了鑰匙。可能是因為尚秀一直握在手上，所以鑰匙上頭還殘留著溫度。只不過，如今那些記憶已如胡志明與首爾的距離般遙遠了。

敬愛將這些想法拋到腦後，同時將要回收的東西收集起來，拿到外頭丟。接著，她在經過長椅時看到一個很眼熟的背影。坐著時總會將手肘擱在膝蓋上頭、彎著上半身的山柱，此時就坐在即將開花的木蘭底下。這個畫面看起來很不真實，就像在作夢，因為敬愛沒想到能再次遇見山柱。看到敬愛後，山柱一度沒有說話，接著才像平時一樣舉起手說：「我啦。」

「我看到今天的燈亮著，所以等了一會。」

山柱說，敬愛不在的這段時間，大概看到房間的燈亮了三次，都是在敬愛的媽媽來打掃房間的時候。

「學長每天都來嗎？」

「沒有、沒有啦，沒那麼誇張。」

「我媽也看到你了嗎？」

「沒有，沒和她打招呼。」

敬愛的媽媽經常喊山柱「豆腐」，因為以前他來家裡玩時，媽媽做了大醬鍋，煮了一桌飯菜給他吃，結果他把豆腐全撈出來吃光了。他說，自己全世界第二喜歡的食物就是豆腐。問他第一喜歡的是什麼，他很溫柔地回答是和敬愛吃的所有食物。後來，媽媽笑著說，大概因為他是首爾的男生才這樣吧。

「要是你跟我媽打招呼，她一定會不高興。」敬愛用腳踩了踩原本裝回收物的空袋。

「我現在是在傷害妳吧？」

「……是啊。」

敬愛說起有一次和山柱通話的事，但山柱已不復記憶。那是在醫生宣告敬愛的媽媽罹癌後、手術前夕的晚上。當時同樣在公司過得很煎熬的敬愛睡在監護人的床上，後來跑到走廊打電話給山柱。到了夜晚，醫院的走廊安靜得叫人害怕。靜靜地閉上眼睛，一邊忍受著痛苦，一邊期待明日說不定會稍微好轉的時光，也許給了敬愛勇氣，所以她才會想，現在的自己這麼痛苦煎熬，也許能從深愛過、也依然愛著的某人身上獲得安慰。「學長，我媽生病了，明天就要動手術，我覺得好害怕。」敬愛還記得，自己的聲音在那空蕩蕩的走廊上迴盪。通話不到十分鐘就結束了，走進病房時，以為早已熟睡的媽媽卻起身問了一句：「妳和山柱通了電話嗎？」

「嗯。」

「他說什麼？」

「他說加油。」

雖然這只是一句安慰不幸之人的平凡話語，但向媽媽傳達時，敬愛卻再也止不住淚水。一路走來，她催促著被診斷出疾病後不知所措的媽媽，踏上名為醫院的跑道，冷靜沉著地安排手術事宜，但在那一刻，在山柱說出那一句簡單明瞭的「加油」時，她卻覺得自己好不幸。「那個會說話的首爾男生，怎麼變得這麼不會說話。」媽媽讀出了她的心思，忍不住說了山柱的壞話。

「敬愛，別哭，沒事的。」

「真的會沒事嗎？」

「當然了，就算一邊乳房沒了，媽媽也能很自在地上澡堂。媽媽看得很開，所以妳不用放在心上。」

後續做的放射線與抗癌治療要比手術更加痛苦。雖然媽媽事先在朋友的美容院幾乎剃光了頭髮，但頭髮依然掉個不停。媽媽說，抗癌劑進入身體、蔓延到全身的過程就像害喜般會有噁心感，也不能聞到任何味道，這讓敬愛覺得更難過了。媽媽所感受到的痛苦，就像再次誕下一個生命、細心養育和照顧他一樣煎熬漫長。

「也許我曾經很需要學長你吧，需要勇氣放下多年以來的感情，但因為我太喜歡學長了，所以很不幸地無法那樣做，而我們也才會變成這樣。」

「我不久前離婚了。」

山杜在說這句話時，敬愛忍不住心想，為什麼在這對話一來一往的長椅會如此冰冷，就像時間倒流、冬天到來，自己孤零零地坐在這裡般。在那兒綻放花朵的木蘭僅是幻象，自己彷彿墜入春天永遠不會到來的不安中，只是她並不想這樣。

「學長，為什麼要跟我說這件事？那一晚，看到我從浴室出來的學長擁有想守護日常生活的強烈意志，強烈到令人怨恨，而我認為往後學長也會過得很好。我就不說加油了，學長是不需要那種話的人。」

儘管敬愛留下山杜一個人，起身回家，讓山杜成了從此不會再見面的某個人，但一手拿著裝了回收物的塑膠袋，打開年代久遠的商住兩用房的玻璃門時，她很好奇山杜是否從長椅上站起來了，又或者依然坐在那裡，但她沒有辦法回頭看，只能無助地流淚。但即便在那時，在那個夜晚的每一個地方——走廊上不斷飄動的廣告傳單、沾黏塵埃的窗框、生鏽的信箱，都有著要比以前更加溫暖的空氣。空氣明顯溫暖，春天即將到來的事實也很明確，敬愛卻覺得自己爬上階梯的步伐無比沉重。縱使是現在，只要敬愛去挽留山柱，山柱就不必在敬愛的人生中成為死去的人，只要走過去說一聲「你知道自己傷我多深吧？」、「你應該要跟我道歉吧？」、「吃過晚餐了嗎？」又或者「今天先回去吧」就夠了。

但是，回家後的敬愛鎖上門，將回收的塑膠類塞進箱子，連日光燈都沒有打開，就這麼坐在書桌前。這個房間的東西太多了，她心想，如今在那些不必要的成堆物品中，真的必須去蕪存菁了。

這時，她突然很想寫信給姊姊，最近「姊姊無罪」的專頁上逐漸形成一股「姊姊有罪」的氣氛。正如部分酸民所言，會員們最感到氣憤的，不是姊姊想要賺取什麼利潤，或者對待會員的態度有問題，而是姊姊擺爛不管，就像不存在於世上般一聲不吭。

包含敬愛的信件在內，數十封郵件以「真實戀愛心得」為標題流了出去，而某些具有隱性偷窺癖傾向的人閱讀之後，留下了羞辱當事者的留言。發現那種網站、進一步檢舉並告知受害會員的，不是「姊姊無罪」的管理團隊，而是其他局外人。他們並不是郵件外流的當事人，只是不忍看到現在「姊姊無罪」的狀況才挺身出面。現在只要打開「姊姊無罪」的頁面，就會跳出公告，寫著「懇請大家不要刻意去找那些垃圾網站來看，也不要閱讀留言。有些自發性的會員正積極尋找有問題的網站，將證據截圖並加以檢舉」。然後，不知道是為了明確界定範圍，又或者真的有當事人的故事下面出現那種留言，上頭舉了可能會遭檢舉的留言範例。敬愛心想，如果留言都是這一類的話，搞不好自己的信件下方也會出現狐狸精等字眼。在這種情況下，會員們希望姊姊可以出面，姊姊卻連一句交代都沒有。

敬愛很好奇山杜是不是還在外頭，卻沒有探頭看窗外的自信，所以打開電腦，靜靜地坐了好一會，然後久違地寫了一封以「給姊姊」為開頭的信。

有好一段時間，公司放任敬愛到令人起疑的地步，只不過當她接近正門時，警衛就會跑過來說「不行、不行」，擋住她的去路。日英說要幫忙，跑來和敬愛一起舉牌抗議時，曾經和敬愛一起工作的總務和科長過來找碴。

「搞什麼？為什麼站在這裡？」

「我只是站在這裡而已啊。」

「什麼？」

「這裡是馬路，所以我只是剛好站在這裡，因為我想站著。」

「妳們兩個一起站在這裡就已經違反集體示威法了，這是沒有事先得到許可的非法行為。」

一人示威不需要許可，但兩人以上就必須提出集會申請。「是喔？」日英顯得有些猶豫，心想自己這樣站著是否會對敬愛造成不利，這時金宥靜開車經過，告訴她們：

「只要輪流拿著舉牌就行了！」

「這樣就不會落人口實了，現在總務部說逮到機會，正鬧得不可開交。」

敬愛原本以為會和上次罷工的情況差不多，但實際採取行動後才發現截然不同。不僅有公司內、外之分，有並肩作戰的夥伴與獨自奮戰的感覺也不同。她必須不斷提醒自己做這件事的理由，但每次內心都會產生動搖。在街上待久了，要承受大家的目光也不容易，這時敬愛總會莫名想起E說過的話。在他們經過地下街，看到露宿街頭的女人和小孩時，聽到敬愛不經意地脫口說出「可憐」這個字眼後糾正她的E當年才十七歲。需要經歷多少與現實之間的衝突，才能擁有那種深度？也許正如同經歷隕石無數次衝撞後造就的月亮，日常生活中的某些事情也造就了那樣的E。「你們沒有資格覺得別人可憐。」每當敬愛承受著他人注視自己的目光時，都會想對他們說出E對自己說的話，但後來則試著不去在意並接受了這件事。只要不給任何人那種資格，敬愛也就不會變得不幸。

雖然沒有拚上命，敬愛仍會想到自己是孤軍作戰；至於公司，則放任敬愛示威，直到她累了為止。接下來，便是遙遙無期的等待。但在這些之外，更具體來說，敬愛依然必須吃飯、上洗手間，有時也必須找個地方坐下休息。她不可能一整天都舉著牌子和發傳單，所以只能放在原地，跑到公園的公廁解決，但回來後一看，雖然應該是公司所為，但總之全部的東西都被拿去回收了。敬愛別無他法，只好把東西全部帶到步程超過十分鐘的公園，直到後來附近咖啡廳的老闆好心說要外借廁所為止。那是尚秀特別喜歡——不知道是不是因為價格便宜——午餐過後經常會去的地方。敬愛問：「沒關係嗎？要是被其他人討厭怎麼辦？」老闆回答：「會因為這種事而討厭我們的，一開始就不是我們的客人。」

「他們會講究氣氛跟一些有的沒的，平時根本不會來。」

當然，這種善意不會經常出現。認識敬愛的員工們覺得她的存在本身很礙眼，經過時對她不理不睬。這些經過的人身上總帶著一股冷冰冰的氣息，但敬愛覺得其中並不特別具有攻擊性或冷嘲熱諷，只不過是極力維持日常生活的過程中不可避免的溫度。從某一刻開始，敬愛就超脫了，不再覺得那有多麼罪大惡極或殘忍無情。就算她遞出與不當調職相關的傳單，也沒有人會收下，私底下會被罰遲到費的部門員工，則是在經過時稍微把敬愛推到一邊，這樣才能在大家都知道比實際時間快兩分鐘的打卡機上順利打卡。最早是餐廳的阿姨們拿了水和零食過來給敬愛，現在則有車上載著孩子們讀過後留下的故事書或玩具、敬愛先前把她從「笑的鬥爭」的難堪場面拯救出來的韓多靜在下班時載她到車站。那是在突然下起傾盆大雨的某一天，在車上時，韓多靜似乎欲言又止，最後才說：「員工也都知道，我們並不是不知情。」

過完一天，回家後的敬愛就像幾年前一樣寫起「罷工日記」。日記就寫在存放與E相關的紀錄的部落格上，部落格的分類因此增加一項，讓人有種別具意義的感覺。雖然不知道訪客是怎麼點進部落格的，但敬愛知道訪客紀錄中有個帳號屬於山柱。如果離別帶來的是憤怒、失望與敵意之類的單一情感，那麼也許擁抱它們生活會容易一點，但與某人分手後的情緒不是固定不變的，每一刻都有截然相反的情感充滿身體、填滿內心，因此讓人感到疼痛。敬愛覺得好痛，除了心痛兩個字，沒有其他字眼能夠取代。

寫完「罷工日記」後，敬愛便開始尋找那個人——現在成為傳教士的那個人的下落。經過一番掙扎後，敬愛甚至聽了他發行的讚美詩專輯，但只聽了幾小節就關掉了，接著她就像有人朝自己揮了一拳似地，一直低頭盯著腳下。

假如當初沒有僱用擔心收不到啤酒錢而鎖上門、領著月薪負責管理店務的店長，沒有為了非法營業而賄賂相關人士，沒有賣酒給孩子們，沒有在那一帶鬧區開好幾家分店來賺錢的話，那些孩子就不會送命了。倘若他是如此真心悔改，那該怎麼辦？假如他真的流下了淚水，為了贖罪而與神相遇，那要怎麼辦？想到這裡，敬愛的內心頓時有種一顆球落地的感覺。那顆球不僅沒有任何色彩，甚至連渾圓的形體都顯得模糊，宛如一種帶有月暈的物品朝敬愛滾來，停留在那裡。根據敬愛如何使用那顆球，它將會以某樣東西為標靶飛出去，只是就目前的敬愛來說，她無法想像盡頭會有什麼。

後來，敬愛找到了當時經歷火災的某個人經營的部落格。那個人在仁川求學，平時使用「冒險生」這個名字，至今仍在該地區活動，和青年藝術家一起企劃展覽、公演與發行雜誌。部落格上放有關於那天的紀錄，敬愛讀到那天之所以沒有以單純火災事件作結，而是演變成調查警察與公務員涉入的非法事件，是因為有一名工讀生向媒體爆料，提供了啤酒屋的帳簿。經過二十多年的現在，工讀生已經成了一名家長，也給冒險生留下了這種回憶：

「他甚至還會出手打我們工讀生。我們各自需要金錢的理由都不同，雖然有人只是想要零用錢，但也有些孩子是真的要賺生活費。大家雖然挨了打，但仍然乖乖聽從店長的話，因為他看起來有權有勢，甚至還把自家免費租給警察，彼此就住樓上樓下。就連大人都對他唯命是從，更何況是孩子？可是發生火災後，大家卻最先向我們問罪。被煙霧嗆到窒息、受傷、失去朋友的人明明是我們，卻把過錯推到我們身上，說我們都是只顧玩樂的孩子。是啊，那天我們的確在場，有人是來打工，也有人是來喝酒，但如果這件事如此罪不可赦，為什麼大人放任我們去做？警察為什麼要接受賄賂，為什麼要睜一隻眼、閉一隻眼，為什麼公務員要在檢查設施前事先打電話通知？為什麼不時跑到老闆的其他酒吧去喝酒跳舞？為什麼在我們經歷這種事之前不當一回事，看到我們正在做如此罪不可赦的事，又為什麼撒手不管？」

當敬愛舉著牌子站在公司大門口，卻突然想起這段話時，她就必須忍住不讓淚水流下來。倘若過去那個夏日，一起吃麵疙瘩的晚餐預告的是這種痛苦的到來，那為什麼還要祈禱呢？想到這裡，敬愛不由得意興闌珊，什麼事都不想做。但放棄一天的時間就等於一點一滴地放棄人生，所以讓白天空虛地流逝後，敬愛回到了房間，開始想要找出這一切不幸的始作俑者，親自見他一面，於是再次搜尋相關資料。雖然寄了電子郵件給撰寫報導的記者，但在那篇報導刊登之後，抨擊的聲浪高漲，記者便頓時銷聲匿跡了。追蹤被迫停止，敬愛的心再度成了一座煉獄。

後來有一天，冒險生拜訪了敬愛的部落格，在敬愛回想那天的紀錄下方留下「我可以分享這篇嗎？」的留言。敬愛沒有立即回覆，對於與倖存者共享記憶感到恐懼又期待。過了兩天，敬愛才回覆：「沒問題。」之後，有一些帶著明確目的——對火災事件感興趣——的人來拜訪敬愛的部落格。每當敬愛結束當天示威回到家，就會發現寫給E的信件或現在正在進行的「罷工日記」獲得了更多迴響。這時，敬愛會再次去拜訪他們的部落格，閱讀發生在二十多年前，對所有人來說卻依然是進行式的事件紀錄。有時，她也會翻閱毫不相干的日常生活紀錄。共享痛苦是如此靜謐、緩緩擴散的過程，正如同夜晚逐漸變深，清晨也慢慢迎來曙光般。

• • •

兩億的銷售額。令人慨嘆的是，這是尚秀在半島縫紉工作的期間一次也沒達成的豐碩成果，它卻如偶然飄落的樹葉或塵埃般到來，甚至沒有半點令人激奮的感覺。雖然與東洋物產簽完後各持一份的合約就放在桌上，尚秀看的卻是金宥靜傳來的照片——是舉著「撤銷不當調職」牌子的敬愛。聽說敬愛在公司大門口發放開頭寫著「請別把我當成幽靈，我是一個人」的傳單給來來去去的員工。

「尚秀，社長會不會找你過去？你打算怎麼做？」

「不用做什麼啊。」

「也是，你介入這件事不太好吧？這不是你該插手的事，金部長他們應該會寫好劇本給社長。」

但說到後頭，金宥靜說自己很不放心敬愛站在外頭的事，所以白天往往忍不住拉起百葉窗看，也許因為同是業務，總覺得自己也無法置身事外。敬愛把頭髮長度剪到耳下，而且可能因為韓國依然春寒料峭，她的脖子上圍了一條單色圍巾。尚秀思索著敬愛花了八個小時站在那裡，觀察那些拒自己於千里的人流與他們的日常，接著想起幾天前收到了一封「冰凍的法蘭克斯坦」寄來的電子郵件。

「我們是一同談論愛情的關係，因此我認為，唯有想談論愛情時才能寫信給您，所以一直在等待可以談那些事的時機。最近，我思索的不是戀愛的對象，而是曾經付出愛的自己。我忍不住心想，將那段時光的意義交由他人評斷，不啻是對自己殘忍。姊姊您最近一定過得很辛苦，而身為郵件內容被公然傳來傳去的苦主，我的心情也不怎麼好，但我仍認為，至少我們一同討論的這件事不該被拋棄。」

接著，敬愛像是看透了尚秀目前採取的漠視態度，將他花了八年光陰經營、呵護，現在卻無法登入的專頁上發生的事情做了整理。她說，會員們只是希望姊姊不要逃避或當鴕鳥，對此負起責任而已，只要做到這樣就夠了。雖然知道要匿名這麼多年的姊姊站在大家面前有多困難……敬愛在句末加了很長的省略號，接著好像很懂地說：「說真的，我們需要的不是『姊姊』，而是能夠整理某段時光的『過程』，所以無論姊姊是什麼樣的人，會員們都不會感到失望，沒關係的。」

到了下午，金部長叫尚秀過去。金部長說，我們——他特別強調這兩個字——沒有必要出面說明朴敬愛的事，總公司會靜觀其變，之後以妨礙業務檢舉，再以擅離職守等名義將她解僱。

「朴敬愛小姐似乎有什麼誤會，一直在強詞奪理，但又拿不出什麼證據，看了真是於心不忍啊。我知道孔組長和社長有點私交，但你可不要因為社長關切就以為可以高枕無憂，不然到時形勢逆轉就不好了。胳膊終究是往內彎的，要是惹毛了理事，以後他們就算會跟社長站在同一陣線，也不可能幫你說話。孔組長現在也快四十歲了吧？我是不清楚單身人士怎麼樣，不過從五十歲開始，要是沒有事先打好基礎，老年就會危機重重。穩定才是上上之策，是不是？」

聽到金部長的話後，尚秀變得有氣無力。是啊，問題就在於沒有證據。雖然尚秀和敬愛私底下聽到證言，但就連證明此事的一張文件、照片或揭開金錢交易明細的帳簿都沒有，在未持有證據的情況下，就向上級報告並警告對方的做法未免太過有勇無謀，一開始根本就是以卵擊石。後來，尚秀又接到了幾名沒有正式講過話的理事打來的問候電話，其中還包括兒時和尚秀一家人到瑞草一帶家族旅行的社長表姊。她大概是沒什麼話好講，突然問尚秀最近體重多少，但尚秀不想回答，只說這是個人隱私，於是她沒有再追問，只回想起當時並說：「當時你應該是十歲吧？真的很頭好壯壯耶。」

尚秀沒有和敬愛聯絡，但並不是因為公司要他絕對不能私下接觸，說不定會被揪住什麼把柄，要他特別小心，而是因為深感抱歉，為自己不知道該怎麼做才好而抱歉。只不過到了中午時，他會傳訊給金宥靜，也不問別的，就問今天敬愛是不是還舉著牌子站在外頭，接著金宥靜就會簡短回一句「當然啊」或傳照片給他。看到敬愛在照片中的模樣，尚秀的心總會不住動搖。

機器要進駐東洋物產那天，吳科長說有急事，帶著昌植去跑外勤。趙老師沒辦法一個人安裝那麼多台機器，很早之前就和昌植說好一起作業，但問題就在於吳科長急急忙忙出門，也沒解釋究竟是為了什麼事。但憑直覺來看，他們應該是去安裝或修理其他公司的縫紉機。今天是個重要的大日子，為了拿到這個案子，尚秀繼敬愛和趙老師之後在東洋物產進進出出，都要把他們的門檻給踩平了，吳科長卻這樣對待他們。尚秀雖然滿腔怒火，卻有苦難言，如今這種事在分社早不是什麼祕密。在敬愛受到那樣的懲處後，尚秀沒有採取任何舉動，也等於是默許了金部長做生意的方式。由於吳科長把湯尼也給帶走了，尚秀和趙老師只能靠計程車移動。車上的兩人幾乎沒有對話。敬愛那樣離開後，趙老師和尚秀之間的氣氛也產生了變化，就像他們的坐姿般，隱約在迴避彼此的視線。並不是因為兩人有心結，而是因為彼此的視線中都帶著對某人的歉意，要他們開口談這件事也很困難。

要趙老師獨自安裝近一千多台的縫紉機幾乎是不可能的，光是拆掉包裝就把趙老師和劉東心主任給難倒了。儘管如此，劉主任仍一邊幫忙，一邊笑著說：「這就是同胞的精神啊。」

「不過，朴主任在韓國過得好嗎？」

聽到劉主任這麼問，尚秀和趙老師一時都回答不上來，後來趙老師才說：「她很認真在過日子。」到了下午，眼見機器還沒安裝完畢，劉主任開始變得焦躁，因為機器沒有安裝好、工程出現差池是不該有的狀況。把機器賣出去後，怎麼能不幫忙安裝？竟然還讓工廠因此遭受損失？儘管如此，劉主任念在先前看到半島縫紉的員工都很老實勤奮，所以仍試著體諒他們。雖然身為組長的尚秀有氣無力地坐在機器室地板上，沉浸在自己的思考中，劉主任仍心想，也許是說好要來的技術人員沒來才這樣，應該是有什麼急事吧，但晚上七點一到，眼見大家都下班了，卻連一半的縫紉機都沒安裝好，劉主任也終於按捺不住了。

「這樣不是辦法，明天安裝得完嗎？」

中途，感到擔憂的韓國員工回去之後，劉主任就變得更焦慮了。尚秀起初還會催促吳科長和昌植趕快過來，但後來就不再聯繫他們了。他環視整個工廠，在機器搬入、縫紉機填滿空間後，這裡就會開始暈頭轉向地不斷製作衣服，只是現在卻因尚未安裝完成，只能被晾著。這是敬愛勤快地往返平陽才達到的成果，直到要離開胡志明的那一刻，她都還把關於工廠的詳細文件交給了尚秀才走。文件上細心加上交涉相關人士的喜好、想要什麼等備註，甚至還有「喜歡看漫畫」。其他紀錄還包括了「開誠布公是最好的辦法」、「很懷念故鄉的竹筴魚湯。竹筴魚湯是濟州的料理」、「工廠組長 Ngan 的兄弟都住在九老工業區」等。只是，累積這些紀錄又是為了什麼呢？接著，尚秀想起敬愛說會多思考自己，而不是戀愛的對象，結果卻導致她現在必須站在平時打卡通過的正門外面。一旦力量累積到某種程度，就會產生不惜失去一切的勇氣嗎？最後，吳科長終於來了聯繫時，尚秀說：「您用這種方式是很嚴重的犯規。」吳科長倒是連敬語都不用了，厚臉皮地回嘴：「你都知道是什麼狀況了，何必這樣？這裡的機器故障了，我們還能怎麼辦？」

「您到底在哪裡？快點讓他回來。」

「回不去了，這裡離胡志明很遠，在廣南。」

中部的廣南省是歸河內分社管理，而不是胡志明分社，既然都跑到那裡去了，肯定不是半島縫紉的機器。

最後，上頭有著半島縫紉商標的縫紉機沒有安裝完，劉主任也走了，只剩尚秀和趙老師躺在空蕩蕩的工廠角落歇息時，尚秀思索敬愛曾對自己說，只要有想負起責任的心意就夠了。雖然內心盤算過數十次，想就麼切斷所有聯繫，抹去姊姊的過往痕跡，但如果在他人的影響下做出這種決定與結論，不正如同敬愛所說的，是件殘忍的事嗎？在那個專頁上，不也有著和眾多匿名的人分享的許多時光和情感？

尚秀輾轉難眠，最後將公開自己寫給會員的所有信件的頁面開啟，把專頁的所有選單都恢復成以往的設定，進入好一段時間沒有進入的對話窗，和管理團隊約好要見面。

尚秀心想至少不要穿著有老氣格紋的襯衫或西裝，那樣太──雖然這樣說很奇怪，但太像男人了，看起來就像被調到胡志明分社後，再度成為沒有組員的組長，然後在未告知公司的情況下就擅離職守、回到韓國的三十八歲上班族。雖然尚秀是男人的事實本身就足以讓會員們跌破眼鏡了，但至少還是有所謂的氣質或氛圍之類的，應該可以稍微緩和她們受到的衝擊吧？所以尚秀刮鬍子時要比平時更仔細，還用蜜蠟除掉了雜毛，就連眉毛也修剪得比平時更為整齊，但就在使用眉刀和剪刀俐落地整理毛髮時，卻有股感傷的情緒湧了上來。雖然不知這份感傷何來，但總之其中夾雜了決心要出面解決問題的自我憐憫。每一次，尚秀都會想起置身皚皚白雪中的簡愛，以及想像中那冰冷卻小巧美麗的雪結晶所帶來的疼痛，最後忍不住輕聲嘆息。也許這一切全是幻覺，現實是此時尚秀必須打開門、走出公寓，去見代表九年來以為他是女人的兩萬名粉絲前來的三名管理團隊成員。

尚秀想像會員們的激烈反應，也許就像電視劇演的，有人會朝著尚秀的臉狠狠潑一杯水，並喊著：「我是那麼相信你！」過了一會，尚秀挑選了白色夾克和上頭畫有長毛象的T恤，接著帶上了背包，裡頭裝了透過海倫娜取得的文件。是關於金部長他們向客戶提供其他公司的縫紉機的資料。海倫娜給他這份資料時說，萬一以後追究起來，她會說自己不知情，大概是尚秀偷走的，但即便如此，要做這個決定依舊不容易。艾琳問，這樣做之後，敬愛就能重新回來嗎？但尚秀說應該有困難。

「沒關係，不然我自己去首爾玩。」

「什麼時候？」

「等下雪的時候。姊姊叫我要穿暖一點，不然會凍死。」

「凍死？的確是比這邊冷多了，加上今年冬天又有異常寒流來襲。」

「對，所以姊姊說，不穿暖一點就會凍死、翹辮子。」

「她說翹辮子嗎？真有敬愛的風格。」

「對，姊姊很有自己的風格。」

尚秀走出家門，走了好一陣子才發現T恤上頭寫了「Extinction」，意思是「滅種」的這個單字，讓他頓時心生退縮，彷彿正暗示著自己的命運。如今不再是「姊姊無罪」了，而是「姊姊沒了」，根本就沒有姊姊的存在。熬夜寫信給失戀的某個人、讀著一天也會有數十封飛來的電子郵件並盡全力想像的姊姊就要消失不見了。也就是說，評估失去的愛情大小和溫度，苦思要怎麼做才能讓它安全冷卻的姊姊不在了，如今只剩下罪，欺騙大家的罪。

在結合「延南洞」與「中央公園」兩個地名、擁有奇妙名字的「延央」公園裡，狗兒和主人一起悠閒散步。小狗們搖著尾巴、豎起耳朵細聽聲音，並在尚秀經過時用一雙小巧玲瓏的眼睛辨識他，這個胸口印有長毛象與Extinction——滅種這個單字的生命體。看著雖然身為男人，卻不得已必須以女人身分活著的尚秀，如今逐漸朝著滅亡走去的模樣。沿著小溪長出的水草、人工抽水設施、滑板車的小輪子和辣味熱狗，甚至或許是這座城市第一個開花、某棵春樹上的花苞，也無法扭轉這悲劇與滅亡的氣氛。

尚秀走進磚牆建造的咖啡廳時，濕透的感覺、柯布拉扎和對話最頻繁的愛情火鍋都已入座。唯一看著入口處，但即便和尚秀四目相交也毫無反應的愛情火鍋，在尚秀竭力拖著很想趁此時逃跑的步伐走過去，說出「妳們好，我是姊姊無罪專頁的主人」時，正好將手上拿的湯匙「嗒」的一聲放在桌面。在大家還在思考應該做何反應時，愛情火鍋率先說了：「跟想像的有點不一樣耶。」但從她的語調中感覺到的重量，絕對不是「有點」而已。

總之，既然大家見到了面，就必須坐下來、點杯茶，進入正題前也至少要寒暄一下，但卻沒有任何人開口。此時的沉默，正是讓尚秀平時最感壓力的情境，所以他習慣性地率先開口，確認會員們的近況，包括愛情火鍋曾經交往的外國男友的近況，以及教會哥哥把柯布拉扎的八千萬全租房[15]賠掉的事，至於濕透的感覺則是個特例，她每一次都是以單戀作結。由於尚秀的腦袋中帶著有關她們的詳細記憶，因此甚至還幫濕透的感覺回想起早已遺忘的某個回憶。這樣的對話之所以可能發生，是因為濃縮了整整九年的光陰。雖然大家聊得很熱絡，但對話中斷、沉默在桌面上瀰漫時，知道太多內情而無法否認自己就是姊姊的尚秀——高䠷瘦削、捲髮上有濕漉漉的精華液，但不管怎麼看都不是女人，身穿寫有彷彿暗示自己下場的「滅種」T恤——讓會員們實際感受到他此時面臨的問題，於是個個變得面色凝重。她們很擔心兩萬多名粉絲的反應，到底該怎麼處理才好呢？所以，是這個人說了「怎麼可能忘得了一起看初雪的那個人呢？」還有「即便是在炎夏想起，心情也會不住下沉，就像當時的雪片輕輕飄落在我的手心」嗎？是這個人張開那隻特別大的手掌，彷彿張開時能抓住一頭牛的手掌，想像著飄落的雪花，無視於外

15 全租為繳交一定金額的保證金（通常為房屋市價的一半或更高）後，就不需在合約期間內付房租，僅需支付水電費、管理費等雜費，期滿會退還保證金的租屋方式。

頭的溫度，幫助我回想起當時的愛情並給予安慰嗎？是他說「對於吝於說愛的男人，我們沒有必要憐憫」，還說「那句話猶如呼出的氣息，遇到過於冰冷的空氣後，就會連形體都消失不見」的嗎？

總之，花了很長的時間互通姓名後，四個人吃了麵包。在吃著鬆餅、可頌和閃電泡芙等點心的同時，很努力地要討論如何解決問題，卻發現除了和彼此見面之外，其實這個聚會沒有任何其他目的。尚秀說，自己會向網路搜查隊申訴帳號被盜一事、親自到警察局說明，也會接受訪談。

「您要接受訪談？」柯布拉扎問。

「也是，這樣我們的郵件才不會被拿去惡作劇。」濕透的感覺表示同意。

「姊姊先生覺得沒關係嗎？」

愛情火鍋很妙地加了「先生」的稱謂，就好像姊姊並不是從關係中衍生的稱呼，而是可以自行選擇的名詞。儘管如此，親耳聽到愛情火鍋用自己的聲音喊他「姊姊」，而不是使用文字訊息時，由於那要比想像中更溫柔多情，讓尚秀忍不住感到鼻酸。雖然彼此互通消息多年，但畢竟還是初次見面，要是落淚的話可能會顯得很狼狽，所以尚秀很努力想要忍住那股包圍自己的悲傷，這時愛情火鍋卻很果斷地阻止：「不用，不需要做到這樣。」

「如果需要接受訪談，就由我出面，我會說自己就是姊姊。只要一起出席，承認我是姊姊本人不就好了嗎？如果碰到棘手的問題，姊姊先生可以在一旁幫忙。」

尚秀倒是沒有想到這個方法，因為沒預料到有人會幫他。認真說起來，這些人全部都是管理人員，所以扮演姊姊的角色也不會讓人覺得奇怪。想到可以用比較輕鬆的方式度過這種可媲美災難的人生危機，尚秀的內心出現了一絲生機，但在放入嘴裡的一口鬆餅還沒融化之前，這份期待感就又被澆了一桶水，只因愛情火鍋說：「這樣會員們才不會受傷。」尚秀的內心再度縮成了一團。為了減輕會員受到的打擊，不出面比較好？如果是考慮到公共利益……但尚秀不想這麼做，因為這並不會幫助他度過今天。尚秀不想當這樣的人，既然有今天，就必定會有明天，而明天又有要解決的問題。無論能不能得到圓滿的結果，他都想當個在試圖解決問題中結束一天的人。

「謝謝妳這麼說，但我不想這樣做。」

「為什麼？這樣會員們才不會受傷、受到驚嚇啊！」

尚秀頓時感到很愧疚，不自覺雙手合十、再次道歉，但仍不改親自出面的想法。

「一旦這樣做，就等於是繼續欺騙大家，事到如今我不想再這樣了。」

尚秀和會員們道別後，朝公司的方向走去。在過去這段時間，弘大已有許多大型品牌專賣店進駐。只要找來起重機、開始興建什麼，就必然會有世界上任一座城市都能看到的品牌專賣店出現。遊客來觀光時，又會在那家店購買全世界經常看到的商品。NIKE、Adidas、Samsonite 和 THE NORTH FACE 等商標猶如印章般蓋在四處移動的人身上，使陌生的風景變得十分熟悉。尚秀看到大家在新開的 NIKE 專賣店前面排隊，一群手拿無線電的男人站著不知道在準備什麼。換做是平常，他大概會直接走過。其實，只要碰到覺得有壓迫感的情況，他就會下意識想要繞道。即便此時情況不同，他仍稍微繞了一下。

透過掛在店裡的巨幅人物海報和商品，尚秀得知那家店是集結麥可．喬丹系列商品的獨特專賣店，很自然地想起多年前和母親一同到美國旅行，以及當時喬丹和母親打招呼時不知悄聲說了什麼的記憶。他向要求大家排隊的保鑣詢問，喬丹是不是會來。

「一小時內會到。」

「一小時就會到嗎？」

「對，一小時就會到，請排好隊，不要站在人行道上。」

胡志明的同事們準備的資料就放在背包內，而尚秀必須去見的敬愛，就在距離這裡十五分鐘腳程的街上，她今天必定又舉著牌子站在那裡，尚秀卻莫名地覺得自己必須見喬丹一面再走。能在兩個城市遇見喬丹，這簡直就是命中註定。看到喜歡喬丹而對喬丹的休閒鞋、籃球、運動鞋瘋狂，差不多可以當尚秀姪子的年輕人排著隊伍，員工則分發著用來簽名的喬丹海報，尚秀不由得感到緊張。雖然喬丹不可能記得二十六年前與東方人的一面之緣，而且要說明這件事之前，工作人員就會要求尚秀走向出口，但他仍想試著問問看。透過第三者來確認母親最快樂的時光，難道不是一件重要的事嗎？等待的時候，尚秀回想起來的，不是那個孤獨的夏夜，而是適合春光、正值好時節的母親，所以覺得很開心。他想起的，是和他一起俯瞰那個夜晚的城市，悠悠唱起這首歌的母親。

人生在世，總有一天
你會碰上一名
令你神魂顛倒的女人
之後，即便你背棄了城市
但當你於早晨睜開雙眼

你依然割捨不了她

你能做的最棒的一件事
就是墜入愛河
你能做的最棒的一件事
就是墜入愛河

這時，尚秀突然明白了，為什麼自己要為了平常一次也不曾想起的喬丹而站在這裡——因為他需要勇氣。過了一會，喬丹似乎到場了，大家發出歡呼與尖叫，隊伍也開始縮短了。等待一個小時半，尚秀見到的喬丹，是個身穿銀色西裝、在簽名後豪爽地舉起手臂和粉絲擊掌的人。然而，眼見隊伍逐漸變短，喬丹的那份豪爽也漸次清晰，尚秀卻益發感到緊張，嘴巴也不自覺地變得乾澀。為了不忘掉要用英語講的那些話，他必須不斷重複背誦「您還記得嗎？一九九二年，您見到了我和我母親，我們是韓國政治人物參訪團，集體受邀去看比賽，在和您打招呼時，您說了什麼呢？當時我母親露出了很開心的笑容……」等 Google 翻譯機翻出來的句子。

終於輪到尚秀了。他遞出紙張，衝動地要求喬丹在上面寫上敬愛的名字。整個活動這麼緊湊，還要求明星寫上名字，自然是一件不受歡迎的事，但喬丹仍替他寫上了。接著，尚秀開始唸出腦袋中運轉的那些句子。果不其然，才剛發問就遭到工作人員制止，後頭等待的粉絲也說：「禁止發問，您不懂簽名會的基本規矩嗎？」尚秀於是心生退縮，把沒說完的話硬生生吞回去。就在他說完「Sorry」並打算轉身離去時，喬丹毫不在意地喊了一聲「Hey」，接著大喊：「要盡全力去做喔！」這句口號很常見，所以並沒有帶來特別的感動，但喬丹後面補上一句「不過你已經盡全力了」（You did your best）時，尚秀帶著一張快哭出來的臉轉過頭並揮了揮手。

後來，敬愛說：「您母親當時聽到的，會不會就是這句話呢？因為說真的，那種超級明星對粉絲說的話都是固定的。」

睽違兩個月才見到尚秀，敬愛卻不怎麼吃驚，只是放下手上的舉牌，一邊說著「真高興見到您」，一邊要跟尚秀握手。敬愛的手很冰涼，彷彿能感受到她站在這裡時經歷的人情冷暖。敬愛沒有問尚秀為什麼來總公司，或者是不是和自己有關，好像是不怎麼感到好奇，又好像覺得事不關己。由於尚秀也無法事先預測社長的反應，無法先對敬愛說什麼，但在敬愛到咖啡廳上洗手間、花點時間吃三明治時，他就站在那裡替敬愛守著舉牌和傳單。

社長在辦公室的一角放了階梯踏板，在運動時撞到了尚秀。以固定步伐上下、配合節拍的聲音，聽起來就像工廠的縫紉機噠噠噠的運轉聲。潛意識這種玩意真是可怕，就算是運動，也會挑選到這種類型。社長看到尚秀之後，竟然絲毫沒有受到驚嚇，反倒說：「哇，說你會來，結果還真的來了耶。」接著，他沒有停下運動的節奏，「好，有帶來什麼資料嗎？像是合約之類的。」這番話反倒讓尚秀感到驚慌不已。

「您怎麼知道？」

「那些理事說，你會帶偽造的假資料過來。孔尚秀先生，原來你懷有這種野心啊？看來你是想獨占那個分社，當個法人代表之類的吧。是誰幫你編那些數字的？誰扮演曹操的角色？是那個舉著牌子站在外面不走的女人嗎？」

「社長，是朴敬愛小姐。」

「什麼？」

「不是那個女人，是朴敬愛小姐。」

這時，社長從那個吵人的階梯踏板走下來，看著尚秀問：「之前不是找你來打乒乓球嗎？為什麼不來？」

「我要怎麼去打乒乓球？我人在胡志明啊。」

尚秀覺得自己的計畫全都付之東流了。理事們幾次的竊竊私語，讓尚秀帶來的證據都成了泡沫，搞不好社長也在這段時間內失去了想做出一番成績的野心。如果公司發展順利，自然是再好不過，但如果發展得不順利，那就順水推舟，往其他產業——更具前景、更體面的第四產業發展看看。畢竟真正的空降部隊不是尚秀，而是社長，不是嗎？他整個人生靠的就是裝帥。尚秀在絕望與憤怒之中如此想著。說真的，尚秀在成長過程中，就經常從繼母口中聽說社長有多沒出息。繼母一有空就會說起他那乖張的行徑，像是他說要發展宇宙產業，甚至發射了人造衛星，當時花在天空上的錢少說也有幾億元。雖然因為周圍多得是一些有暴力行為、濫用藥物或酗酒的孩子，所以社長的行為反而被視為很求上進。先前社長有一次在白天喝了酒，一邊回想，一邊說自己那樣做是因為孤單。儘管不知道他是在開玩笑或是出自真心。

「我當時為了發射衛星，大老遠跑到俄羅斯去。你們知道吧？俄羅斯的黑手黨，我甚至遇到了他們。」

「黑手黨？」

「嗯，黑手黨，他們問我：『喂，你為什麼要發射衛星？』我就說『I'm so lonely.』結果他們稱讚我很帥，稱我為王。」

以「股份公司的王」的角度來看，雖然敬稱為王，但也許是世界上最愚蠢的王了吧？尚秀忍不住心想，自己算哪根蔥，竟然悲壯地跑來這裡。對賭上自己的飯碗、將資料交給自己的海倫娜，還有明知可能會引起騷動，仍願意替他聲援的艾琳與趙老師來說，這件事是如此迫在眉睫，但工廠真正的持有者卻這麼老神在在。尚秀心想，乾脆放棄一切打道回府吧，但仍帶著抓住最後一根稻草的心情說明，公司提供的辦公費其實是怎麼被用掉的，有人利用它做起個人事業，雖然銷售額看似持續成長，但那只是表面上，實際上分社的情況正在逐漸惡化。這些並不是偶一為之的現象，而是像每天的工作般不斷重複出現。

「也就是說，他們騙了我？」

「對，完全矇騙過去了。」

「他們這麼小看我？」

「對，徹底把您當成了傻子。」

雖然社長一臉不可置信的樣子，但心情似乎真的被搞砸了。本來怒氣已經慢慢上來，應該叫個人過來興師問罪或把事情鬧大的，但他仍花了幾分鐘分析目前的情勢。論規矩，原本這個不入流的小咖是不可能站在這裡大吵大鬧，只不過兩人的父親是重考補習班的同學，又同是高爾夫俱樂部的成員，所以社長不能輕舉妄動。老實說，就算把這傢伙拉出去也無所謂，只是擔心他是個瘋子罷了。要是他透過自己的父親對會長說了什麼廢話，那該怎麼辦？所以，就算百般不願意，他也必須花幾分鐘思考，究竟該怎麼做才不會丟了顏面，又能讓此時湧現的負面情緒——由於某些人欺騙了自己所引起的憤怒、緊張與疑惑——適當地被消除？

過了一會，社長決定舉行三方會談。他老早就想要解決這件頭疼事了。每當覺得某人的話說得有道理，就會有人跳出來說不是這樣，不然就是有人想推卸責任，所以他正想像朝空中發射沉鈍的物體般一口氣解決這個情況。每天上班時，就會有人一邊舉著牌子擋在自己的車子前面，一邊喊著口號，連午餐時間都無法像平時一樣打乒乓球。姊姊們發牢騷說：「那個議員的兒子是怎麼回事啊？為什麼不早點出來阻止這種麻煩事？」親戚們則說：「不能太小看舊習，魚兒是無法在太乾淨的水裡生存的，做生意本來多少就會這樣。」而就在幾天前，父親也叫自己過去，像是在宣告什麼似地說：

「這個世界已經變了。」

「世界變了，那要怎麼做？」

「這還用問，不管怎麼樣，縫紉機都能運轉得很好，會運轉的就會繼續運轉，但是啊，四季分明帶來的好處，也只有山間田野風景優美而已，至於做生意就需要像東南亞度假勝地的氣候，就像跑去打高爾夫球時，大家會變得慵懶到不行，心想著，啊，好溫暖啊，既然今天這麼溫暖，明天和後天也會是這樣，所以有什麼好煩惱的？讓人變得放鬆安逸最好。總之，公司就應該安靜、祥和地運作。要是溫差變化大，人就會感冒，要是感冒了，像我這樣的老人就會得肺炎，然後結束一生。如果把我們公司想成是一個人，他也超過花甲之年啦。」

可是，今天才星期一，尚秀就闖進了這間辦公室。社長把理事們全叫到會議室，而安裝完畢之後，除了彩排之外從來沒有使用過的會議室系統——由於目前還有些客戶身處在光是通一封電子郵件就要耗上近三天的偏僻地區，所以這種尖端設施只不過是為了滿足社長想要領導先進產業的幻想罷了，實際上根本毫無用處——等於是為了這三方會談而存在。雖然是平日下午，但在公司內的理事和部長等幹部寥寥無幾，社長問大家都跑去哪了，結果部長只含糊其詞地說：「大家都出去跑外勤了。」

「什麼？全都不在公司？」

這時，社長的姊夫鄭理事針對尚秀說，做生意的人這時間怎能不去外頭？這時間留在這裡的人才奇怪，化解了這個場面。就這樣，他們和胡志明的員工進行視訊通話，尚秀心想，要是和吳科長或金部長通話，就要把資料拿出來一較高下，但社長找到的人，依照他的說法，是「技術人員」。平時會長就一直懷著這個國家隨即會發生戰爭的恐懼，到時就必須到鄰近的國家避難，所以事先想好了要一起搭上移民船的個人金庫、兒子和一名技術人員。如此一來，不管去了哪裡，都可以從零基重新來過，剩下的就靠在當地籌措。聽到這番話後，社長忍不住心想，原來對於會長而言，自己的存在介於金庫與技術人員之間，同時也為父母之間的關係原來如此微不足道而感到哀痛。又沒人要父親只能帶三樣，他卻硬是只帶了三樣，還在母親面前說嘴，身為兒子的自己自然不可能會高興。但另一方面，社長又強烈受到父親的話影響，只叫來了昌植與趙老師。趙老師說完和尚秀相同的話後就退下了，一位認出趙老師的理事說：「您不是罷工時被解僱，後來應孔組長的要求才又復職的員工嗎？」

「年紀這麼大了，還可以復職喔？」另外一位理事問。

昌植從來沒有通過視訊電話，顯得很不知所措，老是把手機貼在耳朵上。

「叫他不要那樣做。啊，把畫面貼在身體上，看了不太舒服。」

吳科長原本站在昌植後面，可能是聽到社長說的話，所以靠過來替昌植維持臉部和手之間的距離。社長問昌植是不是有承接替其他公司安裝縫紉機的工作，昌植說：「在哪裡？中國嗎？還是這裡？」這句話聽在尚秀耳中，覺得他應該是想說，這種慣例不只在胡志明，在其他分社也不斷發生，但昌植的回答出乎尚秀的意料。他也不敢正視前方，只是不斷用手掌撫摸自己發燙的臉、做別的事，然後說了謊。他說自己只去了一次，還是曾有合作關係的競爭公司社長懇切拜託才去的，自己這輩子從來沒做過這種事，也認為要是因此拿到獎金，會給公司帶來很大的麻煩。

「領的是這裡的薪水，卻為了幹那種勾當，連我們公司的縫紉機都不顧，這樣良心怎麼過得去？」

「總之，意思就是你沒去，對吧？」

聽到社長單刀直入地詢問，昌植顯得很緊張，對他來說，社長的等級與會脅迫他人的吳科長或金部長截然不同，畢竟他的手中握著能夠建造工廠、讓工廠運作、僱用員工、定人生死的財富。

「是的，我沒去。」

「那剛才那位員工說謊了嗎？」

「誰？趙老師嗎？」

「不是嗎？現在兩個人的說詞不一樣嘛。你們同是技術人員，說法不同的話，就代表其中一人在說謊，不是嗎？」

昌植啞口無言，旁邊站的不知道是金部長還是吳科長，說了一句「好好回答」，但他仍像丟了魂似地張著嘴，試著想做點什麼——好比說，思考根據自己在這裡的說詞，後續會發生什麼事，還有當社長判斷不相信誰、誰又說了謊時，事情又會如何發展。

「社長，那現在要怎麼辦？我們大哥會被解僱嗎？」

「既然有人妨礙工作能力一把罩的金部長和他們的員工，做出栽贓他人的惡劣行徑，那還能怎麼辦？公司會處理的。」

昌植轉頭往右看，似乎因為趙老師站在那裡。這時，昌植的臉上有著許久以前基於某種理由而必須擱置或拋棄的情感，唯獨擁有自尊的人能確實感知的情緒變化。

「現在做個了結吧。」

鄭理事說，社長也應允了，昌植則是有些結結巴巴的，就像那些人真的在自己眼前聽自己說話般一邊搖手，一邊說：「不是的。」

「我們趙老師不是會說謊的人。雖然我活得很窩囊，但終究是個人，不是什麼不知感恩圖報的狗崽子，所以這點我是知道的。我們大哥不會誣陷他人、不會做壞事，請您務必知悉這件事。」

尚秀走出公司，站在敬愛旁邊。敬愛習慣性地拿出菸，但又說已經因為抽菸被警衛訓了一頓，再度放回了口袋。尚秀從來不及攤開在大家面前的資料之間取出已經皺成一團的喬丹簽名，遞給敬愛。敬愛收下後說：「喬丹竟然幫我加油，感覺整個地球都來替我加油了。」

「錄影帶拿走了嗎？」

「喔，對了，我要將鑰匙還給您。」

「既然還沒拿走，怎麼可以把鑰匙還我？」

一提到恩寵的事，敬愛的表情瞬間放鬆了下來，說自己找到一些部落格，以及如何像是在汪洋中各自漂流，後來又在偶然間發現彼此身影般遇見那些部落客。雖然那些人對半島縫紉這個公司不怎麼了解，卻成了「罷工日記」的忠實讀者。

「您什麼時候回去？總要一起吃個飯吧？」

雖然尚秀打算在「姊姊無罪」的事圓滿落幕後再回胡志明，但他只回答還不知道。

「星期天有事嗎？我那天要去個地方，如果時間能配合的話，我就過去還您鑰匙。畢竟正如您所看到的，其他日子我很忙。」

尚秀很想說出在社長室發生的事，但目前情勢未明，不想敬愛因此被動搖。敬愛說，兩個人站在這裡，情況會變得很為難，要尚秀先回去。尚秀雖然很想在敬愛身邊多待一會，但敬愛輕輕地推了一下他的肩膀，他只好無奈地轉過身。那個輕微的反作用力，令尚秀想起了某個即將被揭開且無法否認的事實——他就是那個罪孽深重的姊姊。就算到了星期日，敬愛也不會現身的。在一切揭曉之後，至少有一段時間她不會想來的。或許這是近期內最後一次見到敬愛了，但尚秀不能將情緒表現出來，因此只是伸出手和她握手道別。

・・・

敬愛做了個夢，某個臉孔被抹去的人過來找她一起吃飯。敬愛很好奇那人是誰，後來卻若無其事地接受了那張沒有五官和表情的臉孔，與那人對話、吃飯、喝茶，然後一起走著。街道看似熟悉，卻又有些陌生，像是與E相關的一條街，也像是在胡志明時和尚秀一起走過的某個地方，但又好像什麼都不是，只是在無數電影中看過的那種路，因為有人在行走而被稱為路的那種路。然而，敬愛越走就越覺得，那張臉孔、肩膀、原本分明握過的手與一雙腿都逐漸變得模糊，那人彷彿砂糖般融化在空氣之中。敬愛小心翼翼地避免做任何事，唯恐自己說的話、呼吸和手部動作，會如同攪拌茶杯的茶匙般，使他消失得更為徹底。儘管盡全力阻止那個人消失，卻依然無法如願。後來，敬愛覺得他已經完全消失了，卻無法轉過頭確認他消失的事實。敬愛一邊說「我不敢看」，一邊從夢中醒來，但起床後很想牢牢記住這個夢，記住一點也不覺得那張被抹去的臉孔很奇怪，跟他一起吃飯、走路時的感覺，就算套入哪一個人都無所謂、也許正是自己而非他人化身的夢中人。

聽到敬愛很難得要上教會，媽媽開心得不得了，「已經有二十年了吧？」敬愛回答：「才沒有咧，媽，我沒那麼老。」美容院遷到安山後，敬愛的媽媽還是習慣上九老的教會。敬愛和媽媽走進她們過去很喜歡的麵店，吃了湯頭濃郁到色澤透灰的鯷魚湯麵。食物還沒上桌，坐在隔壁的老人們就先用紙杯裝肉湯，用湯匙一口一口舀起來喝，暖一暖春寒料峭受凍的身子。敬愛見狀，不禁覺得這幅景象很有九老的風格。正如同多年前去見E之前，搭乘一號線地鐵時碰見的仁川地名，總會令她想起那個孩子，而九老也代表著敬愛的某個人生時期。九老，有九名長壽老人居住的村子，這個名字似乎和現在這個有工業區的地方不太相襯，但又不盡然。因為時間的累積、彎曲、忍受、不屈服、原地停留、褪色、柔軟與不悲傷，同樣是這些人下班時的模樣。

多年不見的教友，表現得就好像昨天才見過敬愛似地。他們都是看著敬愛長大，或至少從敬愛的媽媽口中聽說過她近況的人。雖然做禮拜是以傳遞神的旨意的牧師為主，但真正填滿主日教會建築的，是大家熱絡問候彼此日常的氣氛。神的話語是接收到了，但等到那一、兩個小時經過，人類再度回歸凡人的心，即便只有短短半天的會晤，大家也會互相討厭、覺得神奇與感動，甚至突然起爭執。那一天也沒有太大的不同，大家不斷追問敬愛結婚了沒、有沒有男朋友、對方是否也是「有信仰」的人。「大家別再問了，」敬愛的媽媽說：「再說下去，我女兒的嘴都要破了。」

那天的禮拜有位男性來賓來做見證，並帶來木吉他唱了歌。敬愛坐在大禮拜堂最後面的座位，覺得男人的聲音——雖然唱福音歌曲的歌手嗓音都差不多是這樣——聽起來很耳熟，那張臉也似乎在哪裡見過。那是多年前的敬愛讀著早上送來的報紙，在傷亡名單尋找認識的名字，讀到「將門鎖上」或「賄賂警察」等句子，以及最近看的新聞中也能看到的臉。敬愛覺得唱歌的人和那張臉長得很像，於是試著用手機搜尋，但覺得兩人看起來像，又似乎不太像。

「經歷命運註定般的事件，成為一名罪犯後，這項試煉讓我感到痛苦不堪，因為我甚至進了監獄。但有一天，光明從監獄的窗戶照了進來，我聽見了一個聲音說：『你是我的子，是我造就了你。』也許這一切痛苦與試煉，是為了將我打造成讚頌主的僕人，於是我放下了一切。從那一刻起，天國便為我而開。」

大家熱烈鼓掌，男人又多唱了一首歌，然後走下了舞台。敬愛站起身，通過男人退下的門追上去。「先生。」敬愛喊了一聲，他轉過了頭，走下舞台的那張臉，要比在燈光下更蒼老不堪。敬愛忍不住心想，叫住他之後該講什麼才好，但越是費力思考，就越不知道該問什麼。雖然很想問他是不是與那場火災有關，但近看之後發現好像不是他。

「您犯了罪吧？」

敬愛還是問了。

「我是犯了罪。」

他爽快地回答。敬愛無法再問下去，這時換他一邊調整揹吉他的姿勢，一邊問敬愛：

「姊妹，這裡的出口在哪裡？沿著階梯往上走，就會看到進來的那扇門嗎？」

敬愛像是要忍住某種往上竄的情緒般攥緊拳頭，然後又鬆開，很快地指向門所在的方向，接著便看著男人一路往上走。

經過好幾個星期天，敬愛都沒有來找尚秀。但既然敬愛說星期天會來，所以尚秀盡可能那天就不外出，在家靜候她的到來。他最害怕的，是敬愛用包裹把鑰匙寄來，或者鑰匙其實已經躺在郵箱裡。那就像是在說，我們沒有必要再見面了，我們的命運，就在沒有任何接觸之下結束吧。這無疑是最為悲傷的想像，比尚秀表明自己是男人時，有些情緒激動的會員說要號召人馬告他詐欺更令人悲傷。為了挽回會員們的心，只要有人願意，尚秀就會親自參加聚會，解釋自己有多麼重視那些來信，又有多認真地以姊姊的身分一路走來。有些人因此回心轉意，也有些人壓根不吃這一套。在聚會中，甚至有些年輕人和尚秀沒有兩樣，他們假裝成女人，成為「姊姊無罪」的會員，以「任何人都有成為姊姊的自由」為主旨，朗讀了一封極為冗長的文章。其中還擷取了網路百科的內容：「姊姊」原本是不分性別的說法，給尚秀帶來了微乎其微的安慰。

由於可以在非網路的世界見到面，粉絲專頁的氣氛逐漸穩定下來。收到「就算追蹤

ＩＰ，也會因為伺服器位於海外而找不到駭客」的通知時，尚秀也沒有因此動搖。其他原因已經讓專頁的會員轉移了注意力，無論姊姊是男人或女人都無所謂，如今他怎麼做才是重點。

尚秀的事被報導出來，各種揶揄的話語猶如順著風勢吹來的花粉從四面八方飛來，這次繼母雖也動員各方人馬想要壓下新聞，但後來索性放棄了。

會員們比任何人都反對關閉「姊姊無罪」專頁。過去這個專頁是屬於尚秀的，所以他有開啟或關閉的自由，但現在尚秀將帳號交給他人，退居幕後了。這是「姊姊無罪」的會員們「原諒」尚秀的同時要求的條件。儘管非法上傳文章的網站持續在會員的要求下更新與刪除，但會員們認為一直採取防禦姿態不是辦法。一名受害的會員提議，乾脆集結這些信件出版電子書。把愛情的逝去與痛苦、人與人相遇後最戲劇化的過程等告白，交予「姊姊」與會員共有的心靈鬥爭，而不是奇怪的偷窺狂心中。做這件事並不容易，但他們仍想辦法徵求了信件外流的會員的同意，最後沒有同意的人就只剩下一人——冰凍的法蘭克斯坦，也就是敬愛。

想到那顆結凍無法消融的心，尚秀悲傷得不能自已。他好想打電話，呼喚敬愛的名字，說聲「對不起」，問她：「我們要不要談談這一切？」他很想說：「我明知恩寵當年有多珍惜被造，卻一句話都沒說。」但他只能耐心等待，直到敬愛願意前來，主動對他說話。換成是平常的敬愛，她很可能會飆髒話或怒氣沖沖地說出尖酸刻薄的話，但只要敬愛願意向他搭話，他覺得自己就再也不會哭泣了。偶爾能從宥靜那兒聽到敬愛的消息，是他唯一的希望。敬愛回到了總公司的業務部，現在和金宥靜一起工作。

尚秀辭掉半島縫紉的工作，一方面雖是因為「姊姊無罪」的事，但另一方面則是沒有信心面對敬愛。如今胡志明分社有趙老師和艾琳一起守著大家都離開的業務三組，吳科長則獲得了升遷。聽說金部長辭掉工作後，乾脆做起了販賣各種縫紉機的總代理。敬愛應該聽說尚秀遞辭呈的消息了，卻連一封簡訊都沒有傳。金宥靜稍微試探了一下尚秀，也許他不該等待她的聯繫，但尚秀不這麼認為，總有一天，敬愛一定會在某個星期天前來。

反正尚秀一直抱著等待的心情活著，所以等待對他來說並沒有那麼難熬。敬愛又不是已經離開這個世界的人，也不是十九世紀勃朗特姊妹小說中的人物，更不是只存在於照片中的女主角。直到現在，閉上眼睛想著敬愛時，仍會有各式各樣的感覺。敬愛與尚秀之間有回憶，兩人的對話中有情感錯過的瞬間、失敗的經驗、經常性的沮喪、生疏地安慰彼此的話語，這些點點滴滴是如此鮮明，所以尚秀能夠等待下去。

儘管報導刊登「來成為真正撫慰姊姊們心靈的姊姊吧？」這種令人臉紅的標題時，瞬間會有「既然這樣，就把×割掉吧」、「根本是變態」等留言出現，尚秀依然維持著等待的心情。他下定決心，所謂的等待某人，是讓自己保持井然有序，而不放棄自己，正是等待之人的義務，所以他會盡全力不讓自己變得狼狽不堪。

梅雨季來臨時，這種天氣怎麼說都令人感到不快，所以尚秀覺得敬愛不可能會來。時值大家都去度假的酷暑，要在這種氣溫下原諒某個人太令人不爽了，所以敬愛不來也情有可原。等到秋天到來時，第三季業績對業務來說是關鍵，所以也不太可能。直到冬意漸深，尚秀第一次覺得，也許敬愛真的不會來了。

出版作業來到最後階段時，尚秀去新公司面試後回了家。那是一家企劃文化產品的公司，他們希望尚秀能在自家網站上連載他在「姊姊無罪」專頁上做的那些事——戀愛諮商，但尚秀表示不想再靠這個做任何事，他想要進入開發產品的部門。儘管公司見識到尚秀爛到不行的英語實力、過於多愁善感的作文能力，以及明顯比寫文章更糟的對話能力，最後仍錄取了他。而這，都要歸功於他廣泛涉獵的戀愛小說和電影。得到新工作之後，尚秀搭著地鐵回家，途中想起了兩個人。一個是敬愛，另一個卻有些莫名，是他的父親孔孝相議員。儘管與父親生活的世界相比，尚秀身處的世界，不過是一堆做白日夢，把力氣耗在複雜、情緒化、不穩定、無法捉摸又看不到的事情上頭，且很顯然是在白費力氣的人所屬的世界，但他仍想說些什麼，想告訴父親自己找到了新工作。但是等到他下了好大的決心打電話時，孔孝相議員卻因為早已喝得酩酊大醉，壓根就沒察覺自己在和兒子說話。但即便整個人醉醺醺的，嘴巴仍離不開講了一輩子的廣開土大王[16]、民主主義、經濟改革、資本主義、社會正義等。接著，他突然恢復了父親的角色，冷不防地問尚秀：「你要不要去美國？」去什麼美國？到底美國有什麼好，為什麼老是叫他去美國？

「我不去，爸，我不會離開這裡的，我找到了新工作。」

「找到工作了？哪家公司？」

「說了您也不知道。」

16 又名「好太王」，高句麗第十九代君主。

「既然說了也不知道，那你何必提？」

也對。尚秀愣了一下，接著說：「爸，我覺得您是個壞人。」

「我是個壞人？」

「對。」

接著，尚秀獨自張羅飯桌、洗了碗，看到外頭下雨了，於是檢查窗戶有沒有關好。這陣秋雨落得猛烈，不少楓葉都掉了，但其中有幾片貼在了陽台的窗面。尚秀坐在客廳的沙發上，如往常般看著電影，心想那些貼附在窗面的小葉子就像某些人的手。接著他想到，今天就是那一天，恩寵不再祈求恩寵、離開人世的日子，然後取出了那個八釐米錄影帶。他沒有打算要播放，因為今天並不是星期天。尚秀就這麼坐到睡著，在意識朦朧之際想著，雖然打定主意在寒冬到來之前絕對不開暖氣，但今天真的好冷。沒有蓋棉被就睡覺，腳趾頭實在太冰了。他就這樣進入夢鄉，直到有一刻突然覺得有個溫暖的東西蓋住自己，於是睜開眼睛一看，發現是毯子。接著，尚秀發現有人進來，在未經自己的許可下用咖啡壺煮開水，並且四處瀏覽擺滿書桌的文庫版小說、錄影帶、雖已離世卻依然在海報中燦爛笑著的多名演員、乾燥繡球花、加上一層蕾絲的窗簾、將會員信件印出來的紙張、擰乾水分的抹布、手寫的汽車稅金繳納期限等。那個背對自己站著的人、側向一邊的頭、變長的頭髮所綁成的馬尾及偏窄的肩膀，是尚秀每天都會想像許多次的身影。

尚秀開始說話。雖然那是關於十月深秋的某一天，他們不得不與某人離別的回憶，但至少在那一個夜晚，尚秀反覆說的都是自己的故事——多年前的冬天，他不斷聽著敬愛說「對不起，我好像會遲到，所以我會把雪送到你所在的地方」的聲音，陪她一起哭泣，以及儘管不認識彼此，但驀然回首，卻真實存在的某份心意。

＊「姊姊無罪」專頁的概念雖來自網路，但與特定組織無關，全屬虛構。

＊「姊姊無罪」專頁的座右銘兼第五章的標題「殺人如戀愛，戀愛如殺人」，引用自詩人姜聖恩的同名作品。

＊敬愛在語音信箱留下的最後一句話，改編自慎鏞穆的詩作〈猶如哭盡的身體〉的句子。

＊引用的 Deli Spice 的歌曲為〈關於貓咪與鳥兒的真實（或虛構）〉（經韓國著作權協會 KOMCA 認可）。

＊參考了《胡志明韓國人工廠經理的多國籍人生：以工作場所與居住生活空間為中心》、《越南工廠勞工的反抗行為之田野研究省察》、《定居越南的朝鮮族工廠經理的多國籍人生與文化政治》。

＊第九章出現的容昱的文章是參考了 Oh my News 二〇〇一年八月二日的報導。

作家的話

經歷殫心竭力的過程，完成了這個故事。

二〇一八年初夏
金錦姬

MUSES

敬愛的心意

作　　者：金錦姬（김금희）
譯　　者：簡郁璇
發 行 人：王春申
總 編 輯：張曉蕊
責任編輯：林蔚儒
封面設計：木木
內文排版：菩薩蠻電腦科技有限公司

國家圖書館出版品預行編目 (CIP) 資料

敬愛的心意 / 金錦姬著 ; 簡郁璇譯. -- 初版. -- 新北市 : 臺灣商務, 2020.02
384 面 ; 14.8×21公分. -- (Muses)
ISBN 978-957-05-3247-0 (平裝)

862.57　　108021061

業務組長：陳召祐
出版發行：臺灣商務印書館股份有限公司
23141 新北市新店區民權路 108-3 號 5 樓（同門市地址）
電話：(02)8667-3712　傳真：(02)8667-3709
讀者服務專線：0800056196
郵　　撥：0000165-1
E-mail：ecptw@cptw.com.tw
網路書店網址：www.cptw.com.tw
Facebook：facebook.com.tw/ecptw

局版北市業字第 993 號
初　　版：2020 年 2 月
印　　刷：沈氏藝術印刷股份有限公司
定　　價：新臺幣 420 元
法律顧問：何一芃律師事務所

*This book is published with the support of the Literature Translation Institute of Korea (LTI Korea).